Le Voyant d'Étampes

Du même auteur

Sœurs, Éditions de l'Observatoire, 2019 ; J'ai Lu, 2021.

Abel Quentin

Le Voyant d'Étampes

Éditions de L'Observatoire

ISBN : 979-10-329-0929-4
Dépôt légal : 2021, août
4e tirage : 2021, octobre

170 *bis*, boulevard du Montparnasse, 75014 Paris

Aux vieux sangliers

« Je ne suis pas prisonnier de l'Histoire. Je ne dois pas y chercher le sens de ma destinée. »

Frantz Fanon,
Peau noire, masques blancs, 1952

« La lune se noyait dans tous les Potomac
Je mendiais ton amour et ses très grands bûchers »

Robert Willow,
Massachusetts Avenue, 1951

I

THE WINNER TAKES IT ALL
(LE GAGNANT RAFLE LA MISE)

– « Nous sommes tous des enfants d'immigrés »... Ça veut dire quoi, ça ? Vous pensez vraiment que vous pouvez ressentir le dixième de ce que ressent un immigré ? Vous ne pensez pas qu'il était temps de les laisser parler, les « enfants d'immigrés » ? De ne plus confisquer leur voix ?

Jeanne, la nouvelle copine de ma fille avait un regard dur, la bouche pincée. Elle me faisait penser à une puritaine qui aurait vécu dans l'Iowa, disons, en 1886. Sa mâchoire était contractée sous l'effet d'une souffrance continue.

Il était vingt heures et la soirée était mal engagée. Lorsque j'avais demandé une Suze, le serveur m'avait jeté un regard interrogatif : à l'évidence, il n'en avait jamais entendu parler. J'avais dû me rabattre sur un cocktail au concombre où surnageaient des graines de sésame. « *On dirait des fientes de souris naines* » avais-je ricané sans réussir à détendre l'atmosphère. Une tension poisseuse régnait autour de la table - il était difficile de faire naître, en quelques minutes, des liens de cordialité entre les êtres humains. Seule Léonie semblait à son aise et buvait bruyamment un thé au poivre du Sichuan, en nous écoutant discuter. Cette fille simple et bonne ne pouvait pas imaginer qu'entre deux personnes qu'elle aimait ne naisse pas, automatiquement, une amitié réciproque.

Je bredouillai un mea culpa, tentai de m'expliquer en rappelant que Harlem Désir, le cofondateur du mouvement SOS Racisme, était d'origine antillaise. Pour Julien Dray, je n'étais pas sûr, il faudrait que je regarde, mais il n'est pas impossible qu'il soit quelque chose comme un Juif alsacien. Ou bien d'Algérie. Je promettais de me renseigner.

*

Nous étions trois autour de la table, moi, ma fille Léonie et sa copine Jeanne. C'était, en soi, une petite révolution. Depuis cinq ans, j'avais instauré le rituel du dîner dominical en tête-à-tête avec ma progéniture. Aucun tiers n'était accepté. J'avais suivi le conseil de mon ex-épouse, Agnès, de *sanctuariser un moment père-fille*. Agnès, aux conseils si précieux, dont la sagesse me manquait cruellement depuis notre divorce, à présent que je devais tracer ma route solitaire.

Léonie habitait à Pontoise, dans le quartier Saint-Martin qui étirait ses rues étroites et humides autour de la gare. Elle ne m'avait jamais invité chez elle et j'en avais pris mon parti : sans doute craignait-elle mes sarcasmes lorsque je découvrirais la décoration de sa bonbonnière *butch* qu'elle avait dû reconstituer à l'identique, après son déménagement, avec ses posters de Christine & the Queens et ses effluves de papier d'Arménie. Il était terrible d'inspirer un tel sentiment à son enfant (au lieu d'être le refuge, le regard sous lequel il fait bon s'abriter). De fait, les sarcasmes qui m'échappaient parfois étaient surtout destinés à moi-même. J'en voulais à Léonie de trop me ressembler. Ma fille avait hérité de moi une propension certaine à l'échec, quoique celle-ci ne s'accompagnât pas de l'aigreur paternelle, de sa sinistre lucidité : elle était gaie comme un pinson. Elle travaillait dans le coaching relationnel appliqué au monde de l'entreprise, un de ces emplois qui pullulaient comme des poissons pilotes (des sangsues, aurait dit Marc) autour des industries et des services de l'économie de marché, profitant de l'essor du concept tartuffier de *responsabilité sociale des entreprises*. L'idée, pour les entreprises converties au RSE, était grosso modo de convaincre le public qu'elles étaient des acteurs du capitalisme à visage humain ; que leur gloutonnerie, leur cynisme, leur brutalité connaissaient certaines limites, et qu'elles étaient soucieuses du bien-être de leurs salariés (et même, pourquoi pas, de leur bilan carbone). Pour lui donner chair, on payait (mal) des prestataires extérieurs qui apprenaient aux gens à se parler, à libérer la parole dans l'openspace. C'est à cela que s'employait Léonie, chaque jour, dans des salles de réunion trop chauffées du quartier de la Défense. Concrètement, cela consistait à organiser des petits jeux auxquels devaient se prêter des cadres atterrés ou rigolards, et à diffuser quelques slides de documents PowerPoint qui expliquaient très sérieusement qu'« un regard fuyant, en langage non verbal, est un signe de défiance de l'interlocuteur ». Parfois elle dispensait ses conseils à distance, sur Skype. Bref, c'était un boulot à la con, et il aurait été amusant d'en rire un peu avec l'intéressée, en bons camarades. Mais Léonie était un de ces êtres incapables de jeter un bon regard franc sur leurs échecs ; de la même façon qu'elle avait prétendu ne plus supporter la vie parisienne pour expliquer son déménagement dans le Val-d'Oise, alors qu'il n'était un secret pour personne qu'elle n'était plus en mesure de payer l'exorbitant loyer de son appartement de l'Est parisien ; qu'elle avait prétendu que son couple avec Maeva, sa précédente copine n'allait de toute façon nulle part lorsque cette dernière l'avait quittée pour une stagiaire ; que les circonstances de cette rupture éclairaient la personne de son grand amour d'un jour nouveau, et que le départ de ladite Maeva avec une pétasse à créoles et tropéziennes était finalement ce qui lui était arrivé de mieux dans sa vie. De la même façon qu'elle avait habillé en couleurs chatoyantes ces déconvenues sentimentales, c'est ainsi qu'elle concluait le récit de chacun de ses retentissants échecs : « C'est ce qui pouvait m'arriver de mieux dans la vie. » À l'entendre, chaque gadin était une aubaine formidable.

J'aimais me faire dorloter par cette fille joyeuse, à la bonté incompréhensible. Léonie faisait partie des saintes du quotidien qui ne brillent par aucun miracle, aucune action spectaculaire – guérir un homme atteint de la maladie des os de verre, faire couler des larmes de sang à une statue de la sainte Vierge. Il n'y avait donc aucune chance que l'évêque de Pontoise lance une enquête diocésaine en vue de sa béatification. Lors de mon divorce, il y a cinq ans, elle avait pris mon parti de façon étonnante. Elle était pourtant tout juste majeure, libre de s'installer chez le parent de son choix, ou de prendre la tangente. Il était évident que sa vie aurait été plus agréable dans le penthouse de sa mère consultante chez Bain & Company, mais elle avait fait preuve de loyauté, elle s'était sacrifiée parce qu'elle me savait dans une mauvaise passe (nous parlons d'une époque sombre où j'écoutais en boucle mes albums de Motörhead, dans une semi-pénombre, et émergeais chaque matin comme on se réveille d'une amputation). Léonie n'avait pas eu le cœur de me laisser seul et je n'avais pas eu le courage de refuser cette aumône. J'avais accepté, égoïstement. Nous avions été colocataires pendant deux ans, avant qu'un échange universitaire ne l'envoie passer un an à Copenhague. Peut-être, après tout, avait-elle trouvé son compte dans notre cohabitation : sa mère avait une fâcheuse tendance à broyer Léonie avec ses propres rêves, ses exigences de battante workaholic. Agnès lui demandait toujours de se surpasser, elle lui présentait le monde comme une jungle où il fallait aller chercher chaque victoire avec les dents. C'était assez juste, et totalement anxiogène. De mon côté, je n'étais pas exactement la figure écrasante du patriarche qui veille sur son clan : ce rôle avait été naturellement occupé par Agnès. Ma complicité avec Léonie, mon ex-épouse en souffrait comme d'habitude : sans broncher.

*

Jeanne, la nouvelle copine de Léonie, avait insisté pour choisir le resto. Façon peut-être de marquer son territoire, ou du moins d'engager les hostilités sur un terrain où elle aurait l'avantage (il me semblait avoir entendu Marc citer un vieux stratège chinois à ce sujet, quelque chose du genre : « Qui ignore la nature du terrain ne pourra faire avancer ses troupes »). Nous nous étions retrouvés au *Renaissance*, une petite cantine branchée dans le quartier de son bureau, près de la Halle Freyssinet. Jeanne était l'associée-fondatrice d'une start-up ; je n'avais pas saisi la nature exacte de ses activités, j'avais seulement compris qu'elle s'occupait de *solutions internet*. Elle était plus âgée que ma fille et, vraisemblablement, financièrement comblée. J'étais heureux de savoir Léonie à l'abri d'une femme aux idées nettes et à la volonté de fer, au moins pour quelque temps. Rassuré et inquiet aussi : Léonie était démunie, vulnérable avec son amour qu'on sentait déjà dévorant, à la merci de cette fille plus âgée, aguerrie. Il fallait qu'elle se protège. Elle devrait, concrètement, exiger quelques garanties. Je m'étais promis de lui parler de sujets triviaux, à l'occasion. Si elles décidaient de se marier, je persuaderais Léonie d'opter pour le régime de la communauté de biens. C'est ce que je n'avais pas fait avec mon ex-femme et je le regrettais, amèrement, chaque jour de ma vie.

Léonie, bonne fille, avait tenté de me faire mousser auprès de sa nouvelle conquête. Elle essayait désespérément de me rendre aimable et m'avait lancé sur mes années militantes, dans les années quatre-vingt. Elle l'avait peut-être fait de façon un peu trop appuyée.

– Tu sais, Jeanne, Papa a été très actif à SOS Racisme, aux débuts de l'assoce, dans les années 1980.

Elle me poussait sur scène avec douceur : vas-y, Papa. Montre-nous ce que tu sais faire. Montre-toi sous ton meilleur jour. J'avais fait mon petit laïus qu'elle connaissait par cœur, raconté la légende des années quatre-vingt, la marche des beurs, les débuts de l'association, la ruche bordélique du 10 rue Martel, le concert géant de la place de la Concorde, mon style de dandy afterpunk ; j'avais raconté qu'à l'époque je fumais des cigarettes en les tenant entre l'annulaire et l'auriculaire, et puis les grand-messes de la Maison de la Chimie, la guéguerre avec les « stals » du Mrap, les grandes tablées avec les « parrains » Coluche et Simone Signoret, l'« *extraordinaire liberté de ces années-là* », sujets que j'avais enfermés dans un récit si stéréotypé que je ne savais plus trop ce que j'en pensais réellement, ni même ce qui s'était vraiment passé. Le récit s'était intercalé entre mes souvenirs et moi-même, comme un film occultant, il les avait modifiés et s'était confondu avec eux. J'avais conclu sur une note d'humilité, *je ne suis pas du tout dans la nostalgie, on devait être un peu con, on n'est pas là pour parler de moi, votre génération est plus mature et elle a aussi ses défis*, et là encore je ne savais plus trop ce que j'en pensais réellement, ou peut-être que je ne le savais que trop.

Jeanne n'avait pas marché.

Ce que signifiait sa colère rentrée, je ne le comprendrais que plus tard, après l'Affaire. Ce que Jeanne voulait dire en m'accusant de « confisquer la voix » de ceux que nous défendions, je le sais aujourd'hui, à présent que je suis *éveillé* (*woke*, comme Ils disent) : elle en avait marre des alliés qui demandaient des médailles, elle en avait marre de la componction des mâles blancs autosatisfaits, elle en avait marre des hommes qui voudraient être félicités parce qu'ils *n'attrapent pas les femmes par la chatte*, qui voudraient être applaudis parce qu'ils ont battu le pavé avec un ami noir il y a trente ans de cela, elle en avait marre de la masculinité toxique des vieux soixante-huitards, elle en avait marre du paternalisme de gauche, elle en avait marre des filles à leur papa et peut-être en avait-elle déjà marre de Léonie, qui me regardait comme si j'étais Gilles Deleuze ou Roland Barthes alors que j'étais un vieux soiffard guignolesque. Un raté - et néanmoins un oppresseur, disait le regard courroucé de Jeanne. Et de la pire espèce : celle des *White Saviors*, des sauveurs blancs, le renfort de la dernière heure qui fait alliance avec les Nouvelles Puissances tandis qu'il sent le vent tourner pour son petit cul de babtou cisgenre. Or les Nouvelles Puissances n'avaient déjà plus besoin de moi. Il était trop tard pour montrer patte blanche, il n'y avait plus qu'à tendre les couilles entre les lames du sécateur justicier, il n'y avait qu'à payer, sans se plaindre. Tout cela, je l'ai appris depuis mais je ne faisais guère que le deviner, ce soir-là, au *Renaissance*.

Une dernière fois, je tentais de me justifier :

– Nous n'avons confisqué la voix de personne. Il n'y avait pas de condescendance. Nous étions terrifiés par le résultat du Front national à Dreux, aux municipales de 83. Harlem Désir, Julien Dray étaient des gens charismatiques, visionnaires. On ne voulait rien lâcher. « Nous sommes tous des enfants d'immigrés », c'était un cri du cœur. Un cri de solidarité. Comme le « Nous sommes tous des Juifs allemands » de Soixante-Huit. Nous ne sommes qu'une seule jeunesse, et elle emmerde le Front national.

Jusqu'ici j'avais fait un sans-faute, en tout cas je n'avais rien dit de réellement embarrassant. Je voulais que Léonie soit fière de moi. Être un père digne et présentable. Le regard de Jeanne était toujours sur moi et je suais à grosses gouttes. J'avais l'impression qu'elle me mettait en garde : « Attention à ce que tu vas dire. » Aux tables alentour, des jeunes gens croisaient leurs regards comme on croise le fer. Leurs sourires découvraient des dentitions saines de quarterbacks américains. Un incubateur géant s'était installé dans le coin, nous avait expliqué Jeanne, et toute cette jeunesse travaillait dans l'univers exaltant de la « tech ». Ils avaient moins de la moitié de mon âge. La vie venait à eux, chargée de fruits mûrs et d'hydromel. L'époque était leur terrain de jeu, le monde un village de vacances. Ils se mouvaient avec agilité de Shangai à Londres, de Paris à Johannesburg, partout où il y avait une connexion 5G. Interrogés sur leurs projets, ils adoptaient des poses rêveuses pour parler d'un monde où chaque centimètre carré serait irrigué par des flux numériques. Peu importe que lesdits flux charrient les pensées rachitiques des *digital natives*, l'important était que les flux ne s'arrêtent jamais et que leur réseau soit toujours plus serré - qu'internet soit la respiration du monde. Ces prométhéens délires tenaient, pour beaucoup, de la posture. La raison profonde de leur engouement était celle qui menait le monde depuis que le monde existe : amasser un maximum de pognon en un minimum de temps. Tous rayonnaient, et une vitalité incroyable émanait de leur mots simples et directs.

*

Jeanne avait un grand front bombé, et je notai machinalement les dégâts qu'il pourrait faire, projeté à pleine vitesse, si elle décidait de me briser l'arête du nez. Je changeai de sujet et l'interrogeai sur son travail. Elle répondit dans une novlangue obscure, parla d'*antagoniser* et de *disrupter*, du « mythe du *winner-take-all* ». Léonie écoutait sa copine, éperdue d'admiration. La jeune puritaine était animée d'une volonté sans faille. Elle avait trente ans de moins que moi, mais il est clair qu'elle était la seule adulte autour de cette table.

Je l'interrogeai :

– Comment fais-tu, Jeanne. Je veux dire comment fais-tu pour ne jamais abandonner ?

– Ne pas se laisser distraire par la vie, c'est ça la clé. Douze heures de travail par jour, deux heures de sport. Boxe, marathon, cardio. Des sucres lents et des grands verres d'eau minérale. Peu de sommeil. Quatre heures, cinq heures peut-être.

Ces histoires de flotte glacée me sapèrent la dernière énergie. Agnès avait raison : le monde était vraiment une jungle impitoyable. Ni Léonie ni moi-même ne pourrions jamais suivre le rythme de Jeanne dans la course darwinienne pour la survie en milieu capitaliste, nous étions tous les deux d'irrécupérables derniers de cordée. Comment lutter avec de tels phénomènes ? Ce matin, à l'heure où ouvraient les marchés financiers, j'avais constaté une pénurie de filtres à café et m'étais rabattu sur un sachet d'instantané. Je m'étais paluché sans joie devant une vidéo où une Russe s'ébattait avec celui censé incarner une figure d'enseignant (et je le crains, de l'enseignement secondaire), un prof de maths ou de géographie, ce n'était pas très clair, il y avait des équations sur le tableau noir et une mappemonde sur la table où forniquaient les deux acteurs, le débat restait donc ouvert. J'enviais presque ma fille et sa capacité à nier le réel : elle la mettait à l'abri de pas mal de déconvenues.

« Des sucres lents », avait dit Jeanne. Je serrais les dents pour faire bonne figure, marmonnais quelque chose comme *c'est impressionnant, chapeau*, mais je sentais que quelque chose s'était brisé en moi. J'avais soixante-cinq ans, j'avais passé trente-cinq années à enseigner l'histoire de la guerre froide face à un public qui manifestait, à mon endroit, une indifférence polie. Déjà absconses pour ma première génération d'étudiants, les subtilités de la doctrine Truman et les péripéties du blocus de Berlin étaient carrément incompréhensibles pour celle que j'avais connue dans les années 2000 : la plupart portaient des couches à la chute du Mur. J'avais laissé croître, épaissie par la bière, une bedaine flasque que je ne pouvais même plus masquer sous des pulls trop larges. Elle saillait sous le tissu, témoignage éclatant de ma démission. « C'est le bide d'un démissionnaire de la vie », m'avait dit Agnès, la mère de Léonie, quelques semaines avant de me larguer. Et elle avait raison. Elle l'avait dit sans méchanceté, elle ne m'en voulait plus de rien, et la disparition des dernières traces de reproches dans nos échanges avait sonné le glas de notre couple : elle s'était fait une raison, elle avait fini par admettre que j'étais véritablement cet homme-là (et par là il fallait comprendre un homme à la volonté chétive, aux ressources limitées). Elle avait compris qu'il était illusoire d'invoquer le souvenir de celui qui l'avait séduite au milieu des années 80, illusoire et même injuste car ma nature véritable était là, au creux de la soixantaine, à l'heure amère du premier bilan, et il fallait la respecter ou en tout cas l'accepter, sauf à me tourmenter inutilement - sauf à exiger de moi que je sois quelqu'un d'autre.

Léonie bâilla. Les lumières du restau se sont éteintes, et la table d'à côté entonna un Joyeux anniversaire, bientôt repris par toute la salle. Je sentis qu'il n'y avait qu'à se laisser aller à ma pente naturelle. Je pris un air faussement dégagé pour commander mon premier gin.

Je fus réveillé par un soleil sans pitié : j'avais oublié de fermer les volets. Décidément, le bonheur tenait à peu de chose. Si j'avais eu vingt ans, si j'avais été le jeune militant espiègle avec sa veste *oversize* et sa coupe asymétrique, le tombeur brillant, cette débauche de lumière eût été une manne bienfaisante. J'aurais pu apprécier l'exubérance de ce printemps précoce, ce soleil rouge. Ses rayons auraient accompagné mes pas comme les clairons amis. Oui, à l'orée des années 80, au temps de ma splendeur, je les aurais accueillis comme on accueille un hommage, certain qu'ils m'étaient destinés. Le salut fraternel de la nature à un des plus fiers représentants de la race humaine, le salut d'un astre à un autre astre. Je serais sorti et j'aurais aimé sentir la ville mûrie, brûlante, tous mes sens aux aguets. Fier d'éprouver mon corps souple, décrassé par quelques gestes de gymnastique. Cette lumière aurait été ma meilleure alliée, me nourrissant sans m'accabler, faisant chatoyer les épaules des filles.

Cancer de la nostalgie. J'avais soixante-cinq ans. J'étais allongé au pied de mon lit, la tête en fusion, la bile au bord des lèvres. C'était mon destin et mon ingrate vocation que d'être Jean Roscoff, la promesse non tenue. Celui dont on énumère les qualités avant d'ajouter à voix basse : quel gâchis. Être une promesse non tenue : c'était mon unique horizon, ma charge immense. J'avais bu, je payais. Je m'étais couché à côté de mon lit. « Tu bois, tu trinques », menaçait alors une campagne de prévention massive, orchestrée par une association qui proposait de dérembourser partiellement les soins des personnes affectées d'une cirrhose alcoolique. De fait, je trinquais un maximum. Je n'étais pas en position de maudire le ciel ou de réclamer quoi que ce soit. J'aurais juste voulu que le soleil faiblisse un peu.

Un rayon blanc donna directement au fond de ma rétine. Je soulevai ma nuque. À mon âge, une nuit à même le sol ne pardonnait pas : les cervicales avaient sévèrement douillé. Le pire était le mal de tête. Il me semblait qu'un sadique raclait les parois internes de mon crâne, avec un rabot. Dans la rue, un marteau-piqueur scandait son pilonnage morne. Je m'assis difficilement, avec une minutieuse économie de gestes. À mes pieds, les reliefs d'un kebab gisaient dans une boîte en polystyrène jaune. Avec les remugles de sauce samouraï, un souvenir remonta à la surface : moi, bâffrant le sandwich en titubant, les mains luisantes de graisse, sur un large trottoir.

Pourquoi avais-je continué ma quête, après le dîner avec Jeanne et Léonie ? J'étais déjà passablement ivre à la sortie du resto, ma fille avait l'air triste, Jeanne me toisait de son regard impitoyable : celui qu'elle aurait posé sur un déchet non recyclable, ou un objet à l'obsolescence programmée. Elles m'avaient fourré dans un taxi, en donnant mon adresse mais j'avais détourné l'esquif, en corsaire avisé, direction un bar où j'avais quelques habitudes.

Mon ami Marc m'avait rejoint. Nous avions discuté de cette génération incompréhensible, des enfants qui vous échappent. Nous avions remué quelques souvenirs des années fastes, ressuscité le soir inoubliable du 15 juin 1985, le concert du siècle, le chef-d'œuvre de Julien Dray et de l'association : trois cent mille personnes, une marée humaine sur la place de la Concorde, débordant sur les Champs et la rue de Rivoli. En sa qualité de membre du bureau national, Marc m'avait fait passer backstage, dans l'espace privé où les vedettes piaffaient comme des purs-sangs dans leur paddock. Nous nous étions retrouvés à fumer des clopes avec Coluche et Alain Baschung, tout était irréel et même Marc avait réussi à se lâcher, il avait laissé tomber un instant ses combinaisons tactiques, oublié la question de la représentativité des mecs de l'UEJF dans les instances nationales, son *agenda personnel*, il avait renoncé le temps d'une soirée à ruminer le coup d'après pour jouir de la chaleur de juin et de la fièvre ambiante. Même l'habile Marc avait largué les amarres. Ce soir-là, je draguais tout ce qui bougeait en me faisant passer pour le chanteur d'Indochine. Mon ami n'était pas en reste, il prétendait qu'il était le batteur des Fine Young Cannibals en trafiquant un accent anglais, il avait même réussi à se faire flûter entre deux voitures. Plus tard, il avait croisé le batteur, le vrai. Il l'avait remercié, hilare, et le gars avait ouvert des yeux ronds. C'était une nuit suspendue, notre apothéose, les guitares avaient rugi jusqu'à trois heures du matin et les djembés avaient pris le relais, jusqu'à l'aube.

Nous avons convoqué le souvenir de nos excès. Moi bêtement attendri, Marc avec une joie plus distancée. Il en parlait sans amertume : comme pour Julien Dray, cette nuit avait été sa rampe de lancement, le début d'une aventure. Il avait capitalisé sur cette réussite insensée.

Il était près de deux heures du matin, notre table était jonchée de verres vides - les miens, pour l'essentiel. Pourquoi n'avais-je pas réussi à rentrer chez moi, quand la nuit avait donné tout ce qu'elle pouvait ? C'est ce que Marc m'avait dit avec ces quelques mots, « il faut partir maintenant », ces mots qui disaient la maîtrise de soi et le triomphe du libre arbitre contre l'affaissement et les besoins tyranniques. Marc W., l'insupportable ami qui avait toujours raison. Comme si un raisonnement faussé était la cause de mon addiction alcoolique. « Tu sais, j'aime boire autant que toi, mais il y a un moment où l'alcool abîme plus qu'il n'apporte de plaisir. » Bien sûr Marc, excellent Marc qui ne faisait jamais la morale mais appliquait avec une rigueur implacable les raisonnements coûts-bénéfices appris (amusant paradoxe) à l'école du trotskiste Dray, pas tellement différents de ceux professés par les libéraux orthodoxes de l'École de Chicago. Homo economicus qui avait traversé l'existence armé de la plus fiable des boussoles, de la règle la plus simple : en toutes circonstances, *maximiser* sa satisfaction en utilisant ses ressources de façon optimale. Bien sûr, Marc, heureux propriétaire d'un appartement rue de Lisbonne, d'une maison sur la Côte d'Opâle et d'une autre en Saône-et-Loire, associé-fondateur d'un cabinet d'avocats spécialisé en contentieux d'affaires, Marc avec ses costards de chez Cifonelli et son coach sportif, bien sûr, il ne sert à rien de se détruire. Merci du tuyau, Marc ! Tête à claques qui feint de croire que l'autodestruction ne peut pas être un processus conscient, et qu'il suffit de montrer à l'ivrogne le caractère contre-productif de sa conduite pour que celui-ci corrige le tir. Bien sûr, Marc, que tu avais raison ! Il fallait partir parce que nous avions atteint cette heure où l'ivresse a dispensé toute la chaleur qu'elle pouvait dispenser. Irriguées par le génie du vin, les conversations s'étaient envolées à dada sur la logique et les raisonnements bas de plafond. Le temps avait relâché son emprise et nous étions à nouveau les jeunes gandins lumineux et charmeurs, les tables s'étaient rapprochées, Marc avait fait son numéro de vieux beau avec sa voisine. L'ivresse avait donné toutes ses richesses, toutes ses poésies. Il aurait fallu s'en tenir là, bien sûr. L'instant d'après elle allait tourner aigre. Il n'y aurait plus que des solitudes soliloquant les unes à côté des autres, la diction approximative, les mots mâchés débarrassés des consonnes, les serments d'amitié à la vie à la mort débités sur un ton robotique, les yeux qui ne voient plus rien, les monologues obsessionnels, la sénilité. Il fallait s'en aller, bien sûr, après avoir pris ce que la nuit pouvait donner.

Et j'étais resté.

Possédé, les dents serrées, comme un joueur qui ne parvient pas à quitter sa machine à sous. J'avais essayé de retenir Marc, moqué ses habitudes de pisse-froid, sa tempérance de *control freak*. Allez quoi ! J'avais haussé le ton. Peut-être même que Marc m'avait un peu bousculé en se dégageant. J'avais fait mon petit numéro de pochard avec une virulence où l'agressivité réelle n'était jamais loin, parce que l'alcoolique ne déteste rien tant qu'un camarade qui quitte le navire. Il se sait alors démasqué : le départ du buveur tempérant le renvoie à sa propre déchéance, à son addiction maniaque. Il y a de la jalousie dans cette fureur, l'envie du possédé pour celui qui conserve l'empire sur lui-même.

À la fac où je venais de prendre ma retraite, mes étudiants se foutaient de ma gueule parce que je prononçais « Pibé » au lieu de « Péhibé », et aussi « Ursse » au lieu de « U-èr-esse-esse ».

Je jettai un œil à la fenêtre. Dans le ciel, un avion traçait une ligne de son panache blanc. Mon cœur se serra : j'avais l'impression qu'il me laissait en plan.

À soixante-cinq ans, chacune de mes journées commençait par un serment solennel, la promesse de remettre les choses à l'endroit. Chaque journée s'achevait sur le même constat d'impuissance, le même ennui profond. Mon haleine me parvenait par bouffées inégales. Je fourgonnai dans ma boîte à pharmacie, dénichai un Alka-Seltzer et un antispasmodique pour l'envie de pisser. Je les avalai et lapai un peu d'eau dans la cuisine, à même le robinet de l'évier. J'étais assommé par la fatigue. Je me traînai néanmoins, en ahanant, jusqu'à ma table de travail.

Depuis quelques semaines, j'avais repris un projet ancien. J'avais décidé de me replonger dans un travail commencé quarante ans plus tôt sur le poète américain Robert Willow. Agnès m'y encourageait, mais elle aurait encouragé n'importe quelle marotte susceptible de me remettre en selle.

– C'est une super idée, Jean, avait-elle dit avec le regard doux d'une assistante de vie.

Si ça peut t'éviter de te suicider, parce que je n'ai pas envie de gérer ça en ce moment, aurait-elle pu ajouter. Mais était-ce vraiment *une super idée* ? Il y avait sans doute un peu de gâtisme là-dedans. Lorsqu'ils se sentent proches du terme, les éléphants prennent le chemin du cimetière, mus par un instinct millénaire. Les hommes de mon âge reprennent leurs travaux de jeunesse, ou bien se passionnent soudainement pour la généalogie de leur famille. Comme si l'achèvement d'un travail avorté quarante ans plus tôt pouvait constituer le maillon manquant qui éclairerait une existence ballottée par les contingences, atrophiée par l'indécision et la paresse. *Au moins, j'aurai accompli quelque chose*, pensais-je vaguement en reprenant les feuillets jaunis que j'avais tapés, à l'époque, sur une vieille Olympia. Décidé dans un moment d'exaltation, ce projet avait *a priori* tout de la mauvaise idée. Mais vite la fièvre était revenue, et je retrouvais intacte la ferveur qui m'avait jeté dans l'œuvre méconnue de Robert Willow, poète inclassable et méprisé. Musicien de jazz, turbulent compagnon de route du Parti communiste, exilé en France au début des années 50 pour fuir la folie maccarthyste, Robert Willow avait mis à profit ses dernières années sur Terre pour écrire deux recueils de poèmes splendides en français qui ne seraient publiés qu'après sa mort – un soir d'octobre 1960, un platane avait plié en deux sa Peugeot 404 après qu'il eut perdu le contrôle du véhicule, sur une petite départementale zigzaguant entre Barbizon et Milly-la-Forêt. Ainsi s'était achevée une existence commencée dans la ville de Durham, Caroline du Nord, dans un milieu petit-bourgeois où les deux laits nourriciers était le parti démocrate et le temple baptiste libéral – un milieu où la foi en l'avenir irradiait les cœurs américains. Elle avait été hachée par un platane débonnaire, dans l'Île-de-France hérissée de reliquaires et de vieux clochers, mangée de forêts trop anciennes.

À vingt ans, j'avais été soufflé par ses vers étranges et délicats, produits de façon incompréhensible par un enfant de l'Amérique. Comment un jeune *Yankee*, qui avait vibré aux exploits des Los Angeles Dodgers, avait-il pu écrire ces chants d'un autre âge ? Il avait foulé les galets de Coney Island, mangé des glaces en agrippant la taille d'une *date* aux seins conquérants et aux rêves statistiques, hanté les clubs de jazz de Harlem, et pourtant ses derniers poèmes semblaient arrachés à une vièle du Moyen Âge, d'un disciple de Villon ou de Charles d'Orléans. Que s'était-il passé ? L'énigme de cette vie, fauchée par un arbre idiot, n'avait pas vraiment intéressé la critique littéraire. Il faut dire que Robert Willow avait quitté un maccarthysme pour un autre : les mises à l'index de Jean-Paul Sartre valaient bien celles du House Un-American Activities Commitee, le comité parlementaire sur les activités antiaméricaines voulu par le sénateur Joseph McCarthy. À l'époque, l'intelligentsia de gauche goûtait assez peu la chanson de geste. Le seul romantisme accepté était celui de l'engagement – Tchen se jetant sous les roues de Tchang Kaï-chek et Boris Vian chantant *La Java des bombes atomiques*. Il fallait s'engager, se plonger dans le chaudron des tribunes et des rotatives, défiler coude à coude en chantant que l'Internationale sera le genre humain. À son arrivée à Paris, Robert Willow s'était jeté à corps perdu dans la centrifugeuse de Saint-Germain ; on l'accueillit à bras ouverts, comme on avait accueilli son pote Richard Wright et tant d'autres. Le quartier vivait à l'heure américaine. L'hôtel La Louisiane était bourré d'Amerloques, jazzmen, auteurs de Série noire, escrocs, ou fils de famille qui avaient traversé l'Atlantique pour s'encanailler dans les caves du *Lorientais* où les ex-zazous en pinçaient pour Charlie Parker.

Réunions d'appartements, pétitions à la chaîne, manifs anti-impérialistes, amours contingentes et dogmatisme d'airain : Willow retrouvait peu ou prou l'effervescence qu'il avait tant aimée à Harlem. Jean-Paul Sartre le présentait à sa mère dans le petit appartement de la rue Bonaparte, autant dire le toit du monde. La voix cassée de Willow ensorcelait, sa fossette de menton à la Kirk Douglas achevait le travail : les filles défilaient, envoûtées par le *boy*. Un grand gars au sourire franc, ça changeait des normaliens français mal terminés et fiévreux, qui s'emmitouflaient dans des trench coat trop grands pour ressembler à Humphrey Bogart. Willow avait un côté Kessel – par certains côtés si peu français, si américain. Le genre aviateur et intellectuel, en bras de chemise, qui ne dédaigne pas faire une partie de tennis avant d'enclencher sa Remington. Et puis, un jour, la disparition. Il rendit les clés de son meublé et loua une petite maison de ville à Étampes, une maison de notable qui sentait l'ail, avec des meubles Second Empire sous leur linceul de draps blancs. Le *boy* de Durham désertait La Rhumerie, les caves de jazz et les rédactions pour s'enterrer vivant dans un roman de

Mauriac. Il ne fit pas de déclarations fracassantes, il ne dit rien, il loua la maison à Étampes et se mit à écrire. On ne sait pas grand-chose de ces années-là, pour la simple raison qu'il ne voyait plus personne. On ne connaît que ses poèmes amoureux, retables d'une pureté immobile. *Toute la belle archerie*, *Chants d'amour*, *À celle qui ne m'attend pas*, *Étampes et Paroles*.

Seule son amie Nancy Holloway, la jeune interprète de *T'en va pas comme ça*, fut admise à le visiter à Étampes. Expatriée comme lui, brave fille, chanteuse yéyé papillonnant d'un tube à l'autre, elle était sa seule relation parisienne à ne pas graviter dans l'orbite sartrienne. Ont-ils eu une aventure ensemble ? Il n'est pas exclu que Willow en soit tombé amoureux. Il y a quarante ans, lorsque j'envisageais de consacrer ma thèse au poète, j'avais pris contact avec l'ex-chanteuse pour essayer de tirer cette affaire au clair, mais Nancy Holloway était fatiguée, elle avait refusé de me rencontrer et s'était contentée d'une réponse évasive : « *Bob était toujours aussi beau, mais il vivait dans un capharnaüm de vieux bouquins*, some medieval stuff. *Je ne peux pas dire que nous ayons vraiment discuté. Il me tenait la main en me disant que j'avais un cœur pur*, something like that. *Il avait l'air heureux mais à mon avis, il était devenu complètement cinglé. Les autres ne lui ont jamais pardonné.* » Les autres, c'étaient bien sûr les existentialistes, la petite bande de la rue Bonaparte, les normaliens aux longues écharpes. Dans son dernier poème en anglais, *Until Further Notice* (« Jusqu'à nouvel ordre »), Willow prenait nettement sa distance avec le Parti. Il renvoyait dos à dos l'Amérique, avec ses « rêves de *Reader's Digest* », et les soviétiques avec leur plan quinquenal (*five-year plan*) :

Absent jusqu'à nouvel ordre
Et encore au-delà
À tous les fâcheux

Je ne chanterai pas votre amour cadastral
Frigidaires pleins jusqu'à la gueule
Missiles supersoniques
Rêves de Reader's Digest
Je m'en suis allé
Je m'en vais à la cloche de bois
Dormir sous une fronde d'étoiles
Je ne chanterai pas votre plan quinquennal.

Rue Bonaparte, on avait moyennement apprécié. Certes Sartre n'était lui-même pas membre du Parti, il avait toujours été un compagnon critique, qui n'hésitait pas à dire ses vérités aux apparatchiks de la place du Colonel-Fabien. Il avait même eu des mots durs à leur égard à diverses occasions, et les staliniens n'étaient pas en reste : en 1948, le chef d'une délégation soviétique l'avait traité de « hyène dactylographique », lors d'un congrès. Mais Sartre n'avait jamais renvoyé dos à dos Moscou et Washington, il avait toujours marqué une différence entre le « way of death » américain et la perfectible Union Soviétique. En France, le Parti conservait un prestige énorme. Toute critique trop appuyée était soupçonnée de faire le jeu de la bourgeoisie capitaliste. La mise en pratique du marxisme-léninisme laissait sans doute à désirer : il n'en était pas moins, pour le philosophe, « l'horizon indépassable de notre temps ». C'était un amoureux exigeant mais c'était un amoureux, qui avait dit un jour que « tout anticommuniste est un chien ». De ce point de vue, le relativisme willonien était intolérable.

La suite de l'œuvre de Willow avait scellé sa disgrâce. S'isoler pour écrire sur l'amour courtois dans une petite ville de l'Essonne, c'était une lubie petite-bourgeoise, un romantisme de sous-préfecture. De la part d'un Américain, c'était carrément grotesque : Willow dans son exil ne valait pas mieux que les vieilles millionnaires californiennes qui échouaient sur les bords de la Riviera et peignaient des marines en se prenant pour Matisse. On suspectait une conversion au catholicisme, quelque chose de louche et rance. Il fut oublié. Nancy Holloway ne se souvenait pas de grand-chose, mais elle me narra un épisode glaçant. On lui avait raconté la réaction d'un « sartrien » à qui on rapportât la mort du jeune homme : « Au moins, Camus s'était tué dans une voiture de sport. Mais une Peugeot 404, franchement. »

À force d'investigations, j'avais reconstitué quelques faits épars. Robert Willow fut enterré à Étampes. Nancy Holloway suivit, seule, le corbillard qui roula jusqu'au petit cimetière. Richard Wright apparut au dernier moment pour l'accompagner. Il était venu en cachette, ravagé par le remords d'avoir lâché son camarade d'expatriation. Ils se rendirent ensuite dans la maison du poète. Observèrent-ils un temps de silence dans la maison encombrée de manuscrits ? On peut supposer que l'auteur de *Black Boy* et l'icône yéyé grillèrent une cigarette dans le jardin, sans parvenir à parler. Que Nancy Holloway, esprit pratique, brisa le silence pour parler télégramme à la famille, et négociation d'un délai avec le bailleur afin de vider la maison. On sait qu'elle fourra tout ce qu'elle trouva comme paperasse dans de gros cartons dénichés chez un commerçant du coin, et qu'elle les ficela avec du raphia (cela me fut narré par l'ancien gérant de la petite droguerie, qui n'avait pas oublié le passage de la tornade américaine). Elle rangea le tout dans le coffre de sa Triumph et fila à Paris à toute bringue. Richard Wright mourut quelques semaines plus tard, emporté par un cancer foudroyant.

Quatre mois avaient passé lorsqu'une cousine de Willow se présenta chez Miss Holloway, rue du Cherche-Midi. C'était une vraie Américaine, une mère de famille proprette avec ses ongles laqués et son chignon maxi-volume. Elle salua, prit les manuscrits et repartit aux États-Unis, dans le New Jersey. Les manuscrits échouèrent chez un petit éditeur francophile de l'East Side qui avait connu Willow, dans ses années new-yorkaises. Il tomba des nues en traduisant les chansons de geste de l'ex-enfant terrible. Ce fils de l'Amérique, trompettiste bambochard, avec sa *square jaw* et son sourire voyou, avait-il écrit ces textes ? Ils furent publiés dans l'indifférence la plus complète en trois petits recueils, dans une collection de l'obscure Philadephie Booker Press. Vingt-cinq ans après sa mort, une maison d'édition française éloquemment appelée Arrière-Garde se pencha sur le cas Willow. Elle décida de publier ses poèmes en français, avec une préface embarrassée. Willow était-il un farceur ? Un auteur de pastiches ? Fallait-il le prendre au sérieux ? Lisez toujours, disait en substance l'éditeur. Lisez toujours et faites-vous une idée. C'est à cette époque que je tombai sur un de ces petits rondeaux pleins et polis comme des galets. Tout le monde rêvait d'être un découvreur. Je m'imaginai passeur d'un génie et m'enorgueillis de comprendre, seul, une œuvre injustement méprisée.

II

MON ÂME INCONSISTANTE ET FRAGILE ÉLEVA UN CHANT SÉDITIEUX

Split Lips (« Lèvres fendues »), son dernier poème en anglais, a été probablement écrit en 1955. Nous pouvons le lire en français dans la traduction qu'en a faite Joël Sobchak, un scribe obscur et dévoué (et héroïnomane, m'avait dit le directeur de la rédaction d'Arrière-Garde, qui le faisait travailler à la fin des années 90).

De fait, Sobchak avait fait du bon boulot et on pouvait lire sans déplaisir (et surtout, sans déperdition poétique) ce texte singulier. Dans *Split Lips*, Robert Willow raconte sous la forme d'une ballade hallucinée l'exode de Louis Armstrong, depuis la Nouvelle Orléans jusqu'à Chicago, au début du siècle. Sur un riverboat long et paresseux, par une soirée chaude, la trompette d'Armstrong déchire le silence. L'exubérance et la puissance armstronguienne s'apprêtent à fondre sur le Nord industriel, et subvertir ses nuits glacées. C'est un exode mythique autant qu'une conquête. Armstrong fuit les « Honkey Tonkey » de La Nouvelle-Orléans, le rythme lent et cruel du Sud, la moiteur incapacitante du bayou. Il part à l'assaut du Nord, des speakeasies et des foules myrmicéennes. Le musicien joue tout au long du voyage qui dure sept jours et sept nuits, sans manger ni boire, jusqu'à ce que ses lèvres se fendent dans un supplice qui est aussi une apothéose.

Trois ans plus tard, Willow écrivait (en français) les premiers vers d'*Étampes et Paroles* :

Au soleil un mendiant au derrière breneux
Chante une pastourelle.
Passe un marchand,
Un curé,
Passe une pastourelle.
Elle écoute la voix du mendiant qui s'élève
Jusqu'aux cieux.

La métamorphose était spectaculaire, incompréhensible. Le jazz, les jam sessions l'avaient cédé aux enluminures et à l'amour courtois. Sa poésie avait quitté La Nouvelle-Orléans pour Orléans, l'ancien pays chrétien. Dans son périple à rebours du temps, il avait fait escale à Saint-Germain, c'est-à-dire Harlem-sur-Seine : c'est là que s'était nouée la bascule.

Je travaillais d'arrache-pied, dans mon trois-pièces de la rue Archereau. Parfois plusieurs heures d'affilée avant de poser le stylo, repu. Le livre prenait forme. J'en oubliais presque que j'étais vieux, et d'ailleurs je n'étais pas vieux, m'avait dit Léonie au milieu du mois d'avril. Elle avait lu quelque part qu'un senior de 2025 avait la forme physique d'un trentenaire sous Louis VI le Gros. J'avais souri. Elle m'avait appelé pour m'annoncer qu'elle allait emménager chez Jeanne, elle était joyeuse et parlait de son amie avec une ferveur inchangée. En raccrochant, je me demandais si les trentenaires sous Louis VI le Gros avaient envie de pisser quinze fois par jour, eux aussi.

Il était de plus en plus clair que mon livre serait un objet hybride, un recueil poétique mâtiné d'un essai, un objet bâtard comme l'était son sujet, l'insaisissable Robert Willow. Je voulais que le lecteur puisse lire le poète, mais je voulais aussi lui proposer ma vision, personnelle, de son œuvre. Chaque chapitre serait ouvert par une poésie de Willow, suivie d'un dégagement de ma main. Le soir, je reçus un appel de mon ex, Agnès. Au bout du fil, sa voix était sans chaleur. Elle n'appelait pas pour discuter oiseusement mais pour s'entretenir de référent parental à référent parental, entre parents divorcés.

– Tu as vu la copine de Léonie ? me demanda-t-elle.

– Affirmatif.

– Et alors ?

– Jeanne est super, une battante. Notre fille a l'air très amoureuse.

– Et pourtant tu n'as pas l'air très enthousiaste.

– Je ne sais pas. J'ai peur qu'elle m'éloigne de Léonie. Elle a l'air très radicale. Elle a un regard... La dernière fois que j'ai vu ce regard, c'était chez certains anciens de la Ligne communiste révolutionnaire, quand j'étais à SOS. Une dureté. J'imagine que Saint-Just, Robespierre étaient comme ça. Des gens qui ne doutent pas, qui pensent que le doute est la marque des faibles. Elle avait les narines dilatées par la colère. Pour elle, la question était réglée : j'étais un homme hétérosexuel, donc un oppresseur. Pire, un violeur en puissance. J'étais disqualifié.

– Pauvre petit mec en butte à la colère des femmes, railla Agnès.

Elle ne pouvait pas me soutenir sur ce coup-là. Elle était probablement d'accord avec moi, mais il n'était pas concevable que je puisse m'imaginer la trouver à mes côtés, contre une *sœur*. Elle ne trahirait pas. Les spectres de millions de femmes en colère, muettes, la regardaient avec insistance. Elles portaient de longues toges immaculées et psalmodiaient doucement, à la manière d'un chœur antique. Agnès poursuivit :

– Tu m'excuseras de ne pas être touchée par ta souffrance. Que je sache, on ne t'a jamais mis de bâton dans les roues à cause de ce que tu étais. Souviens-toi de ce qu'a subi Léonie, au collège.

Je me souvenais. Une bande de crasseux l'avait débusquée en train de se faire peloter par une autre fille. Des insultes avaient volé, Léonie avait répondu et avait récolté un cocard.

– Tu as raison, Agnès. Ce que je dis est sans doute inaudible. Et pourtant.... Cette fille me fait peur, c'est comme ça. Ce sont des esprits de système, et les esprits de système auront toujours l'avantage. Représente-toi une pensée close, une doctrine qui explique tout. C'est redoutable. J'étais là, à ratiociner devant Saint-Just, et tout ce que je disais sonnait faux. Mes nuances étaient des compromissions.

– C'est ce qu'elles sont, précisément.

– Je ne sais pas. Tu as beaucoup de certitudes. Cette fille, Jeanne, n'a que des certitudes. Moi, j'ai peur d'une idée qui écrase tout sur son passage. C'est beau et c'est terrible. Parce qu'une idée, elle n'appartient jamais qu'à elle-même, elle est incontrôlable, et elle ne s'arrête que lorsqu'elle a tout écrasé. Tu te souviens de la scène du canon désentravé, dans *Quatre-vingt-treize* ? Le canon fou qui écrase tout dans la Corvette

Claymore ? Voilà l'effet que cela me fait. Et puis il fallait voir la méfiance dans son regard. Une commissaire du peuple, voilà ce que j'ai vu. Elle ne m'écoutait pas, elle scrutait mes propos pour y trouver la confirmation de ce qu'elle avait d'ores et déjà décrété : le père de Léonie est un beauf homophobe, un gros porc veule et oppressif.

– Tu es totalement autocentré, nota Agnès, lasse. Il ne s'agit jamais que de toi. Tu es menacé dans ta virilité, dans ton autorité de père. Il n'est pas question de Léonie, en fait.

Elle me taclait gentiment. Peut-être était-ce un travers inconscient des couples séparés, quand ils sont placés dans une situation autrefois vécue dans un contexte amoureux. Ils prononcent les mêmes paroles acrimonieuses, comme s'ils allaient se réveiller ensemble le lendemain matin. Je ne détestais pas cela. C'était au moins l'expression de quelque chose, à tout prendre c'était mieux que cette bienveillance dégagée qui voulait dire *Je te souhaite le meilleur parce que tu restes le père de ma fille.* Ces petites agressions, ces manifestations d'agacement, c'était encore une façon de s'aimer.

– Tu es injuste. Je ne veux pas que ma fille devienne une.... (le mot « hystérique » me vint à l'esprit, je le rengainai prudemment)... une personne dépourvue d'esprit de finesse. Je veux qu'elle développe une pensée complexe, qu'elle apprenne à penser contre elle-même.

Agnès se racla la gorge.

– Léonie a besoin de reprendre confiance en elle. Si cette fille peut lui insuffler un peu de sa... niaque, tant mieux. J'espère juste qu'elle sera gentille avec elle. Qu'elle prendra soin d'elle, ajouta-t-elle en détachant chaque syllabe, comme on épèle un mot à un demeuré.

Je décidai d'ignorer l'allusion aux dernières années de notre mariage.

– Ce n'est pas une gentille, je ne crois pas. Elle gère des *solutions internet*, concluai-je pensivement.

*

Dans les premiers temps de notre divorce, Agnès ne me parlait presque plus que de notre fille. Elle avait mis tout en œuvre pour faire dériver nos échanges vers une camaraderie apaisée, cimentée autour de notre rôle de parents. J'avais noté ses efforts, qui blessaient mon amour-propre et désespéraient mon amour, tout court. Je lui avais fait remarquer un jour qu'elle déployait une belle énergie pour *réussir son divorce*, j'avais dit cela avec une intonation amère et même un peu condescendante, comme si cette expression appartenait à son vocabulaire, à un monde matérialiste et trivial, un monde de magazines de développement personnel qui serait le sien. J'avais en tête une chute venimeuse, « j'aurais aimé que tu déploies la même énergie pour sauver notre mariage », mais je l'avais ravalée : elle était, de toute évidence, d'une injustice totale. Agnès m'avait regardé droit dans les yeux. Elle n'avait pas relevé la volonté de faire mal, de toute façon ça ne prenait plus, elle s'était libérée de moi et de mon snobisme étouffant, culpabilisant, de mon snobisme merdique d'universitaire entretenu par sa femme, de petit pacha qui joue les arbitres des élégances, qui méprise le monde de l'argent dont il profite allègrement grâce à son mariage. Elle avait mis cette nuance de fiel sur le compte de l'amour blessé, elle avait planté ses deux yeux francs dans les miens et elle m'avait dit oui, Jean, j'ai envie de réussir mon divorce, et elle avait serré son adorable mâchoire pour ne pas pleurer. Et j'avais envie d'embrasser chacune de ses ridules au coin de ses yeux - ses pattes d'oie, comme elle disait. Elle avait cinquante-cinq ans.

Elle avait continué ses efforts, donc.

Dans les premiers temps, elle piochait abondamment dans le champ lexical de la maturité (*agir comme des adultes, sérénité, responsabilité, bienveillance réciproque*), un vocabulaire qui aurait pu être emprunté à un responsable politique démocrate-chrétien et allemand, disons un dirigeant de Länder un peu ennuyeux qui aurait mis l'humain et la coopération au cœur de son projet. Elle martelait ces mots, espérant me convertir à sa ferme résolution. Je détestais cela. Je détestais qu'elle soit apaisée, je ne voulais pas que nous soyons apaisés. Cela m'était tellement insupportable que je voulais y voir les mots d'un autre. Je devinais un protocole mis au point avec l'aide de son psy, et affiné avec sa meilleure amie au téléphone. Elle ne pouvait pas avoir si facilement tourné la page, pensais-je, elle répétait les mots d'un professionnel, peut-être s'aidait-elle d'un bouquin sur la séparation, cela lui ressemblait assez, à son coté bûcheuse pour qui tout s'apprend. Elle était réellement impressionnante de ce point de vue, d'un pragmatisme absolu, convaincue que l'on pouvait apprendre à vieillir, à se séparer et même à mourir de la même façon qu'on apprend les échecs ou l'espagnol, c'est-à-dire en appliquant une méthode, en lisant des ouvrages de référence et en se renseignant auprès des meilleurs spécialistes, c'était terrifiant et admirable, je l'aimais. J'essayais de lui parler de nous, de notre couple. Je voulais en parler encore et encore, remuer les souvenirs et répartir les torts, mais elle résistait avec brio - n'offrant aucune prise à mon dialogue amoureux, revenant toujours à notre réussite de parents. De temps à autre je recevais sur mon téléphone portable une photo de nous deux avec Léonie, sans aucun commentaire. J'enrageais, j'imaginais Agnès discutant de moi avec un psy chauve et bon, un psy qui ressemblerait physiquement à Michel Foucault, avec une capacité d'écoute inépuisable, et ils parleraient de moi comme d'un fou furieux, une espèce de pervers immature qu'il faudrait manipuler précautionneusement, et Michel Foucault lui conseillerait de m'envoyer des images qui convoquent *un imaginaire de responsabilité*, quel enculé.

Et puis sa ferme résolution s'était fissurée, un soir. Nous étions dans un restaurant péruvien, devant un ceviche de cabillaud, et j'avais exhumé pour Agnès un souvenir vieux de quinze ans, une randonnée en canoé-kayak, sur la côte sauvage de Quiberon, dans le Morbihan. Nous nous étions égarés à cause d'un brouillard à couper au sabre, une tempête s'était déchaînée et nous avions dû trouver refuge dans une grotte enfouie dans le pli d'une falaise. La mer était pleine mais nous n'étions pas tout à fait certains qu'elle n'allait pas monter plus haut, nous avions réellement eu peur mais vingt ans plus tard c'était le souvenir parfait, avec sa dose d'angoisse, d'imprévu, le décor de fin du monde et l'inévitable baise, sur les gros galets blancs, le goût salé de son sexe que je fouissais avec adoration. Je rappelais à Agnès le retour épique, menacés d'être fracassés contre la falaise, avec nos kayaks minuscules, nos kayaks de touristes. Agnès m'avait laissé parler, elle avait eu un sourire et elle s'était attendrie avec moi, et nous avions plaisanté, et nous n'avions pas parlé du sexe mais le souvenir vivace de cette empoignade était là, flottant au-dessus de la table, entre nous deux. Agnès souriait, elle se laissait aller à un véritable sourire, elle n'était plus l'ex constructive appliquée à réussir son divorce, elle ne répétait pas les mots de Michel Foucault, elle ne déroulait pas le scénario convenu au téléphone avec sa meilleure amie. Je leur avais arraché Agnès et nous étions là, un instant, dans cette grotte où je râlais en la pénétrant, où nous râlions, empêtrés dans nos gilets de sauvetage. Et naturellement après le souvenir lumineux il y eut les reproches, ceux de ne pas avoir été à la hauteur du souvenir lumineux, de m'être laissé envahir par l'amertume, de l'avoir rabaissée, de l'avoir vampirisée. Depuis ce soir au restaurant péruvien elle oscillait entre tendresse et agacement (les deux sentiments parfois contenus dans la même inflexion de voix, comme deux atomes contraires). Elle n'était plus à la bonne distance, elle n'était plus à la distance adéquate qui lui avait été indiquée par le psy chauve et astucieux. Alors j'entrevoyais un espoir dans l'agitation qui affleurait, malgré elle, sur son beau visage.

Sur le canal de l'Ourcq, des petits bateaux électriques transportaient des groupes de Canadiens. C'était le joli mois de mai. Les yeux écarquillés, vissé sur ma chaise de bureau, j'étais plongé dans le mystère Willow. Ce n'était pas tout d'écrire : il fallait continuer mes recherches. Ce n'était pas la partie la plus pénible du travail, j'aimais assez fouiner et passer des coups de fil, j'avais l'impression d'être un « privé » malpropre et efficace, dans un roman noir. Il fallait bien commencer par quelque chose, alors je m'attaquais au départ de Willow pour la France. Il avait quitté l'Amérique en 1953, nécessairement avant le 18 du mois de juin puisqu'il avait été photographié ce jour-là au Vél' d'Hiv', à côté de Sartre, à la manifestation de soutien aux époux Rosenberg, accusés d'espionnage soviétique. Comment avait-il voyagé ? J'avais parié sur une traversée de l'Atlantique en paquebot, à cause de ces vers de « Swing-farce océanique » :

Près du piano bar un très haut capitaine accosta obliquement une putain assez laide
Le Liberté *(C'était son nom !)*
Tenait un cap plein est.

Le *Liberté* était un mastodonte qui avait assuré la liaison avec New York pendant une grosse décennie, après la Seconde Guerre mondiale. Je me rendis au Havre. Sur l'autoroute, ma

Toyota Prius vrombissait de plaisir : elle avait été longtemps privée de sortie. Arrivé en ville, je roulais à basse allure dans un quartier d'entrepôts, près du port, avant de trouver le centre documentaire French Lines & Compagnies, qui gérait les fonds historiques de la Compagnie générale maritime (anciennement Compagnie générale transatlantique). « Nous avons cinq kilomètres d'archives », annonça fièrement le directeur adjoint du centre, un quarantenaire à qui j'avais vaguement expliqué mon projet au téléphone. Il portait des lunettes couleur rouille, ou terracotta, enfin un truc dans ce genre et se frottait les mains qu'il avait longues et maigres comme s'il venait de conclure une très bonne affaire. Son visage était étroit et mobile.

– Les listes de passagers depuis 1932 ont été numérisées par des bénévoles, ou des historiens retraités. C'est un travail de fourmi.

– C'est remarquable ! Remarquable ! dis-je en serrant les dents.

Remarquable, et aussi un peu effrayant. Mon guide m'avait adressé un clin d'œil complice, l'air de dire que j'avais exactement le profil. Il avait flairé le senior désœuvré, et si jamais je voulais faire partie de l'aventure... « Plutôt me faire bouffer les yeux par un grizzli », pensais-je en grimaçant un sourire. Sur la route, j'avais dû m'arrêter quatre fois pour pisser, aux stations-service. L'archiviste m'installa dans une petite salle où se trouvaient des ordinateurs. Même pour un fossile de l'ère pré-numérique, la base de données « FrenchLine » était facile d'utilisation. Je trouvai sans peine le poète, enregistré au nom de « Bob Willow », sur une traversée du 4 au 12 mars 1953. Pour les photos, en revanche, c'était plus compliqué, le dévouement des retraités avait des limites et ils n'avaient pas numérisé les photos. Chaque traversée avait fait l'objet de centaines de clichés : il aurait fallu éplucher des dizaines de cartons, pendant des heures.

– Mais les voyageurs de seconde classe étaient moins photographiés, ajouta le directeur adjoint avec un air malin.

Je me contentai des dates du voyage, et relevai que le camarade Staline était mort au deuxième jour de la traversée de Willow. Sans doute avait-on télégraphié la nouvelle au commandement de bord, peut-être y avait-il eu des cris de joie parmi les passagers. Willow l'avait-il joué *low profile* ? Je pris le chemin du retour. Une main sur le volant, une cannette de Heineken calée dans le porte-gobelet, je songeais. J'essayais d'entrer dans le costume froissé de Robert Willow, ce matin du 4 mars 1953, sur le pont du *Liberté*. Je tendais le cou pour voir par-dessus la rangée d'épaules, je contemplais une dernière fois la skyline qui s'éloigne jusqu'à n'être qu'une bande crénelée à la surface de l'eau. Sur le bateau, il y a des fils à papa et aussi des militaires de retour de permission qui vont rejoindre un poste à Berlin, dans la zone d'occupation américaine. Ils ont décidé de faire l'escale à Paris, pour vérifier les récits qu'on leur a fait : ceux qui ont libéré la ville en 44 ont raconté un bordel à ciel ouvert. Il y a aussi des touristes richards avec des vestes à revers de fourrure, des hommes d'affaires et des petites filles de bonne famille emmaillotées dans leur cape en laine. Robert Willow regarde ses compatriotes, qui sentent le savon frais. Il pense : voilà les Américains. Il ne se compte pas d'emblée parmi eux ; cela lui demande un effort et alors il sursaute : *je suis Américain*. Il les regarde et il voit un peuple étrange et trop neuf, de gros bébés roses et mafflus qui sentent le talc et l'huile de bain. Il leur manque quelque chose. Peut-être une défaite fondatrice, pour faire leur introspection collective. Le sens du tragique. Il leur manque le goût de cendres dans la bouche. Ce goût, Willow le connaît bien, il a l'impression d'être né avec lui. Il se penche à nouveau. À présent la skyline est un trait à peine perceptible, une minute après elle se confond avec la ligne d'horizon. Le cœur de Willow se serre. Il se redresse, respire puissamment. Il ne pleurera pas. Il n'est jamais allé en Europe, mais il a l'impression de rentrer à la maison.

Son père souffre d'un pneumothorax, il ne sait pas s'il le reverra un jour. Sa mère pourrait bien mourir de chagrin lorsqu'elle recevra la lettre qu'il a postée quelques heures avant son départ, dans un petit bureau de poste de la 139e rue. Il part en France. Il voyage à rebours de l'Histoire, à rebours des flux d'énergie qui convergent vers le nouveau centre de gravitation du monde. Il quitte le continent des possibles pour rejoindre le vieux monde qui s'est deux fois suicidé, il rallie la terre ancienne qui n'est plus le centre du monde mais une Athènes, un témoin, une borne qui n'a plus d'autre mission que d'être un témoignage de la folie des hommes. Sa mère souffrira, elle si craintive, si peu aventureuse. Elle marmottera des God Bless Him sur les bancs de l'église baptiste. Son père aussi souffrira, mais de façon moins perceptible. D'une certaine façon son fils n'existe plus pour lui : il est mort une première fois lorsque Robert lui a déclaré qu'il ne retournerait pas à Howard University, et puis une seconde fois lorsqu'il a annoncé au téléphone qu'il était membre du parti communiste et deuxième trompette dans un orchestre amateur et qu'il avait défilé au côté de W.E.B. Du Bois contre l'impérialisme et pour la paix mondiale, qu'il avait défilé pour sauver la peau des époux Rosenberg, ces rouges qui ont vendu la sécurité de l'Amérique. Il avait dit cela et le père était resté silencieux à l'autre bout de la ligne, et entre le père et le fils il y avait désormais les 36 000 morts américains de la guerre de Corée, il y avait l'Amérique, il y avait les valeurs robustes de travail et d'effort et de décence, il y avait le prêt contracté à la Chevy Chase pour payer les frais de scolarité exorbitants, les intérêts implacables arrachés à la sueur du père, les dettes qui sont la promesse d'une génération plus prospère avec ses palmes académiques et ses automobiles et ses maisons sur U Street. Entre eux deux il y avait le petit capital de respectabilité patiemment accumulé, si fragile, foulé aux pieds par le fils. Plus fragile, disait le père, parce que *nous* sommes différents. Pour *nous* c'est plus compliqué et ça le sera toujours, avait coutume de dire George Willow lorsqu'il abordait le sujet. Il était rare qu'il le fasse et alors sa voix baissait d'une octave, comme s'il craignait une oreille indiscrète. *Eux* peuvent se permettre des choses que nous ne pouvons pas *nous* permettre, *nous*, la légèreté et l'inconséquence sont un luxe que *nous* n'avons pas, il ne faut pas nous faire remarquer car *ils* ne nous passeront rien. Et tout cela était piétiné très calmement par le fils.

À mon retour à Paris, je me jetai à mon bureau et racontai le départ de Robert Willow, dans un long chapitre que je voulais incarné, vivant, presque romanesque. Un chapitre qui tenait de moins en moins du récit biographique, mais au fond qu'importe, j'avais des choses à dire moi aussi, à soixante-cinq ans je me sentais naître des forces nouvelles, des forces que je n'avais jamais essayé d'éprouver, retranché derrière l'ascèse de la recherche scientifique et la rigueur historique. Je m'autorisais une liberté croissante et y puisais un plaisir d'un ordre nouveau, durable et fécond.

Plongé dans mes travaux, je n'avais pas vu l'été approcher. L'anniversaire du jour de ma naissance, douillettement lové au creux du mois de mars, n'était pas le cap le plus difficile à passer. La côte escarpée, celle qu'il fallait attaquer en serrant les dents, c'était le 15 juin. Ce jour-là, je ne pouvais m'empêcher de compter les années qui me séparaient du concert de la Bastille, du 15 juin 1985. Épiphanie glorieuse de tous mes sens, et rêves d'immortalité. Ce n'était pas encore la fête de la musique mais les chaleurs de juin remplissaient les cafés, les intrigues amoureuses se nouaient entre jeunes gens, les sexualités balbutiantes se reniflaient hardiment et moi je devenais vieux. Il fallait trouver à occuper cette journée pénible. Je décidai de faire un pèlerinage à Étampes, pour revoir la maison du poète.

Le RER C me conduisit droit dans la petite ville sillonnée de canaux, assoupie depuis un demi-millénaire. Elle était sortie de l'Histoire quelque part à la fin du seizième siècle. Le dernier évènement notable était le siège de la ville par les troupes du prince de Condé, qui massacrèrent les notables catholiques ayant eu la bonne idée de rester. Depuis, l'ancienne ville royale devenue sous-préfecture de l'Essonne s'était tenue tranquille, au sens où elle n'avait pas été le théâtre d'un évènement majeur ni l'épicentre d'une épidémie ni le berceau d'une révolution esthétique, c'était globalement assez calme (à l'exception d'un regain de hype au début du XXe siècle, lorsque Louis Blériot y installa son école d'aviation). Les dernières décennies n'avaient pas inversé la tendance, quelques quartiers un peu chauds étaient apparus mais pas de quoi fouetter un chat, il y avait aussi un hôpital psychiatrique qui relâchait chaque matin dans le centre-ville des gens qui taxaient des clopes ou picolaient ou cherchaient des choses par terre comme s'ils suivaient une piste et comme si les chewing-gums et les mégots dessinaient une carte secrète dont ils auraient la lourde charge de décrypter le sens, cela faisait partie des choses que pouvait constater le visiteur de bonne foi, raisonnablement observateur. Et si ce visiteur poussait un peu ses investigations il apprendrait l'existence de quatre églises du XIIe siècle et d'une base de loisirs où les enfants pouvaient, si tel était leur désir, pratiquer l'accrobranche.

Je me souvenais de l'adresse que j'avais dénichée à l'époque de mes premières recherches, dans les années 80. Nancy Holloway n'était pas en mesure de me donner un nom de rue, elle se souvenait seulement que la planque de Willow était en centre-ville, *downtown*, alors j'avais passé des heures au Centre des archives départementales de l'Essonne et fini par trouver le nom de Robert Willow sous la notice afférente au 4 rue de la Queue du Loup. En sortant de la gare RER, je traçai vers la petite maison. C'était une bâtisse à deux niveaux ; les pierres de taille y avaient été recouvertes d'un vilain béton projeté, rose pâle. Accroché au garde-corps des fenêtres du premier, un panneau Stéphane Plaza Immobilier indiquait que la maison était à vendre. Un numéro de téléphone était renseigné. Mon cœur s'emballa un peu : j'allais enfin avoir l'occasion de pénétrer dans l'antre de Robert Willow. Je composai le numéro, tombai sur une standardiste qui me bascula sur une autre ligne. Mon interlocuteur avait une voix jeune et énergique : il redoubla d'enthousiasme lorsque je demandai si le 4 rue de la Queue du Loup était encore à vendre. Visiblement, les acheteurs ne se bousculaient pas au portillon.

– Bien sûr, monsieur. 177 mètres carrés, deux niveaux, une family room, beaucoup de possibilités. Le confort moderne avec le cachet de l'ancien. J'ai un créneau à 14 heures pour une visite. Un vrai petit bijou. Vous connaissez Étampes ?

– Il y a des travaux ? demandai-je en retour.

J'espérais secrètement que le décor du maître était resté inviolé.

– C'est dans son jus, concéda l'agent.

Je déjeunai d'une pizza Regina, fébrile. Et si je découvrais un grenier où s'entasseraient des manuscrits inédits ? J'étais pris d'une agitation de gosse ou de chercheur de trésor. Je m'imaginais acheter la maison. Je pourrais vendre mon petit appartement parisien, m'endetter peut-être. Je passerais mes dernières années d'existence à contempler les couchers de soleil que l'auteur décrit dans *Étampes et Paroles*. Ou bien je créerais une fondation Robert Willow pour l'amitié franco-américaine : des touristes y contempleraient les manuscrits originaux du poète en hochant la tête, pénétrés.

À l'heure dite, je me trouvais devant la porte cochère. L'agent immobilier était un jeune homme athlétique, qui ne devait pas avoir trente ans. Costume satiné, chaussures à bouts carrés, chemise bleue pétrole : il n'avait pas échappé à la malédiction esthétique qui poursuit tous ceux qui se lancent dans l'aventure immobilière. Il arborait un sourire forcé où perçait le désespoir. Il était évident que cette maison lui restait sur les bras depuis de longs mois, peut-être une année entière.

– On est partis ? lança-t-il avec un clin d'œil.

Il introduisit la clé dans la serrure puis s'arrêta, se tourna à demi et me glissa sur le ton de la confidence :

– C'est une perle, mais il faut savoir se projeter.

Je jubilais ; précisément, je ne voulais pas me « projeter » mais faire un saut dans le temps, me transporter dans les mois de l'hiver 1959-1960, cet hiver glacial qui fut le dernier de Robert Willow que j'imaginais enveloppé d'une vieille gabardine, extatique, ne ressentant même plus la morsure du froid, noircissant les pages sans même prendre la peine d'alimenter le poêle à bois. N'écrivant guère plus que pour lui-même, sans espoir d'être jamais lu, célébrant les siècles anciens et immobiles, les métayers du Gâtinais qui poussaient la charrue en égrenant leur chapelet. Robert Willow tricotant ses ballades naïves.

J'allais enfin pénétrer dans l'antre de Willow, le lieu de la création, les quatre murs qui avaient renvoyé en écho les vers certainement scandés à voix haute par le poète, pour en éprouver la musique. Mon espoir fut douché dès mes premiers pas dans le vestibule : moquette impression losanges à poils longs frisottés, papier peint saturé de petits bonhommes façon Keith Haring, faux plafond, la maison avait été méthodiquement ravagée selon les canons qui dominaient en France à la fin des années 1980. Les fenêtres étaient en PVC.

– Dans son jus, comme je vous l'avais dit. Il faut changer tout ça, bien sûr. Il y a des devis, ajouta l'agent en me coulant un regard suppliant. C'est un ticket à 20, 30 000 euros maximum.

– C'est pas mal, c'est pas mal, marmonnai-je.

– À l'époque, on planquait les moulures sous des faux plafonds, se lamenta l'agent. On fait le tour ?

– J'aurais voulu rester quelque temps dans le salon.

– Bien sûr, je vous laisse regarder. Je vous laisse vous imprégner du lieu.

Je contemplai la pièce. Sous la gangue atroce, la maison de Willow était encore là. Derrière la baie vitrée était encastré un petit jardin de curé, carré de gazon pelé, coincé entre trois murs mangés de salpêtre. À l'est, Notre-Dame-du-Fort hissait une flèche tavelée par les siècles. Dans mon dos, l'agent se remit à parler :

– Il faut imaginer le petit kawa du matin, avec la vue sur le clocher, c'est une tuerie. L'église date du Moyen Âge, enfin je crois. Vous pouvez aller sur Wikipédia, vous aurez toutes les infos. Et puis vous allez voir la family room, les volumes. Des volumes pareils, dans l'Essonne, c'est rare. Il y a une chaudière Frisquet, c'est la Rolls des chaudières, elle est encore sous garantie. Le cachet de l'ancien. Je dis souvent au propriétaire : c'est une maison pour un écrivain.

– De fait, il y a eu un poète ici. Un poète a vécu ici.

Je sentis le besoin de le dire à cet homme, même s'il s'en foutait, il fallait que l'on sache que Robert Willow avait vécu ici, qu'il avait souffert et trouvé une forme d'apaisement entre ces murs. Il n'était pas possible que cette vie disparaisse de la mémoire des hommes. *Témoignez partout où vous irez.* J'étais l'apôtre du Christ-Willow, condamné à déciller les yeux de mes contemporains, à diffuser sa parole.

– Ah oui ?

L'agent avait l'air intéressé. Il flairait l'investisseur fêlé, l'ange providentiel capable de mettre quatre cent mille euros sur la table.

– Oui. Robert Willow, né à Durham en 1927, mort dans un accident de voiture en 1960, entre Étampes et Barbizon.

– C'est incroyable, incroyable.

– Il a écrit *Étampes et Paroles*, *Chants d'amour*, *À celle qui ne m'attend pas*. Entre autres.

– Il faut que j'en parle au propriétaire. C'est incroyable que le propriétaire ne m'en ait pas parlé. C'est amusant parce que je lui avais dit : cette maison, c'est pour un poète. Quelqu'un qui aime le cachet de l'ancien, le caractère. Je lui ai dit texto, c'est dingue, et là vous me dites que *c'était* la maison d'un poète. Sans déconner. Il y a des signes, moi je crois aux signes.

– Oui, parlez-en au propriétaire, parlez-en autour de vous. Dites-le à tout le monde, en fait. Robert Willow. Il était américain. Durham, Caroline du Nord. *Un jour que je m'enfonçais intranquille / Dans la forêt épaisse / Mon âme inconsistante et fragile / Éleva un chant séditieux.*

– C'est incroyable, mais quelque part ça ne m'étonne pas. Elle a tout cette maison. Je vais vous faire une confidence, je ne devrais pas mais tant pis. Quand on a rentré le mandat à l'agence j'ai dit à ma femme d'y réfléchir sérieusement. On y a réfléchi tous les deux très sérieusement. On aurait eu un apport, on l'aurait achetée. Je vous le dis de vous à moi. Parce que franchement, quoi. Le caractère, cachet de l'ancien.

« Le cachet de l'ancien. » Il s'accrochait à ces mots comme à une formule magique, on lui avait appris à la répéter alors il la répétait, les larmes aux yeux, espérant qu'elle me fléchisse, que je le délivre à jamais de cette barraque invendable avec ses diagnostics énergétiques catastrophiques, sa charpente rongée par les capricornes et son propriétaire qui refusait de baisser le prix, il n'en pouvait plus, elle lui sortait par les yeux, il n'y croyait plus et les rares visiteurs le voyaient.

Je me sentis misérable. Je jouais avec les nerfs de cet homme qui ne m'avait rien fait, je cédais à unc exaltation de midinette, au fétichisme. Le culte des maisons d'écrivains, franchement. Quelle insulte à l'intelligence. C'était une invention de journaliste, de chasseurs de fantômes, d'idolâtres prompts à se prosterner devant la relique d'un taille-crayon. C'était bien mal aimer la littérature. C'est le culte adolescent pour la blonde hitchcockienne que l'on n'essaie même pas d'aborder. J'avais soixante-cinq ans, et je me comportais comme un étudiant de première année de lettres, qui croit avoir découvert la pierre philosophale en dénichant un poème inconnu. Or, il n'y avait pas de pierre philosophale, il n'y en avait jamais eu. Il y avait sept milliards d'individus contraints de se frayer leur chemin à travers l'existence, et certains qui parvenaient à le faire plus dignement que d'autres. On attendait d'un homme de mon âge qu'il soit endurci, à la rigueur nostalgique - pas qu'il verse dans le sentimentalisme et perde le sens commun. Ma fille comptait sur moi. Mon ex aussi, mon ami Marc. Il était peut-être temps de se conduire en adulte. Je bredouillai :

– Excusez-moi, je ne me sens pas très bien. Je vais louper le direct pour Paris. Je vais réfléchir à tout ça, c'est un projet qui exige réflexion.

L'agent blêmit. Je n'avais même pas visité l'étage. Je l'entendis haleter, dans mon dos.

– Bien sûr, prenez votre temps. Nous en reparlerons. Je suis disponible quand vous voulez pour une contre-visite. La taxe foncière est de 2 800 euros. Réfléchissez.

*

Je me remis au travail. L'exaltation était retombée pour faire place à une joie saine : j'écrirais un ouvrage honnête et solide sur le poète pour le faire connaître de quelques contemporains. Installé à mon bureau, devant mon ordinateur, je retrouvais un peu de sérénité. J'avais enfin mis son sujet à sa juste distance : Robert Willow n'était pas mon frère de sang mais un auteur injustement oublié, dont j'appréciais le travail. Je ne ferais pas une hagiographie, je poserais un regard lucide et juste, exprimerais une admiration mesurée. Assurément, la prose de Willow n'était pas sans défaut. Ses premiers poèmes, ceux de Saint-Germain, se ressentaient de l'atmosphère pagailleuse des surprises-parties. Ses vers étaient encore parasités d'enfantillages zazous, de jazz guimauve, de jeux de mots.

Mon cœur entier dévoré vous appelle
Le vôtre bat pour le Hot Club de France
Be bop à Lola Ô votre Suffisance
Votre cœur mécanique fonctionne avec une bielle.

Il n'avait pas encore assez souffert et cela se sentait. Dans ces années-là, entre 1953 et 1957, on peut lui reprocher sa nonchalance, son effronterie voyoute. Et cependant il y avait quelque chose d'admirable à manier la langue comme il le faisait, alors qu'il n'était pas francophone de naissance. Il écrit alors ses premiers poèmes en français. L'avait-il appris dans sa jeunesse ? Après tout, le nom de jeune fille de la mère de Robert Willow sonnait haïtien (cela figurait dans la petite notice biographique du *Philadelphie Booker Press*). En harcelant l'étude notariale qui avait géré la succession du poète, je trouvai le nom d'une nièce de Willow. Dory était la fille de l'unique sœur de Robert, décédée au début des années 2000. Internet m'apprenait qu'elle était salariée dans une société de courtage en prêt automobile, à Baltimore ; son adresse email figurait sur le site. J'envoyai un message enjoué, expliquant que je souhaitais écrire sur son oncle. J'y allais à la truelle, j'écrivais qu'il était une « personne inspirante ». Je flattais l'esprit de clan et la vanité généalogique.

Après quelques jours, elle répondit en me lâchant son numéro de téléphone. À l'autre bout du fil, Dory Macanan, née Willow, n'avait pas l'air particulièrement enthousiaste à l'idée qu'un universitaire français s'intéresse à son oncle. Elle me faisait épeler mon nom, comme si elle comptait se renseigner ultérieurement sur mon compte. Je lui posai la question de la langue maternelle de Robert. Elle fouilla dans ses souvenirs : « *Maman avait été élevée en même temps que Bob, à quelques mois d'intervalle. Elle n'a jamais parlé un mot de français. C'était des gens de*

Washington D.C., du Shaw Neighborhood, des gens décents. » Elle avait dit *decent people*, sous-entendant que la maîtrise du français était une sorte de perversion. Je n'appris pas grand-chose de cette conversation, si ce n'est que le départ de Robert Willow pour la France avait marqué cette famille d'un traumatisme tenace. Dans la légende du clan, Robert Willow était resté le « *commie* », le communiste dangereux, traître au drapeau, traître aux solides valeurs de l'Amérique, et même sur le tard il était devenu une sorte de communiste français, c'est-à-dire un être dépravé au dernier degré, nécessairement addict au sexe et aux drogues, porté sur les plaisirs improductifs de la controverse et de la manifestation. Un oncle éloquent et sulfureux que l'on réprouve officiellement non sans tirer une secrète fierté de l'avoir dans son arbre généalogique, comme un diamant noir, voilà ce que représentait Robert Willow pour sa nièce qui ne l'avait jamais connu.

Je tentai d'en savoir un peu plus et lui demandai si elle avait des photos de l'oncle *commie*, des lettres. Dory avait un frère, Warren, qui travaillait au département de l'Éducation, à Washington D.C., il avait même un poste important. Pourrait-elle nous mettre en contact ? Warren et elle avaient-ils connu George, leur grand-père, le père de Robert ? Elle déclinait sèchement : « Warren ne vous dira rien de plus, il est très occupé, il a des responsabilités. George est mort peu de temps après le départ de son fils en France. De chagrin, à mon avis. Il n'y pas de lettre, rien. Nous sommes une bonne famille américaine, *Mister* Roscoff. Je crois que nous nous sommes tout dit. » Elle raccrocha.

Ce n'était pas le Pérou, mais son impatience courroucée me racontait un peu la famille Willow. Une famille soucieuse de respectabilité, au conformisme sourcilleux. *Decent people*, avait dit Dory, et ce mot contenait toutes les névroses américaines : l'héritage puritain, le matérialisme étroit et le sentimentalisme bon marché. On pouvait imaginer que les inclinaisons artistiques de Willow n'avaient pas trouvé, dans cet environnement, un terreau favorable.

La besogne me gardait arrimé à ma table de travail six heures par jour. Rien ne me distrayait de ma tâche, ou presque : il y avait le chantier qui s'éternisait, rue Archereau, au pied de mon immeuble. Des types creusaient une tranchée pour accéder aux canalisations. Quand le marteau-piqueur reprenait son pilonnage, ce n'était plus la peine d'essayer, mon simple vitrage ne faisait pas le poids. Il y avait bien la solution qui consistait à écouter Motörhead dans mon casque pour couvrir le bruit du chantier, mais les beuglements gutturaux du grand Lemmy Kilmister n'étaient pas plus propices à la concentration et risquaient, de surcroît, de me replonger dans des abîmes nostalgiques (l'année de mes vingt ans, en pleine révision du concours de Normale, j'avais acheté le vinyle d'*Ace of Spades* chez un disquaire de la rue Mouffetard et l'écoutais en sautant comme un demeuré, entre deux séances de révision, pour me défouler). Alors j'attrapais ma veste et j'allongeais de longues marches dans Paris (mon médecin avait encouragé cette pratique depuis que je lui avais fait part de certaines lourdeurs aux jambes). Je poussais jusqu'à l'Hôtel de Ville, regardais les danseurs de rue. Je fixai, plus longtemps qu'il est raisonnable, un type qui faisait des bulles géantes : il remballa son matos, vaguement mal à l'aise. L'été était bien entamé, Paris une fournaise malodorante. Je reluquais un peu les filles : le va-et-vient du marteau-piqueur m'avait un peu dérangé l'esprit. Le demi-siècle qui s'était écoulé n'avait pas complètement tué en moi le collégien priapique. Il lui arrivait de bouger encore. Depuis quelque temps, j'avais développé une prédilection pour les touristes japonaises en mode cyberpunk, avec minishirts en vinyl, rangers et cheveux verts. Elles me rappelaient les filles de l'espace qui me faisaient triquer, ado, dans les premiers numéros de *Métal Hurlant*. J'imaginais coucher avec une de ces Martiennes : ce devait être une expérience unique. Comment les aborder ? Certes j'étais seul, et totalement libre. Du temps de mon mariage, combien de fois m'étais-je représenté le carton que je ne manquerais pas de faire si on *relâchait le tigre ?* À présent que j'avais toute latitude pour multiplier les partenaires, je dus faire face à une réalité moins enchanteresse. Le jeune dandy à crinière n'était plus. Quelques vestiges perpétuaient son souvenir : lippe charnue, sourcils épais et regard bleu horizon. Pour le reste, je ne me faisais pas d'illusions. J'étais un sexagénaire aux jambes maigres, avec une bedaine ; morphologiquement, je ressemblais à un poulet-bicyclette. Il ne me restait guère plus qu'une niche, celle des étudiantes en lettres modernes désireuses de scandaliser leur monde en se mettant à la colle avec un vieux, voire de se laisser prendre au charme sophistiqué d'un cheval de retour aux airs de droopy neurasthénique (le genre qui en pincent pour Woody Allen). À Paris VIII, j'en avais croisé quelques-unes dans les couloirs. Elles sont bipolaires et ardentes, raffolent des films de Gaspard Noé ou de Béatrice Dalle, placardent sur leur frigo d'adolescente le portrait de Rimbaud par Nadar et racontent à qui veut l'entendre qu'elles mourront à vingt-sept ans. Elles peuvent vous poignarder pendant l'amour, avant de fondre en larmes et d'appeler les pompiers. D'aucuns diront qu'elles sont casse-couilles ; d'autres qu'elles sont *intégrales*. Je n'avais plus la force de cela. Dans ma situation, l'idéal aurait été de trouver un arrangement financier avec une femme extra-européenne rêvant de rejoindre l'espace Schengen. Je préférais m'abstenir : mon amour-propre était trop abîmé pour que j'accepte sans dommage d'être aimé pour mon passeport bordeaux. Je m'admonestai. Cesse de te faire du mal, Roscoff ! Sois digne ! De retour chez moi, j'évacuai le sujet à la force du poignet, mâchoires serrées, face au lavabo. Je pensais à Agnès.

*

J'avais considérablement réduit ma consommation d'alcool. Je buvais encore tous les jours, mais ne débouchais la première bouteille qu'à la tombée du jour. Le reste du temps, je carburais au jus de tomate. Assaisonné avec moult Tabasco, sel de céleri et Worcester Sauce, ce breuvage donnait un peu le change. J'étais fier de cette victoire et avais hâte de raconter ma nouvelle vie à Agnès. « Je ne bois plus trop », dirai-je incidemment, l'air dégagé. Je raconterai mes journées studieuses. Elle me regardera différemment, me dis-je, et cela me paraissait une perspective extraordinaire. Il est évident que cela faisait dix, quinze ans qu'Agnès s'était faite une raison à mon sujet ; elle me reconnaissait des qualités, mais elle avait renoncé à jamais être surprise par moi. Jean Roscoff était Jean Roscoff, universitaire raté et talentueux, père intermittent, piètre amoureux, égocentrique, alcoolique. J'allais lui prouver, moi. J'allais lui montrer une facette insoupçonnée de ma personnalité, j'allais me transformer en homme mûr à la force tranquille, un homme solide, doté d'un sens des réalités. Capable de mener un projet en quelques mois. Je m'étais inscrit à une salle de sport, *Keep cool*, dans le quartier du Père-Lachaise. Je suais sur un vélo elliptique quelques heures par semaine en écoutant des morceaux du Quintet Hot Club de France, pour m'imprégner de l'atmosphère des caves de jazz de l'après-guerre. La vie me souriait un peu. Après tout, les dernières décennies de mon existence seraient peut-être les plus réussies. J'avais pris goût à l'écriture et me sentais les capacités de m'engager hardiment dans la création littéraire. Après ce livre, j'écrirais un roman noir avec un personnage de détective maigre et paranoïaque, inspiré de l'archiviste du Havre. Il y aurait des filles qui passeraient leur temps à se plaindre de la chaleur et des poursuites en grosses cylindrées. Bientôt débarrassé de la question sexuelle (j'ai dit que j'étais, de ce point de vue, engagé sur la pente d'un déclin lent mais irréversible), je partagerais mon temps entre la littérature et une passion artisanale, la cuisine peut-être, mon corps et mon esprit seraient enfin réunis dans une harmonie paisible, je serais un vieillard chic avec des chemises à col Mao en cotonnade et des pantalons de lin, le type vieux libertaire rayonnant, à qui les rides vont bien parce qu'elles lui donnent un air de vieux pirate, un vieux libertaire qui semble accueillir chaque nouvelle étape de l'existence dans un grand éclat de rire, peut-être même que je ne serais pas totalement débarrassé de la question sexuelle et que je baisouillerais, de temps à autre, avec une compagne. Il n'était pas exclu que j'aie été, pendant ces quelques semaines d'écriture, heureux.

Il est difficile de dater un échec. L'historien que je suis ne croit pas aux dates, cela fait longtemps que la discipline historique a pris ses distances avec le culte des dates, qu'elle lui préfère le temps long et les tendances souterraines (Marc Bloch et l'école des Annales sont passés par là). Mais disons que l'année 1995 est, dans mon cas, une balise significative. Si un étudiant devait plancher sur la question de savoir pourquoi Jean Roscoff était devenu un universitaire de troisième zone et un ivrogne, il devrait nécessairement se pencher sur l'année 1995.

Cette année-là, je publiais mon livre sur l'Affaire Rosenberg, fruit de cinq années de recherches acharnées sur la célèbre affaire d'espionnage qui avait éclaté à l'apogée du maccarthysme, en 1950. Ethel et Julius Rosenberg, un couple de New-Yorkais, avaient été accusés d'être des espions soviétiques et d'avoir remis les secrets de la bombe atomique à Moscou, participant de façon déterminante à l'escalade de la guerre froide. Déclarés coupables par la justice américaine, les deux époux avaient grillé sur la chaise le 19 juin 1953, laissant derrière eux deux orphelins et le sentiment d'une immense injustice, d'un meurtre rituel commis par un pays en plein délire anticommuniste. Pendant des mois, des rassemblements monstres avaient eu lieu aux États-Unis et en Europe pour sauver leur tête ; à Paris, au Vél' d'Hiv', l'intelligentsia française s'était réunie devant une foule immense pour clamer l'innocence des Rosenberg, « héros et martyrs », condamnés sans preuve au terme d'un jugement politique. Sartre parlait de « sacrifice humain ». J'avais travaillé comme un sourd, aiguillonné par Agnès, pour écrire une somme qui réglerait définitivement la question Rosenberg, un ouvrage à la fois complet et subtil, enrichi d'une analyse méthodique des minutes du procès. Je voulais régler leur compte à ceux qui croyaient encore qu'il n'y avait pas de fumée sans feu. « *Les Rosenberg : un scandale américain* » avait été annoncé à grand renfort de presse. J'avais décidé de faire un bouquin à la fois robuste et accessible au grand public. Je n'avais pas suivi le conseil du directeur de l'UFR d'histoire, un spécialiste du Quattrocento bourré de tics faciaux, qui me conseillait d'en faire une thèse de doctorat, un pensum de huit cents pages qui m'aurait permis d'accéder enfin au statut de professeur d'université. Marc aussi, l'astucieux Marc me poussait en ce sens. Il ne comprenait pas que je ne mette pas à profit ces recherches pour gravir ce suprême échelon. Mais je ne voulais pas être professeur d'université, moi. Je voulais être millionnaire. Un éditeur de Seattle était intéressé, j'avais même des contacts avec la télé allemande pour un documentaire. J'allais enfin prendre mon envol. Agnès et moi trépignions d'impatience, il était même question d'un passage dans un talk-show d'envergure.

Ensuite, le crash. Le lendemain de la sortie, la CIA déclassifiait et rendait publiques les archives d'une gigantesque entreprise de décryptage des messages codés émanant des services de renseignement soviétiques. Intitulé Projet Venona, ce travail avait été mené patiemment entre 1940 et 1980 par le contre-espionnage américain. Verdict : les Rosenberg étaient bel et bien coupables d'espionnage pour le compte de l'URSS. Rideau. Mon bouquin était mort-né. Cinq ans de boulot minutieux balayé par un communiqué de presse lapidaire, et un grand éclat de rire dans la communauté scientifique. La presse de droite avait jubilé. Elle tenait son idiot du village, l'énième preuve que ceux d'en face niaient le réel - oubliant de préciser, au passage, qu'un consensus quasi général existait sur l'innocence des Rosenberg avant les révélations de la CIA, que des conservateurs comme Mauriac avaient eux-mêmes mouillé le maillot pour sauver la tête du couple. Négligeant de mentionner, surtout, que mon livre s'attachait à démontrer que le couple avait été condamné sans preuve, au terme d'un procès inique, ce que n'infirmaient pas eu les révélations de la CIA : les Rosenberg avaient été envoyés à la chaise sur la base d'informations classées secret défense auxquelles leurs avocats, et a fortiori le public n'avaient pas eu accès. Mais tout cela était inaudible : j'étais triquard, un historien grotesque, un clown, la risée de l'Université française, le mec du bouquin sur les Rosenberg. Deux jours après la sortie, le livre était retiré des ventes.

Je l'ai dit pourtant : je ne crois pas aux dates. Je ne crois pas à l'événement singulier qui infléchit le cours des choses. D'une certaine façon, mon échec de 1995 était programmé. Il trouve son origine dix ans auparavant, l'année même où Marc s'était fait tailler une plume, derrière une barrière de sécurité, par une jeune militante qui croyait avoir affaire à une star de la pop anglaise indépendante. 1985, l'année de tous les possibles. J'étais en lévitation, ivre d'orgueil, peu à même de prendre les bonnes décisions. L'horizon était dégagé. J'aurais pu, croyais-je, percer dans à peu près n'importe quoi. Mes raisonnements s'articulaient avec souplesse, sans efforts. J'avais décidé de faire le malin : plutôt que de choisir un sujet d'étude classique, comme mes petits camarades spécialisés en histoire contemporaine, j'avais choisi d'investir une niche délaissée, le sujet dont personne ne voulait : l'histoire du parti communiste américain. Un professeur m'avait pourtant prévenu, il était plus stratégique d'étudier le communisme français et italien, enfin le communisme dans des pays où la greffe avait pris, où les adhérents se comptaient en millions. J'avais choisi l'insignifiante succursale américaine, qui n'avait jamais dépassé 60 000 membres à son apogée. Je parlais un anglais très correct, héritage d'été passés dans une famille écossaise, entre mes quinze et mes dix-huit ans. J'étais persuadé que je tenais un truc, que les autres n'avaient pas vu. C'est au milieu de ces recherches que je croisais pour la première fois Robert Willow - j'y reviendrai. Il fut là, mon péché originel. Certes on pouvait désormais écrire assez librement sur le communisme, on n'était plus obligé de travailler avec le frein à main : chez les intellectuels les plus fréquentables, il faisait l'objet d'une remise en cause accrue depuis les années 1970 (BHL et Glucksman, jeunes loups estampillés Nouveaux Philosophes, avaient contribué à décomplexer la critique de l'Union soviétique). Mais le communisme américain ! Il fallait être idiot ou fêlé. L'Amérique du Nord était peu prisée par les historiens. Depuis les années soixante, les centres de recherche sur l'Amérique latine avaient poussé comme des champignons, ce continent exhalant le parfum capiteux du romantisme révolutionnaire et de cigare cubain. Tout le monde voulait étudier les réformes agraires d'Amérique du Sud, le bolivarisme, toutes ces choses. L'Amérique du Nord était moins en vogue. L'antiaméricanisme, la peur d'aller se frotter aux universitaires de la côte Est sur leur terrain de prédilection, le nombre réduit des postes d'enseignants-chercheurs à pourvoir en dissuadaient plus d'un. Dans ces années-là, en France, il n'y avait guère qu'une poignée d'unités de recherches qui travaillaient sur le sujet. Les États-Unis étaient trop lointains et trop proches, le choix de ce pays vaguement louche.

Je m'en foutais. Pas question de passer l'agrég, non plus, de me transformer en anachorète, à bûcher comme un sourd quand il y avait tant de filles aux jambes fuselées, l'excitation des manifs, l'agit-prop et les « potes » de SOS. Il y avait du snobisme là-dedans : être un normalien non agrégé, dans mon minuscule milieu, était une étrangeté. Je m'imaginais en intellectuel hors les murs, libre et engagé, un peu comme ces polytechniciens qui allèrent travailler dans les usines, après 68. J'allais me concocter mon parcours aux oignons, en dehors des sentiers battus. Je décidai de faire ma thèse à Paris VIII, à Saint-Denis. L'université jouissait encore d'une aura sulfureuse : elle était l'héritière du mythique *Centre universitaire expérimental* de Vincennes, gloire du gauchisme culturel des années 1970. Mon directeur de thèse, le très dépenaillé et volubile Alessandro Bazarove, directeur de la chaire de civilisation nord-américaine, en parlait avec une dévotion nostalgique : pendant dix ans, Foucault, Deleuze et quelques autres avaient été les chefs d'orchestre d'un génial bordel où l'on s'acharnait à garder vivace la flamme de Soixante-Huit - les étudiants s'allongeaient à même la moquette crème dans les couloirs, suivaient des cours de psychanalyse, s'exerçaient au cri primal sur les pelouses. Les cours magistraux étaient abolis au profit de discussions conduites par des professeurs hors normes, la fine fleur de l'intelligence française. Un jour, un étudiant s'était pointé à poil lors d'une conférence de Lacan, et celui-ci n'y avait rien trouvé à redire. Très vite, Vincennes était devenu incontrôlable. Les étudiants baisaient dans le parc. En 1980, la drogue était si omniprésente, le campus si dégradé que la fac avait été transférée à Saint-Denis par le maire de Paris, un certain Jacques Chirac. Le déménagement avait eu lieu pendant les vacances, sous la protection des CRS. Quand j'ai débarqué à Paris VIII, l'astre de Vincennes brillait encore un peu à Saint-Denis. La fac perpétuait l'esprit avant-gardiste. Alessandro Bazarove me laissait travailler tranquille, insoucieux de l'état de mes recherches, chacun de nos rares entretiens dégénérant rapidement en discussion sur les mérites comparés de Michel Platini et d'Alain Giresse, qu'il vénérait. Sa seule préoccupation était que je ne fasse pas une thèse de droite. Je le rassurai sur ce terrain-là : je considérais que le parti communiste américain, en raison même de sa marginalité, incarnait une sorte de pureté – ce d'autant qu'il avait joué un rôle incontestable dans le combat pour les droits civiques.

Mollement cornaqué, distrait par le militantisme, je perdais du temps. Nous espacions dangereusement nos séances. Je ne m'inquiétais pas pour autant. Bazarove m'avait promis, après ma soutenance de thèse, de me garder une place de maître de conférences, il m'avait même fait miroiter la direction de la chaire à son départ à la retraite. Mais le temps passait et l'existence même de la chaire était menacée, Alessandro Bazarove n'était plus en odeur de sainteté depuis qu'on avait découvert son compagnonnage intellectuel avec des négationnistes du centre d'études indo-européennes de Lyon III : son antisionisme l'avait conduit sur des rivages a priori très éloignés de sa tradition politique. Il avait sombré, en suivant l'axiome foireux selon lequel les ennemis de ses ennemis étaient ses amis. J'avais rompu net, révulsé par cette découverte. Désireux, aussi, de ne pas me compromettre. Trop tard : j'étais un thésard sans directeur de thèse, étiqueté poulain de l'infréquentable Bazarove. Ce jour-là, je réalisai que je n'étais pas immunisé contre l'échec. Le temps filait, certains choix pouvaient m'emmener dans le mur. Il fallait me trouver un autre mentor. Je m'aperçus alors que je n'en avais pas le courage. Mon sujet me sortait par les yeux. Le communisme américain ! Le fucking Communist Party of the United States of America. Un des sujets les plus anecdotiques de la terre : l'équivalent d'une thèse sur le bouddhisme dans la Russie de Frédéric le Grand. Une incongruité, un folklore, une blague.

Je réorientai mes recherches vers la chasse aux communistes imaginaires, vers le maccarthysme (fantasme bien réel celui-ci). Je me déportai sur la voie de garage de la guerre froide avec ses centaines de livres publiés par an, ses centaines de colloques, ses centres de recherches, ses chaires en pagaille. Je pondais un bouquin de 500 pages sur les époux Rosenberg et découvrais deux jours après sa sortie que je m'étais planté sur toute la ligne, pour le coup. Les deux Rosenberg appartenaient à cette espèce rare, comme le furet à pieds noirs ou le rhinocéros de Sumatra, ils étaient non seulement des communistes américains mais des espions soviétiques américains.

Vingt-cinq ans plus tard, cette faillite était une affaire classée. J'y avais laissé mes dernières chances de devenir un mandarin, une grosse chattemite sorbonnarde avec son émission de radio sur France Culture, son aura, ses séjours comme *visiting fellow* sur un campus bostonien. Mon sort avait été scellé cette année-là, au creux de la décennie quatre-vingt-dix. Les exemplaires de mon Rosenberg avaient fini au pilon. Une ou deux fois par an, j'étais contacté par des demi-fous qui continuaient à militer pour l'innocence du couple Rosenberg quand leurs deux orphelins s'étaient eux-mêmes rendus à l'évidence. Le genre de personnes qui pensaient que Neil Armstrong n'avait pas vraiment marché sur la lune, le genre avec une forte odeur corporelle, des pulls de Noël et un dossier psychiatrique. Je les prenais parfois au téléphone et les éconduisais gentiment : je mesurais combien fragile, ténue était la frontière qui me séparait encore d'eux.

Alleluia ! Je tenais mon titre : *Le voyant d'Étampes*, allusion à un vers des *Chants d'amour* (*« Je vis son œil unique juger mes libations »*). Chaque semaine, je passais à la fac pour imprimer mes épreuves ; je refusais obstinément de me ruiner chez le taxiphone sri-lankais qui demandait la somme déraisonnable de quarante centimes par feuille, encouragé par une situation monopolistique dans le coin du dix-neuvième que j'habitais. L'université Paris VIII se trouvait au nord de Saint-Denis. J'avais pris ma retraite au terme du dernier semestre, mais continuais à hanter les lieux à raison d'une excursion par semaine. Je garais ma Toyota Prius sur l'avenue Stalingrad et marchais jusqu'aux bâtiments familiers. Pendant près de quarante ans, j'avais fait le trajet deux à trois fois par semaine. Le grès rouge du bâtiment principal n'avait pas trop mal vieilli. Des extensions avaient vu le jour : la maison des étudiants, un bâtiment en rotonde recouvert d'un treillis en métal argenté, était la dernière en date. Depuis deux mois, il avait été transformé en dortoir et abritait une trentaine de migrants, essentiellement des familles de Soudanais et Érythréens. L'ambiance était tendue : ils étaient menacés d'évacuation après que des cas de gale avaient été découverts parmi le personnel de l'université. Devant le bâtiment, deux jeunes hommes étaient assis sur des tabourets en plastique et fumaient des roulées en silence. Probablement des migrants soudanais : ils n'avaient pas vingt ans, mais le côtoiement précoce de la mort avait déjà éteint leur regard. L'air sombre, trois étudiants veillaient jalousement sur leur malheur. Je reconnus l'un d'eux, militant à la Fédération syndicale étudiante, petit bonhomme acnéique que j'avais eu dans un de mes amphis - un genre de festivalier rennais dont la mise (casquette de marin et keffieh palestinien) trahissait une double allégeance au Hamas et au mouvement autonomiste breton.

– Bonjour, m'sieur Roscoff !

Il m'avait toujours eu à la bonne, persuadé d'avoir affaire à un compatriote finistérien. Je lui fis un petit signe de la main. J'avais appris d'un ancien collègue qu'une banderole « MORT AUX BLANCS » avait été suspendue à côté du centre de documentation, la semaine dernière, ainsi qu'un très créatif « CALIFAT AUTOGÉRÉ. INTERNATIONALE ISLAMO-SITUATIONNISTE. » Vraisemblablement, ce n'était pas l'œuvre des migrants soudanais. Savaient-ils seulement ce que l'on écrivait en leur nom ? D'un côté, le festivalier et ses copains apportaient à ces hommes qui n'avaient rien une aide indiscutable. De l'autre côté, ils les utilisaient pour régler des comptes avec eux-mêmes : c'était de l'abus de faiblesse.

Je saluai quelques têtes connues et marchai droit vers le bâtiment B, qui abritait l'UFR d'histoire. Nicole, la secrétaire du département d'histoire contemporaine, m'accueillit le temps d'un café à la machine. Traits énergiques, cheveux rouges, fardée à mort et tirée à quatre épingles : dans le contexte de l'université Paris VIII, son élégance pimpante était un acte de résistance. Une énorme broche fantaisie piquée sur sa veste de créateur, elle se battait pour faire fonctionner à peu près normalement un département de sciences humaines - affrontant vaillamment chaque matin l'hydre de la clochardisation de l'Université française, la compression des budgets de fonctionnement, l'incurie généralisée. Nous nous connaissions depuis quinze ans.

– Tu as l'air en forme, me dit-elle, heureuse de me voir déjouer ses pronostics.

Après le divorce, elle avait assisté à mon naufrage. Elle était persuadée que la retraite achèverait de me couler. « Ce cours, c'est tout ce qu'il a », l'avais-je entendue dire à mon propos, un jour que je passais près de son bureau. Elle avait raison et elle avait tort. Sans doute, la possibilité de discourir sur le plan Marshall devant un auditoire captif était un rempart à l'effondrement total de ma personnalité. J'avais occupé une place, modeste mais bien réelle, dans la société. Je détenais une expertise. La fac était le décor familier qui me déprimait autant qu'il me rassurait et c'était celui des ensembles en béton, de la morgue intellectuelle, des rétributions symboliques, des cols roulés, des publications pointues, des colloques jargonneux, des photocopieuses en panne, des jeux de pouvoir invisibles, ascenseurs vétustes et amiantés, chapelles, culte des titres, grades, étudiants chinois effarés, acronymes mystérieux, baies vitrées sales, syndicats sourcilleux, cartons de tracts crevés, tags fripons dans les chiottes, c'était cette vieille ruine au charme inaltéré : l'Université. J'y avais passé près de quarante ans, elle ne m'avait pas ouvert les portes aussi grandes que je l'aurais souhaité, elle m'avait déçu mais enfin c'était mon monde, mon environnement naturel.

En cela la retraite avait créé un vide. Mais elle ne m'avait pas retiré mon carburant essentiel. Je n'avais pas l'enseignement dans le sang. Je croisais parfois de jeunes collègues vibrants d'enthousiasme : ils grimpaient les escaliers en sifflotant, échangeaient par email avec leurs élèves, collaboraient à l'édition de manuels de référence, sans négliger leurs travaux de recherche.

Moi, j'avais depuis longtemps perdu le feu sacré, et si ce désengagement s'était opéré progressivement je pouvais dater à peu près une prise de conscience, quelque part au début de l'année 2003, avant la pause méridienne, tandis que la rumeur de la circulation nous parvenait depuis l'avenue Stalingrad, j'avais marqué un temps d'arrêt au milieu d'une explication sur la doctrine Truman, et j'avais réalisé que j'aurais pu tout aussi bien ne jamais la finir, les étudiants ne s'en seraient pas aperçus ; ce n'était pas une crise de foi aussi spectaculaire que celle qui foudroie les chrétiens dans les romans de Bernanos, c'était assez banal et ça n'avait eu aucune conséquence concrète si ce n'est que ce jour-là, je décidai de libérer mes étudiants quinze minutes avant l'heure prévue. Le bruit de la circulation avait été l'élément catalyseur - en ce qu'il évoquait un flot continu, l'idée d'éternel retour et de vanité et d'indifférence cruelle de la nature (aussi paradoxal que cela puisse paraître, s'agissant de la somme des bruits de moteurs émis sur une route départementale). Ce jour-là, en rentrant chez moi, je ruminais de sombres pensées. La connaissance de la doctrine Truman était-elle vraiment d'un quelconque intérêt ? Éclairait-elle vraiment la compréhension du monde actuel, trente ans après la chute du mur ? L'enseignement de cette doctrine avait-il un autre but que de permettre à de nouvelles générations de professeurs de l'enseigner, à leur tour ? La vie était-elle un manège détraqué ? Le savoir circulait, stérile, dans un lieu clos. L'université formait des enseignants-chercheurs, qui formeraient d'autres enseignants-chercheurs. Dans ces années-là, j'avais l'impression que les étudiants étaient de plus en plus cons. C'était, bien sûr, une illusion : le signe que ma patience et mon dévouement trouvaient plus rapidement leurs limites.

*

Nicole s'exagérait mon attachement au monde universitaire mais mon attachement à Nicole, lui, était réel. Elle avait toujours été une alliée précieuse. Elle m'avait soutenu après mon livre sur les Rosenberg, lorsque la fac avait tenté de me placardiser en décalant mes deux uniques cours sur l'ingrat créneau du soir, à 19 heures, synonyme d'amphi aux trois quarts vides. Elle m'avait soutenu encore après que des élèves s'étaient plaints de mes retards à répétition. Et puis j'avais atteint l'âge fatidique. Il y a un an, j'avais prononcé pour la dernière fois la phrase sacramentelle par laquelle j'avais entamé chacun de mes cours d'amphi, depuis plus de trente ans : « Amis de la déesse Clio, Assoiffés de Savoir, Bonjour ! » J'étais retraité.

Avec Nicole et deux collègues du département, nous avions entrechoqué nos coupes en plastique et bu du champagne dans le bureau du président. Il y avait aussi un pâté en croûte industriel, et des Monster Munch. Nicole avait étranglé un sanglot. Émue, peut-être, du départ d'un professeur plus accessible que les autres ; effrayée surtout par le temps qui passe. J'avais dit quelques mots convenus sur la passion de la transmission, empaqueté ma bafouille avec une citation de Jules Ferry que j'avais déjà entendue dans des circonstances similaires. Et c'était tout. Simple maître de conférences, je ne pouvais pas prétendre à l'éméritat, qui permet aux professeurs retraités de diriger des thèses après leur départ en retraite. Au fond, je n'y tenais pas trop. Avec l'appui de Nicole, j'avais arraché le plus important : un avancement au grade de maître de conférences hors classe, cinq mois avant la date fatidique, ce qui représentait un bonus de 300 euros mensuel sur ma pension de retraite. « Vous serez toujours le bienvenu à Paris VIII », avait conclu le président en me raccompagnant à la porte. Je l'avais pris au mot : j'allais régulièrement à Saint-Denis pour rendre visite à l'héroïque secrétaire, discuter avec quelques étudiants et utiliser les ramettes de papier de l'État français. « Je ne vous ai pas vu », soufflait Nicole, en riant, tandis que je faisais vrombir la HP Lazer Jet 6950.

Août s'achevait sous un ciel d'un gris laiteux qui semblait préparer quelque chose. J'avais l'impression étrange d'une communication secrète entre les êtres, comme si les passants dans la rue déambulaient suivant une chorégraphie décidée en amont, ou à tout le moins communiaient à la même angoisse – et ce sentiment était doux, car il me suffisait de sortir de chez moi pour me sentir moins seul. Je tenais le bon bout. J'avais passé l'été à Paris, à l'exception de deux ou trois escapades dans l'Essonne (je passais des heures à errer dans les petites rues pavées de Dourdan qui avaient, me semble-t-il, inspiré certains vers de *Toute la belle archerie*, même si l'on ne pouvait l'affirmer de façon définitive, l'hypothèse Barbizon était aussi sur la table). Agnès m'a appelé pour prendre des nouvelles. Après la coexistence pacifique, j'entrevoyais la Détente avec mon ex-épouse : Nixon et Brejnev qui trinquent à la vodka, au sommet de Moscou, en 1972. Et si tout n'était pas perdu ? Je lui parlai de mes travaux, et elle montra quelques signes de curiosité. Je minaudai et fis des mystères. Elle me demanda si j'allais bien, du point de vue de la santé : je restai évasif et décidai de ne pas parler de mes problèmes urinaires, dont l'évocation ma paraissait mal servir ma volonté de reconquête. Après qu'elle eut raccroché, je lui envoyai par email, sans autre commentaire, un lien vers la chanson *Les Divorcés*, de Michel Delpech (pendant deux ans, je n'avais pas pu écouter cette chanson sans chialer comme un veau). Entre deux séances d'écriture, je poursuivais mes promenades. Je tentais, suivant le principe de la « dérive urbaine » chère aux situationnistes, de « *me laisser aller aux sollicitations du terrain et des rencontres qui y correspondent* ». Le plus souvent, cela consistait à suivre inconsciemment une belle Japonaise, jusqu'à ce qu'elle s'engouffre dans un musée ou une bouche de métro, ou bien à entrer au hasard dans des églises vides. Parfois les « sollicitations du terrain » me ramenaient à Willow. Un jour, je pris le métro jusqu'à la porte d'Italie et me baladai dans le quartier où Jeanne et ses acolytes préparaient le monde de demain. Dans une petite rue sans charme, une plaque sur une résidence informait le passant que le poète Aimé Césaire avait habité là, de 1945 à 1993. Avait-il croisé Willow ? On sait que Willow avait admiré Sartre, qui avait admiré Césaire. Comme Willow, Césaire avait rompu avec le parti communiste en 1956. Cette année-là, le rapport Khrouchtchev levait le voile sur les crimes de Staline : les déportations massives, les arrestations arbitraires, le culte de la personnalité. Dans sa lettre de rupture au premier secrétaire du Parti, Maurice Thorez, Césaire avait dénoncé l'aveuglement du parti communiste français, soucieux de ne pas perdre la face, « *son inaltérable satisfaction de soi* », sa répugnance à condamner franchement les méthodes staliniennes. L'année suivante achevait de doucher les derniers espoirs de ceux qui rêvaient encore un socialisme à visage humain : Moscou envoyait ses chars à Budapest pour écraser un soulèvement pacifique. Césaire avait rendu son tablier. Mais il s'était désengagé pour s'engager mieux et plus fort : aux côtés des hommes et des femmes qui se soulevaient dans les colonies. Willow, lui, était allé cultiver ses vers et son jardin. À l'occasion d'un saut à la fac, j'en parlais à Roger Dabiou, un collègue de littérature moderne spécialiste d'Aragon – et par là, fin connaisseur du parti communiste français. J'entretenais de bons rapports avec cet homme d'une cinquantaine d'années, d'une affabilité discrète. Il était affublé d'une tache de vin en forme d'étoile qui lui avait valu le surnom de « Gorba », en hommage au dernier secrétaire général du comité central du parti communiste de l'Union soviétique. Il me renseigna aimablement :

– Oui, il y a eu beaucoup de défections au parti communiste français, en 56. Mais ça couvait déjà depuis dix ans. En 47, un transfuge de l'URSS publie un récit sur le Goulag qui se vend à 500 000 exemplaires. Le problème, c'est que le sujet a longtemps été tabou à gauche. On a peur d'être suspecté de *faire le jeu de l'anticommunisme*. Il y a des gens que ce dilemme met au supplice. Certains sont dans le déni pur. Parler des camps, c'est faire le jeu des bourgeois et de l'Amérique. D'autres essaient de résoudre cette contradiction avec une pirouette : les goulags sont un mal nécessaire et transitoire.

Willow s'était-il lassé de cette rhétorique ? Ne pas faire le jeu de l'ennemi : je connaissais cette musique. Et je m'en méfiais. Elle avait eu son succès à SOS, dans les sphères auxquelles j'appartenais. Elle avait conduit des hommes et des femmes à transiger sur l'essentiel : par lâcheté, par peur, par cynisme. Je me souviens de l'affaire du foulard, à Creil, en 89. Dans un collège, trois gamines refusaient de tomber le voile. Scandale national. Rue Martel, nous étions divisés. À l'évidence, ces filles subissaient de grosses pressions. Elles étaient manipulées : derrière elles, les islamistes poussaient leurs intérêts. Était-ce le rôle de SOS de s'acoquiner avec des barbus rétrogrades ? N'étions-nous pas les alliés naturels des féministes et de leur combat émancipateur ? Le bureau avait tranché : soutien aux collégiennes de Creil, car « il ne faut pas faire le jeu du Front national ». Je l'avais joué profil bas ; c'était avant le fiasco de mon bouquin sur les Rosenberg, et j'avais encore des ambitions universitaires : je risquais de les torpiller à parler trop haut et d'une voix discordante. D'autres avaient eu plus de courage. L'avocate Gisèle Halimi avait démissionné avec fracas, reprochant à l'assoce de sacrifier le droit des femmes sur l'autel de l'identité. Je lui avais envoyé un petit mot de soutien. Marc, lui, s'était tenu en retrait.

Parfois mes rêves me conduisaient sur la petite nationale, entre Milly et Barbizon. Le platane surgit entre les deux feux de route, Willow se met les mains devant le visage ou bien accueille la mort avec un sourire extatique. Dans ces rêves-là, j'étais Robert Willow. Je me réveillais une demi-seconde avant l'impact.

III

DANS LES MOTS DE LOU

« J'ai fait une année à quatre millions d'euros », avait dit Marc. Nous marchions sur la plage de Wissant, sur la Côte d'opale ; Marc m'avait invité à passer la première semaine de septembre dans sa maison, idéalement plantée sur le front de mer. Sa femme, qui ne m'appréciait guère, avait préféré rester à Paris. Nous avancions lentement, face au vent. Il fallait presque crier pour se faire entendre.

Quatre.

Millions.

D'euros.

Je venais de prendre ces mots en pleine poire, et le pire est que celui qui me les avait assenés (mon ami Marc, associé-fondateur du cabinet W & W) l'avait fait presque douloureusement, sans plaisir, il l'avait dit parce qu'on ne pouvait pas parler du sujet (la stratégie de développement de son cabinet d'avocats) en occultant cette donnée qui éclairait tout le reste. Il ne frimait pas, il avait même essayé quelques contorsions pour répondre à ma question (*Tu as fait une belle année Marc ?*) sans céder à la vulgarité d'une réponse chiffrée mais il voyait bien qu'en dissimulant cette vérité derrière le voile pudique d'une réponse vague (*on n'a pas à se plaindre*) il ne serait pas compris, personne ne prendrait la mesure de l'effroyable réussite qui était la sienne. Et ce faisant Marc ne cherchait pas à être admiré mais davantage à présenter de façon concrète et éloquente les avantages de l'économie de marché, en espérant peut-être faire des émules. Parce que malgré tous ses défauts Marc était plutôt bon camarade, partageur, le genre de gars qui aurait préféré que tous ses amis soient riches, eux aussi.

À l'écouter raconter ses succès, je me disais que mon couple avec Agnès était une erreur d'aiguillage. Elle aurait dû être avec Marc. Ils auraient fait d'excellents partenaires : Agnès était dominante, reptilienne, peu encline aux emportements, pragmatique, l'humeur stable, pas rêveuse pour un sou. Elle n'avait pas pu ne pas voir ce que je voyais déjà, jeune militant, en regardant Marc : des maisons de campagne, un coupé, peut-être même une maid anglaise. Pourquoi m'avait-elle choisi ? J'étais, sans doute, du point de vue intellectuel, une valeur à fort potentiel : mais je traînais derrière moi une réputation d'instabilité chronique, et (déjà) de gros problèmes de boisson. Surtout, j'étais un petit connard arrogant et verbeux. Marc était un placement plus sûr, qui toisait le monde avec l'autorité de son mètre quatre-vingt-dix. Il était présent le soir où j'avais fait la connaissance d'Agnès, quand j'avais pris en pleine poire le double uppercut de ses yeux vert-de-gris et de ses seins volcaniques. L'avait-il draguée ? Mes souvenirs étaient flous, mais je m'en étais persuadé dans les dernières années de notre couple. À la toute fin, c'était même devenu une obsession. Je revenais à la charge à chacune de nos disputes, avec un acharnement destructeur. Je lançais des insinuations perfides. À chaque reproche d'Agnès, je me défilais en sifflant qu'elle aurait mieux fait de le choisir, lui, ce n'était pas la peine qu'elle me dise le contraire, je savais qu'elle le regrettait secrètement. Et puis je devenais fou, idiot, je l'accusais de coucher avec lui, après tout ils étaient de la même engeance ; enfin tout cela était une manœuvre bien commode pour éviter de rendre des comptes et de répondre à ses questionnements légitimes, pourquoi je traînais au lit jusqu'à treize heures quand je n'avais pas cours, pourquoi l'appartement puait le tabac froid, pourquoi je parlais mal de ses amis de Bain & Company au prétexte qu'ils faisaient des anglicismes, pourquoi j'étais infoutu de la surprendre autrement qu'en rangeant les copies de mes étudiants dans les affaires de ski, pourquoi je ne m'en donnais jamais la peine.

*

Le monde de Marc était celui des larges avenues pétrifiées d'ennui, des cavalcades de tapis empourprés, des scooters à trois roues, des courriers à en-tête sur papier moelleux, des lambris et des meubles design, des coursiers, des chaussettes parme, des chaussures à boucle, des initiales brodées sur des chemises Charvet, des notes de frais, des arrondissements à un chiffre, des clients tyranniques, des talons aiguilles et de l'argent. Il ne le quittait que pour de rares excursions dans celui des affaires publiques (canapés moyen de gamme, drapeaux, bouteilles de Cristalline, costumes demi-mesure, Renault Vel Satis, stylos Bic) ou du palais de justice (greffières revêches, moquette, faux plafonds, gendarmes à oreillette, guichets, badges, bureaux numérotés, petits conciliabules affairés). Nous étions devenus amis au régiment des transmissions de Montélimar, pendant notre service militaire. Marc éclatait tout le monde au concours de glaviot ; moi, j'avais failli me blesser avec mon Famas. J'émis un sifflement :

– Quatre millions, ça fait un gros paquet de pognon, Marc. Probablement dix ans de budget de fonctionnement au département d'histoire de Paris VIII.

À présent la brume s'était levée, on distinguait les falaises de Douvres. Au large, un ferry croisait vers les côtes anglaises.

J'avais achevé les cent premières pages. Il me semblait que je tenais un truc présentable, enfin quelque chose que je pourrais montrer à quelqu'un. J'avais précédé Marc de quelques jours, il m'avait prêté les clés, soucieux que je prenne un peu l'air - soucieux, probablement, de m'éloigner du *Balto* et de ses tentations. Mon ami m'avait rejoint le samedi vers midi, euphorique, avec un seau rempli de homards vivants. Il venait de gagner un honoraire de résultat « *astronomique* » en faisant relaxer une société française poursuivie pour banqueroute. J'avais été, une fois de plus, en dessous de tout ; au lieu de le féliciter j'avais observé que le terme de banqueroute était incroyablement suranné - il convoquait l'image d'un sénéchal avec des chausses, un collant et une fraise, un mec comme Jacques Cœur, à la limite un banquier à haut-de-forme du Second Empire, mais certainement pas une société anonyme qui aurait son siège sur l'esplanade de la Défense, c'est drôle avais-je conclu, idiotement. Marc ne m'en avait pas voulu. Il était d'excellente humeur, et sa bonne fortune le conduisait à voir grand pour ceux qui l'entouraient. « C'est génial, ton bouquin, me dit-il. Je suis fier de toi. N'hésite pas à taper chez un gros, moi je trouve que ton idée est géniale. » Il m'avait reboosté à grands coups de tapes dans le dos, même si je voyais bien que son esprit était ailleurs, à la sortie de son audience, lorsqu'il avait commenté ce succès devant une journaliste enamourée. Il se foutait de Robert Willow et de ses vers, il voulait que je sois heureux, c'est tout.

Il y avait quelque chose de galvanisant chez Marc. C'était un vrai général, une énergie formidable. Oui, Marc aurait préféré que tous ses amis soient aussi riches que lui mais ce vœu avait peu de chances de se réaliser, il le savait au fond de lui, il en avait fait le deuil. J'avais choisi la carrière universitaire, ce qui m'avait mis à l'abri de tout enrichissement personnel. On n'en était plus là, il ne s'agissait pas de gagner de l'argent mais de faire quelque chose de satisfaisant, de reprendre du poil de la bête.

– *The sky is the limit*, Jean. Moi j'y crois à ce bouquin, j'y crois tellement.

Je décidai de suivre son conseil. J'allais viser haut, très haut. Et viser haut, à Paris, c'était aller frapper à la porte de Lou Basset-Dutonnerre.

L'éditrice donnait tous ses rendez-vous au bar d'un grand hôtel. Sans doute avait-elle le souvenir d'auteurs anglais ou américains qui faisaient cela, elle trouvait ça chic, cela lui donnait un genre citoyenne du monde, étrangère dans sa propre ville, constamment jetlaguée, ou de nympho mystérieuse, enfin un genre, et de façon générale un genre ne s'acquérait (dans ce milieu comme dans d'autres) qu'en se tenant à une habitude jusqu'à la caricature et la monomanie, un toc qui devenait une signature, la preuve d'un esprit original et indépendant. Alors elle ne buvait que des infusions dans des bars d'hôtel, cette conne, c'est vraiment ce qu'elle faisait depuis trente ans. Quelle épouvantable pétasse, pensais-je en poussant les portes-tambours de l'hôtel Raphaël, me chauffant tout seul. Je la trouvai près de la fenêtre, assise au bord d'un fauteuil en velours rouge, en train de terminer un coup de fil. Je m'installai en face d'elle sans qu'elle m'accordât un regard, et entrepris d'étudier la carte pour me donner une contenance. Elle expliquait à son interlocuteur (un certain Marco) qu'elle se démenait en déjeuners semi-gastros pour obtenir un prix à son auteur fétiche, dont le nom m'était vaguement familier et qu'elle qualifia de « compliquée » et « touchant » et « con comme une valise sans poignées ». Elle avait les traits tirés et semblait un peu absente, en mode pilote automatique.

Lorsqu'elle raccrocha, elle pianota encore quelques secondes sur son téléphone avant de lever les yeux vers moi, comme si elle découvrait ma présence. Elle me tendit une main molle par-dessus la table. Elle portait un pull vert anis, et un châle en soie imprimé. J'avais chaud.

– Vous avez dix minutes de retard, nota la patronne des éditions LBD.

J'expliquais que j'avais été ralenti par un colis piégé sur la ligne 2, embrouillant mon mensonge dans un dédale de digressions qui ne fit que renforcer la suspicion de l'éditrice. Elle ferma les yeux un instant, dans une attitude de martyre consciente que sa noble profession comportait une part de sacrifice, comme celui de recevoir l'auteur le moins bankable de tous les temps. L'affaire était mal engagée. Je songeais que ni elle, ni moi n'avions envie d'avoir une discussion, et que néanmoins cette discussion allait avoir lieu.

*

Lou Basset-Dutonnerre était une cumularde de très haute volée. Éditrice, chroniqueuse radio et critique dans une demi-douzaine de revues, elle ne s'embarrassait pas trop de scrupules et exploitait ces multiples casquettes pour pousser les champions de l'écurie LBD. Elle en parlait tous les samedis dans l'émission *Dans les mots de Lou*, qu'elle animait sur une radio publique. Elle faisait la réclame en des termes choisis : les mots *fables modernes*, *urbaines* et *électriques*, *sans concession*, *plume nerveuse*, *économie de moyens*, *récit choral*, *hymne à la vie*, *pudeur*, *apprivoiser sa douleur*, *mettre des mots sur l'indicible* étaient régulièrement prononcés. Sur les conseils de Marc, je l'avais écoutée en podcast pour préparer notre rendez-vous : l'éditrice affichait une prédilection pour les livres qui témoignaient d'un traumatisme (inceste, accident de la route) et mettaient en scène des personnages de soignants. C'était assez habile, l'idée étant qu'il est toujours indécent de critiquer formellement, je veux dire d'un point de vue littéraire, le récit d'une personne qui s'est faite amputer un bras. Hors antenne, elle était plus lucide. Elle me parut fatiguée.

Il y eut un long silence, et je me raclai la gorge. Elle me jeta un regard ferrugineux.

*

– J'ai lu votre manuscrit.

Elle avait la tête des mauvais jours. Atrabilaire, irascible au dernier degré, elle n'avait pas le défaut de la cruauté. Elle ne tuait que lorsque cela était strictement nécessaire. Un vieux fond d'empathie avait survécu à quarante ans de vie professionnelle. Et puis Marc nous avait mis en contact : il était l'avocat de sa maison d'édition, elle ne pouvait pas se permettre de me piétiner.

– Ce n'est pas possible. Ma maison ne pourra jamais publier ça. Je ne sais même pas pourquoi vous avez pris la peine de me l'envoyer.

– Ça manque de rythme. Je le savais.

– Ce n'est même pas le problème, Jean.

Elle eut l'air triste, soudain. Elle ouvrit la bouche pour parler et renonça : sa phrase mort-née s'acheva dans un soupir. Elle mesurait l'espace immense entre la réalité et l'appréhension de la réalité par Jean Roscoff. Elle estimait que ce n'était pas à elle de faire cela, de m'expliquer comment marche le monde. Elle dirigeait une équipe de cinquante personnes.

– Ce n'est pas trop radical. C'est incompréhensible. Ce type, la guerre froide, la chanson de geste, sa poésie *ringue*, les gens s'en foutent. Je crois que vous n'avez pas compris que nous avons changé de *paradigme*, Jean.

Autant lorsqu'elle parlait de littérature elle affectionnait les mots *fables modernes ou hymne à la joie*, autant lorsqu'il était question de stratégie éditoriale elle leur préférait le mot *paradigme*, avec quelques autres parmi lesquels *disruptif*, *impacter*, *antagoniser*. La même langue que Jeanne, la copine de ma fille.

Je sentis mille ans de fatigue sur mes épaules. Le monde était un enchevêtrement de signes incompréhensibles. J'étais inadapté. Je savais que le *paradigme* dont parlait Lou Basset-Dutonnerre était l'insincérité, le narcissisme. Comme l'écrivait Musil, *la vérité était toujours handicapée*. Le monde appartenait aux menteurs et aux artificieux. Le lent labeur, le recueillement, la précision, toutes ces qualités étaient devenues des vertus d'un autre temps : celui des moines-paysans. J'aurais préféré me faire écraser comme une blatte par un maître de la sidérurgie, me faire broyer par une règle dure (la loi du plus fort) qui disait son nom. Mais se faire écraser par le talon de cette vicieuse, c'était vraiment trop. Je me levai, déposai un billet de cinq euros pour le café, et m'apprêtai à partir en bredouillant un au revoir. Elle me posa la main sur l'épaule, soudain étrangement chaleureuse :

– Écoutez, Marc m'a dit que vous venez de prendre votre retraite. Ce doit être difficile, enfin j'imagine. Moi ça ne me concerne pas, je crèverai sur scène, comme Dalida. Mais quand même, je compatis. À mon avis, ce qu'il vous faut, c'est vous retrouver.

– Me retrouver où ?

– Mais vous retrouver vous ! Vous retrouver vous. Renouer avec des énergies simples. Travailler des matières nobles, par exemple. Comme les gens se retrouvent. Prendre une année sabbatique pour fabriquer des meubles, s'intéresser à des spiritualités nouvelles.

Le surlendemain, je retrouvais ma fille pour notre rituel dominical, dans un restaurant vietnamien. Léonie mangeait sa soupe pho en faisant des bruits de succion épouvantables mais je ne dis rien, il était probable qu'elle ne ferait pas la même chose en présence de Jeanne, ce devait être une régression naturelle en présence du père, la preuve qu'elle se sentait bien avec lui. Ou alors une marque de profond irrespect. Mais comment lui en vouloir, elle qui ne m'avait jamais tenu rigueur de rien ? Elle ne m'en voulait pas de m'être pochtronné devant sa copine, d'avoir été en dessous de tout lors de ce premier contact, au *Renaissance*. Elle était véritablement miséricordieuse. Sainte Thérèse de Lisieux, Sœur Emmanuelle devaient être comme ça, d'une bonté qui ne se soulignait jamais elle-même, qui n'était jamais un fardeau pour qui en bénéficiait. Je revenais sur ma prise de bec avec Jeanne.

– Ton amie est remarquable, mais elle est un peu sectaire.

– Jeanne est éveillée, Papa.

– Pardon ?

– Elle est *éveillée*, elle est *conscientisée*.

Elle avait parlé à voix basse, comme si Jeanne allait apparaître parmi nous, en majesté, à l'évocation de son nom. « Éveillée », « conscientisée ». Elle avait articulé ces mots avec un respect religieux. Justement, ils m'évoquaient la conversion à une secte anabaptiste. Et pourtant il fallait regarder derrière les mots, surmonter ma méfiance épidermique pour ce vocabulaire d'illuminé. Je ne voulais pas l'envoyer chier, comme l'avait fait son grand-père avec moi, en son temps. En 74, du haut de mes quatorze ans, j'avais déclaré crânement à mon père que j'étais devenu situationniste (sans trop savoir de quoi il en retournait à part que leur chef était un sérieux soûlographe). Il s'était marré et m'avait dit que j'étais pas la moitié d'un petit con. Huit ans plus tard, quand j'ai commencé à coller les affiches de Mitterrand (pourtant plus accommodant avec la propriété privée), mon père ne se marrait plus mais n'engageait pas le dialogue pour autant. Les seuls mots de *solidarité*, *changer la vie* et *Mitterrand* le raidissaient, sa lippe se tordait de dégoût. Il craignait qu'une discussion où ces mots seraient sur la table l'entraîne à un endroit suspect où il n'avait pas envie d'aller. Or mon père était un homme d'ordre. Il avançait dans l'existence en tâtant le sol devant lui, circonspectement, avec son bâton d'homme de tradition. Préférant les chemins connus, n'aimant rien tant que reconnaître quelque chose qu'il avait déjà vu, constater les présences immémoriales. « Tiens, ce chêne était déjà là quand j'avais ton âge », disait-il avec satisfaction en me désignant un arbre au détour d'une promenade.

Je ne voulais pas reproduire ce schéma. Je n'étais pas un homme d'ordre, moi. J'étais un homme de gauche, qui gardait mes portes ouvertes aux vents nouveaux. Je questionnais Léonie, en chargeant ma voix d'une chaleur sympathique :

– Que veux-tu dire par là ? Je suis un dinosaure, tu sais.

– Jeanne est éveillée. Elle est *woke*. Elle a pris conscience qu'en tant que femmes non racisées, nous bénéficions d'avantages invisibles et pourtant bien réels par rapport à des individus racisés. Elle a une approche intersectionnelle, plus complexe. L'idée est de dire : femme non racisée et lesbienne, je suis à la fois agent d'oppression (parce que blanche) et victime d'oppression (parce que femme et homosexuelle).

Sa science était toute neuve et ça se voyait. Elle répétait sa leçon, comme un singe savant. Elle en parlait avec une fausse familiarité mais il lui manquait de la pratique, les convictions nécessitaient de la pratique, il fallait se les mettre en bouche. Il fallait les *faire*, comme on *fait* des chaussures neuves. J'étais mal à l'aise. À SOS, le mot d'ordre était plus simple : tous ensemble, contre le racisme. J'avais entendu parler de cette nouvelle école made in America. Il y avait des tracts en ce sens, sur le panneau en liège placardé à côté du bureau de Nicole, la vaillante secrétaire. Je me souviens d'un truc à propos, de mémoire, de « l'invisibilisation des personnes racisé.e.s sur l'espace public ». Paris VIII était en pointe sur ces sujets-là. Depuis quelques années, on y enseignait les *black studies* et les *gender studies*, des nouvelles matières qui ambitionnaient de déconstruire les stéréotypes de race et de genre, dans une approche transdisciplinaire. Cela concernait plutôt mes collègues de socio et de philo, peut-être qu'un collègue historien spécialiste de la décolonisation avait été sollicité mais j'étais resté à l'écart de tout ça, cryogénisé dans ma bonne vieille guerre froide avec ses missiles intercontinentaux, ses chœurs de l'Armée rouge et ses assassinats ciblés. L'intersectionnalité, je n'avais pas trop creusé. À écouter Léonie, non seulement la société était structurée par des rapports invisibles d'oppression, mais cet enchevêtrement complexe coexistait parfois au sein d'un même individu. C'était sans doute vrai, mais était-il nécessaire de disséquer méthodiquement chacune de ces layettes identitaires ? C'était un peu masturbatoire. Et puis il y avait ce vocabulaire de l'éveil, qui me faisait penser à la Chine de Mao. N'empêche, je ne voulais pas froisser Léonie. Je profitai de l'arrivée d'un panier en bambou de raviolis vapeur pour emmener la discussion sur mon terrain de prédilection : moi. Je lui racontai l'avancée de mon projet, et lui narrai ma déconvenue avec Lou Basset-Dutonnerre.

– Ce n'était pas ton karma, Papa, c'est tout. Il n'y a rien à regretter. Je connais quelqu'un.

Le Salut vint de Léonie, donc.

C'est elle qui me mit en relation avec l'oncle d'une de ses amies de collège : Paulin Michel, directeur des éditions Dialogues. J'aimais d'emblée ce petit bonhomme grassouillet qui m'accueillait dans un bureau minuscule, à Bourg-la-Reine, au rez-de-chaussée d'une maison en meulière. Paulin Michel affichait un look singulier dont il avait, à l'évidence, pesé chaque élément. Un ensemble *composé*, pour créer un personnage aisément identifiable auquel il devait rester fidèle toute sa vie. Les ingrédients étaient immuables : petit feutre violet, vestes et pantalons dépareillés aux teintes vives (fuchsia et prune) sur lesquels tombait, comme l'étole d'un prêtre catholique romain, un chèche interminable. Avec ce paquetage, il parvenait à faire oublier assez efficacement son effroyable laideur - aidé, dans cette entreprise, par un regard perçant qui emprisonnait une vive intelligence. Léonie m'avait briefé sur le personnage. Il avait gagné *pas mal d'argent* (combien, c'était impossible de le savoir, cette notion était éminemment subjective et pouvait désigner, dans la bouche d'une fille comme Léonie, une somme considérée comme un méprisable pécule par un trader en produits dérivés), enfin il s'était constitué un solide capital en vendant des panneaux publicitaires lumineux aux agences immobilières. Sa fortune faite, Paulin Michel avait entrepris de l'engloutir dans une activité incompatible avec toute notion de rentabilité économique : l'édition indépendante d'essais sur la poésie. Il avait racheté les éditions Dialogues à la barre du tribunal de commerce. Sept ans après, il n'avait encore jamais connu un exercice à l'équilibre. Son unique collaboratrice était sa femme Claudia, une Roumaine plantureuse rencontrée sur internet qui cumulait les casquettes d'assistante de direction, de secrétaire, d'attachée de presse et de conseillère éditoriale. Sur leur site internet, les éditions Dialogues affichaient une ambition large : rien de moins que de « faire dialoguer les littératures, jeter des ponts, abattre les cloisons de l'imaginaire ». En général, ce genre de charabia n'augurait rien de bon. Il suffisait pourtant de discuter dix minutes avec Paulin Michel pour comprendre que le gars connaissait son boulot. « Cette maison, ce n'est pas une danseuse, me prévint-il, anticipant mes réserves. C'est la passion de ma vie. » Les petits livres dans lesquels il engloutissait ses deniers étaient de véritables bijoux, léchés, somptueux. De la véritable orfèvrerie de petit pervers maniaque, de bibliomane. « Le problème, c'est que je ne sais pas limiter les coûts. Je choisis toujours le papier au grammage le plus cher, je dépense des fortunes en droits pour avoir les plus belles photos. Et je ne peux pas le répercuter sur le prix, je veux que tout le monde puisse les acheter, c'est une question de principe. Esthète et démocrate, c'est un dilemme insoluble. J'ai choisi de ne pas le trancher et ça me coûte de l'argent, beaucoup d'argent. » Il m'écouta parler de Willow. Je n'insistai pas sur la bisbille avec Sartre : inutile d'effrayer cet homme de progrès. Je lui parlai de ce destin fauché, de cette poésie jazzy qui s'était immobilisée sur la fin dans une fixité solennelle, celle des vitraux et de l'héraldique. Son œil s'alluma. Il marcha, hameçonné.

– Je serai ravi de vous publier. À présent, parlons des choses qui fâchent. Nous sommes une petite maison, à peine un atelier, enfin un petit machin familial. Pour l'à-valoir, c'est compliqué.

Nous n'avons pas un kopeck, plus un rond, nada. Mais j'imagine que vous ne faites pas ça pour l'argent.

Il me fit un chèque de 350 euros et me raccompagna à la porte, en me gratifiant d'un discret coup de chapeau.

*

Je terminai mon manuscrit en quelques semaines, sous la houlette lointaine de Paulin Michel : il était de ces éditeurs qui laissent les coudées franches. Aussi peu envahissant que possible, comme Bazarove en son temps. Mais cette fois-ci, j'avais un délai. Lorsque je tapai la dernière ligne de mon texte, je m'octroyai une petite rechute. Je n'avais pas démérité, pensais-je. Je songeais à appeler Marc mais alors je me figurais que mon ami jouerait les gardes-chiourmes. Je voyais déjà sa grimace crispée à mon quatrième verre. Il attendrait le cinquième pour se permettre une première remarque, et rapidement il n'y aurait plus de discussion possible. Marc ne dirait rien mais arborerait un air douloureux de pietà, il souffrirait en silence, il n'écouterait plus, obnubilé par ma consommation d'alcool. Cela m'insupportait d'avance. Je comprenais avec une acuité nouvelle la révolte des vieux que leurs enfants empêchent de s'autodétruire. C'était infantilisant et hypocrite, ce genre d'ingérence trahissait l'égoïsme le plus forcené, celui des enfants qui veulent *se couvrir*, dormir sur leurs deux oreilles sans entendre la voix singulière du vieillard, son besoin profond de voyager quelques heures en dehors de son corps. Or il n'y avait pas de mal à se prendre une cuite de temps à autre quand on avait gagné la bataille de l'alcoolisme quotidien, c'était même sain. Marc aurait bien été inspiré de réfléchir à sa propre incapacité à lâcher les freins. Je ne l'avais pas appelé mais j'étais aussi exaspéré que si la discussion avait vraiment eu lieu, j'en jouais la partition de tête et fulminais tout seul. Et puis peut-être que Marc avait raison mais quand bien même, que devait-on penser d'une société dont la seule obsession est de maintenir les individus en bonne forme physique, qu'est-ce que c'était que cette obsession hygiéniste, cette dictature hygiéniste de merde qui n'était au service d'aucun projet ? Je me souviens de ce que m'avait dit Bazarove, à l'été 1986 (nous regardions un match du Mondial en terrasse) en attaquant son sixième picon de bière : « Au moins, dans la propagande fasciste de l'entre-deux-guerres, la santé des corps s'inscrivait dans un projet. Elle était une exigence au service de la collectivité, pas une exigence de l'individu vis-à-vis de lui-même. » À l'époque, je m'étais marré. Je n'avais pas vu que ces propos annonçaient sa dérive intellectuelle, je me disais juste qu'il était en roue libre et foutrement sympathique. N'empêche que les évolutions récentes de la société lui avaient donné raison : cette exigence hygiéniste sans projet était d'autant moins compréhensible que la même société encourageait les individus à s'abrutir massivement, elle subventionnait les tablettes distribuées dans les écoles pour désapprendre plus rapidement encore le recueillement, l'ascèse des textes, l'avachissement intellectuel étant maquillé habilement derrière les louanges de l'agilité d'esprit, mon cul. Se maintenir en forme pour soi-même, c'était s'accorder beaucoup d'importance. L'alcoolisme n'était pas un sujet passionnant, ça n'avait même aucun intérêt, mais ceux qui ne connaissaient pas ce vertige en parlaient à mi-voix, comme d'une espèce de semi-démence, persuadé qu'une fois que vous aurez arrêté de boire vous aurez réglé tous vos problèmes.

Je descendis seul au bar du *Balto*, commandai une pinte de bière d'abbaye. Sur l'avenue de Flandre, les feuilles avaient tourné fauve. J'avais terminé mon livre, je l'avais fait. J'aurais tant aimé trinquer avec Robert Willow, le renégat. *Le Ténébreux,*

– le Veuf –, l'Inconsolé. Traître à sa race – celle de la bonne société du Shaw Neighborhood, celle qui se bousculait le dimanche à l'église baptiste, foule de chignons crêpés et de talons plats. Traître à celle (pas moins dévote) qui déposait ses offrandes au pied du maître, rue Bonaparte. Traître à sa langue, dans les dernières années de sa vie où il composa les petits rondeaux en français. Si seul, toujours, dans les surprises-parties de la Vieille Europe, dans les colloques asséchants où plastronnaient les imbéciles, tous trop intelligents. J'en étais à peu près sûr à présent : la langue existentialiste n'avait jamais touché le cœur de Willow. À l'humanisme décrété de Sartre, il avait préféré la fraternité de Camus – plus concrète, une fraternité éprouvée. Parce que chez Camus « la justice est à la fois une idée et une chaleur de l'âme », et qu'il n'y avait pas de chaleur chez les normaliens de la rue Bonaparte. Willow le cowboy solitaire. Je l'imaginais se méfiant de l'intelligence. Camus plutôt que Sartre, et aussi Louis Armstrong plutôt que Thelonious Monk. Dans un de ces premiers poèmes, il éreinte le be bop, un jazz de techniciens virtuoses qui hérissait le poil de ce romantique :

Dizzy Gillepsie sabotait un solo à coups de contrenotes
Et mes yeux te cherchaient
Sur Massachusetts Avenue

Willow préférait le jazz New Orleans, qui déchire le cœur comme un vieux rideau. Le cœur plutôt que la tête : là était mon Willow. Éternel transfuge, inconfortable, insatisfait, qui déserta sa place au soleil pour aller sur le chemin solitaire. Il n'existait aucune archive vidéo du poète, pas même une interview écrite, rien. Seulement quelques photos et une mention dans le journal d'un critique de jazz new-yorkais, qui le cite parmi une petite bande d'hurluberlus ayant sifflé un concert au Minton's

Playhouse, le temple du be bop, au cri de : « *We want to dance !* » Et les poèmes, bien sûr. Alors je dévidais le fil de ces poèmes, les confrontais aux photos et la silhouette se dessinait, haute, souple et aristocratique. Je l'imaginais volontiers cynique - mais d'un cynisme où perçait à chaque instant la plainte silencieuse d'un cœur généreux. Ce que Nancy Holloway appelait sa folie. Son cynisme, c'était avant tout des coups qu'il se portait à lui-même, fustigeant un cœur trop vaste. Oui, Willow avait un cœur vaste que l'exercice quotidien du cynisme n'avait pas réussi à nécroser. À la fin de sa vie, il semblerait que ce cœur ait rompu les digues. Il s'était donné tout entier - mais à quoi ? Quel était ce « *messager au front haut, menant son troupeau parmi les landes du Gâtinais* » qui apparaît dans *Étampes et Paroles* ? Était-ce vraiment le Christ ? Peut-être était-ce un Dieu inventé, connu du seul Willow, une lumière aperçue par lui seul : un Dieu fabriqué sur mesure comme les croyants s'en fabriquent, et celui de Willow devait être un jazzman noir en habit fleurdelisé.

J'avais insisté pour faire figurer des clichés de Willow dans le livre, sous forme de cahier photo. Après discussions avec Paulin Michel, nous en avions retenu trois : ceux qui figurent dans les deux petits recueils du *Philadelphie Booker Press*. Je les ai décrits dans mon livre. Ou plutôt (je m'en rends compte aujourd'hui, c'est d'ailleurs ce qui a précipité ma chute) je les ai interprétés.

« La première photo est prise à H., il pose dans l'uniforme d'étudiant du Saint Henry Community College, il a à peine dix-huit ans et sourit de toutes ses dents, raide comme un piquet, le pull au col en V doublement liséré de blanc, le pantalon clair, la veste frappée de l'écusson, il ne boude pas son plaisir et l'offre à l'objectif avec une joie débordante, réellement enfantine, posant sur le perron du vieux bâtiment néogothique. Il a fait la queue pour se faire photographier devant ses parents étranglés de fierté, sa mère lui a ajusté le col avec un geste sec, retenant les sanglots qui menaçaient de jaillir en cascades embarrassantes, lui grisé par la cérémonie et le soleil d'été (car c'était l'été, la période des "*graduations*"). Il tente vainement de se concentrer tandis que ses camarades hors champ le taquinent gentiment. Les fondations du visage sont déjà là, le front large, la bouche large et la fossette du menton qui alors lui vaut davantage de moqueries que de succès féminins, la fossette qui rit d'avance de sa revanche à prendre. La photo ne dit rien que de très banal, elle raconte les pauvres rêves de milliers de petits Américains qui seront rapidement enfouis par le principe de réalité, la vie qui va son train décevant, éteignant les rires sous les lumières blafardes des bureaux, dans les mariages trop hâtifs.

Ce genre de photo est très courant.

Elle raconte davantage l'Amérique que Robert Willow.

La deuxième, en revanche, raconte déjà un homme.

La légende de la deuxième photo, dans la vieille édition du Philadelphie Booker Press, précise qu'elle a été prise à Paris, au jazz club du *Lorientais*, au milieu des années 1950. Willow se tient de profil, à genoux, au pied d'une jeune femme blonde juchée sur une chaise, une jeune beauté aux yeux baissés, ivre sans doute. Autour d'elle quatre musiciens forment un demi-cercle, avec leurs costumes souples et leurs pantalons à pinces portés haut. Ils ont des gueules d'étudiants fêtards, singeant des mariachis, et peut-être cette fille n'était-elle pas très à l'aise au milieu de ces garçons brillants, les Princes de Saint-Germain, ne sachant pas trop s'ils rendaient réellement hommage à sa beauté ou s'ils se payaient sa tête. Ils sont contents de leur pose cocasse, parodique. L'instant d'après ils se sont peut-être dispersés, ils ont laissé la fille en plan pour rejoindre une table et écouter un pédant disserter sur les réformes agraires de Nehru ou la guerre de Corée, peut-être qu'ils l'ont plantée sans façon mais parmi leur bande rigolarde il y en a un qui la regarde vraiment, d'un regard d'oiseau de proie et c'est Robert Willow. Grand type aux larges épaules, à la nuque dure et luisante, il la désire sérieusement, il est le seul ici à être concentré. Et cela le distingue des autres, nuée de braillards, oiseaux de nuit qui se dissipent en un battement d'aile, inconsistants.

La troisième photo a été prise dans l'appartement de la rue Bonaparte, dans l'appartement où Jean Cau, le secrétaire de

Jean-Paul Sartre, raconte que l'on mangeait souvent des spaghettis à la tomate. Des spaghettis, justement, il y en a une solide plâtrée posée sur la nappe cirée, dans un appartement trop étroit. C'est presque une définition de la bohème Saint-Germain, un programme en soi que cette promiscuité : fêtes dans des caves aux voûtes basses, *parties* dans des appartements lilliputiens, cela fait partie de la légende dorée de l'intelligentsia germanopratine, on agitait des concepts énormes, on embrassait l'humanité entière et on signait des pétitions orageuses sur des petits coins de tables cirées, dans des appartements sombres qui sentaient la cuisine et l'humidité et surtout la cigarette qui partout étendait son empire, jaunissant les murs tapissés. Il y a là une petite bande joyeuse, serrée autour de la marmite débordante de spaghettis. Ils sont six ou sept à communier. Parmi eux il y a le Castor et Boris Vian, et aussi le moins illustre Jean Cau, et aussi Robert Willow. Sartre était-il là, hors champ, occupé à bourrer sa pipe ? On ne peut l'exclure tout à fait. Le Castor est en plein discours, elle parle et Boris Vian et Jean Cau et les autres boivent ses paroles, coudes sur la table, ensorcelés par le masque marmoréen, les hautes pommettes et les yeux fendus, le masque mongol que rien ne semble pouvoir troubler, ils écoutent le masque parler. Le visage penché, ils ne sont plus les enfants terribles et tapageurs, ils ne sont pas les éveilleurs de consciences, les clairvoyants : ils sont des enfants qui écoutent un conte. Et sur cette photo le regard de Willow trahit son destin singulier. Comme sur les tableaux de la Cène où l'on peut identifier Judas grâce à un regard absent ou du moins absorbé, on peut deviner au regard de Willow qu'il a déjà trahi. Seul présent parmi les absents, il fixe l'objectif. Seul présent parmi les absents, il n'écoute pas le conte. Il s'est déjà exilé et lorgne sur les forêts épaisses du Gâtinais, et les discours révolutionnaires de ces jeunes gens trop intelligents ne l'atteignent plus parce qu'ils sont aussi secs que les chewing-gums qu'il mâchait pendant des heures, adolescent, en contemplant les riverboats sur le Potomac. Assis à la table, un autre est peut-être en train de fomenter sa trahison. Jean Cau écoute Beauvoir mais lui aussi trahira, quelques années plus tard. Il est l'autre Judas. Peut-être ruminait-il déjà la même trahison mais les deux hommes n'en avaient jamais parlé, ils n'avaient jamais découvert leurs pensées secrètes l'un à l'autre. Ils s'étaient fréquentés pourtant, ils s'étaient nécessairement fréquentés puisque Jean Cau était le secrétaire particulier du géant de la rue Bonaparte, où Willow avait ses entrées. Ils s'étaient coudoyés dans les volutes de Gauloise mais ni l'un ni l'autre n'avait détecté chez son camarade la marque des maudits. Ni l'un ni l'autre n'avait décelé, chez son frère, le parjure. »

J'arrêtais ici ma plume, : ce genre de réflexions me conduiraient dans des eaux où Paulin Michel ne me suivrait pas. D'ailleurs, Jean Cau était-il vraiment un parjure ? Certes il a trahi de façon spectaculaire, dénonçant le sectarisme de la gauche intellectuelle, la vanité de ses « *processionnaires* » et de ses servants de messe, les « *signataires de manifeste aux doigts durillonnés* » (mais conservant, jusqu'au bout, son admiration pour l'homme Sartre, le penseur fulgurant).

On connaît ses pages sur le sujet. Il a trahi mais il est resté politique, pamphlétaire, raide d'indignation contre les indignés professionnels. Il est devenu un polémiste de droite. D'une certaine façon il n'a pas vraiment changé. Enchaîné à Saint-Germain-des-Prés malgré lui, continuant à hanter ses murs. Par courage, écrira-t-il : « *Au lieu de me terrer, je foulais l'asphalte, (...) sur le lieu même de mon crime, au lieu de ramper dans la boue de mes forfaits, je dansais, comme un satyre, sur le gazon.* » Mais peut-être aussi parce qu'il était trop intoxiqué, parce qu'il appartenait trop intimement à ce monde-là, le monde des rotatives rugissantes et des petits appartements enfumés. Willow, lui, a véritablement largué les amarres. Il n'a pas délaissé les tribunes enfiévrées pour signer celles d'en face. Il n'a pas plus rejoint une autre bande, et Dieu sait qu'en ces temps passionnés il y avait des bandes, on ne chassait presque qu'en bande, et il aurait pu trouver refuge dans d'autres petits appartements étroits où l'on fumait les mêmes Gauloises en sacrifiant à d'autres cultes, il aurait pu rejoindre Roger Nimier et Michel Déon agglomérés autour d'une autre statue du Commandeur, celle de l'orageux Bernanos. Au lieu de cela il a simplement disparu, déserteur vagabond, effroyablement libre.

J'avais noirci près de deux cents pages et soudain j'ai eu peur de trahir Willow. C'est Agnès qui m'a mis le doute.

– Donc, à part Nancy Holloway, tu n'as rencontré aucune personne qui l'ait côtoyé de son vivant ?

– Non.

– Et Nancy Holloway est morte.

– Oui.

Est-ce que j'avais bien compris ce que Nancy Holloway m'avait dit, il y a quarante ans ? Il aurait été bon de compléter son récit avec un autre témoignage de contemporain. L'un des mariachis de la photo prise au *Lorientais* s'appelait Antoine Siemmens : son nom figure sur la légende, à côté de celui de Willow. J'ai retrouvé sa piste avec l'aide de Léonie. Elle l'a dénichée sur l'annuaire en ligne, avec un numéro de fixe et une adresse à La Garenne-Colombes. Je téléphonai, on me dit qu'il n'habitait plus ici. Je me déplaçai, toquai à quelques portes, quelqu'un finit par ouvrir, une petite dame, oui, elle a bien connu Monsieur Siemmens, mais il est en Ehpad à présent. Je n'étais pas tellement surpris : il devait avoir l'âge de mon père, l'âge qu'aurait eu Willow s'il avait vécu. Je finis par trouver l'hospice, à trois cents mètres de son ancienne adresse. Monsieur Siemmens se tenait assis sur une chaise médicalisée. Il souriait aux anges. Je lui parlai doucement et lui tendis la photo, sans succès. Cinq minutes passèrent. Soudain son unique œil valide cessa de flotter et se figea. Il lâcha : « Ah, ben dis donc. » Il venait de remonter à la surface mais il n'avait pas l'air étonné de ma présence. Il dit les noms, comme on récite une leçon : « La pépette, me souviens plus du nom. On avait du goût en tout cas. Les autres : Joseph, la Miche, Saint-Dié, et l'Amerlaud. »

– L'A-quoi ?

– Ben l'Amerlaud, quoi. L'Américain.

– Vous vous souvenez de lui. Vous le connaissiez ?

– Pas trop. Il avait remplacé le deuxième trompette de notre petit orchestre, un soir qu'il était indisposé. Mais c'était pas un régulier. À l'époque y avait les copains et puis ceux qu'on voyait de temps en temps, pour boire le canon. Lui c'était la deuxième équipe. C'était l'Amerlaud, quoi. Vu qu'il était différent, tout le monde le repérait.

Je me taisais : j'avais peur de rompre le sort. Un témoin apparaissait, providentiel, les souvenirs nets. J'avais presque peur qu'il lève le mystère trop brutalement. Siemmens en parlait avec une légèreté sacrilège : ce n'était que ça, Robert Willow ? J'avais tellement misé sur ce bouquin, et puis je m'étais imaginé tellement de choses. J'étais suspendu à ses lèvres.

– Ben, des oiseaux comme ça, on en voyait pas des caisses à l'époque. Après il a un peu disparu. Y s'était engueulé avec tout le monde de sa bande de cocos. Moi, je m'en foutais de la politique, j'aimais le jazz et c'est tout. Ses copains l'ont accusé de faire le jeu des anticommunistes, tout ça. À l'époque c'était classique. De toute façon, dans sa bande, ils passaient leur temps à s'engueuler. Nous aussi, du reste, mais nous c'était pour savoir si le batteur de Dizzy Gillespie était un génie ou un escroc. Sur le sujet, vot' gus était plutôt vieille école.

– Vous pouvez préciser ?

– Ben, vous savez, c'était le be bop, ça plaisait pas à tout le monde.

– Non, je veux dire, préciser à propos de Willow. Vous avez dit qu'il était différent des autres.

Il ne répondit pas : à nouveau Siemmens souriait aux anges.

*

Je quittai l'Ehpad aussi frustré qu'après mon échange avec Dory Macanan. Mais quand même, j'étais un peu rassuré. J'avais vu juste. Les défections de 56, la fatwa du Parti. J'ai rappelé l'Ehpad une semaine plus tard, on m'a dit que Siemmens avait été admis en soins intensifs. J'ai demandé au standard s'ils pouvaient me donner la liste de ses autres visiteurs, au cas où s'y trouverait un de ses vieux copains qui aurait connu Willow, lui aussi. On m'expliqua que l'Ehpad ne donnait pas ce genre de renseignements. « À moins que vous ne travailliez pour la police », ajouta mon interlocuteur. Le soir, je croisai la concierge tandis qu'elle tentait une sortie jusqu'au Carrefour Market, je lui dis bonjour, elle ne me répondit pas, elle marchait très lentement, à l'écoute des mouvements secrets de son corps, il faut dire qu'elle avait fait un malaise vagal la semaine dernière. Je la dépassai mais elle ne me vit pas, elle ne voyait personne, elle scrutait les grincements de son corps défaillant, guettait les premiers symptômes. Elle ne voulait pas être prise de court, la prochaine fois. Elle n'avait que trois ou quatre ans de plus que moi. Je pensai à Siemmens, qui attendait le clap de fin dans les odeurs d'ammoniaque. Il avait épuisé son petit capital. Qu'est-ce qu'il me restait, à moi ? Alors je me raccrochais à l'idée que j'avais un père, comme si l'existence de mon père me protégeait, les gens qui ont encore leur père ne sont pas encore concernés, me dis-je. N'empêche, cette pensée me poursuivit une partie de la journée.

La sortie de *Robert Willow, Le voyant d'Étampes* (19,90 euros, Ed. Dialogues) était prévue pour le mois de janvier. Mon éditeur m'avait promis qu'une sortie en milieu d'année, en dehors de la grande boucherie de la rentrée littéraire, me permettrait une forme de visibilité - mais par visibilité il avait insisté qu'il ne fallait pas imaginer quelque chose qui ressemble à une couverture médiatique, bien sûr, on parlait d'un essai sur un poète inconnu au bataillon, tout le monde s'en branlait profondément et c'était d'ailleurs dans l'ordre des choses. Il voulait dire par là que l'ouvrage pouvait espérer faire l'objet d'un ou deux articles de la presse spécialisée, *La Revue littéraire, L'Albatros, Catastrophes* et quelques autres. À la rigueur, à la faveur d'un alignement des planètes (critiques désœuvrés, renvois d'ascenseurs payants, chantage affectif) je pourrais accrocher un article dans *Le Monde des Livres*, un article consacré à Robert Willow en forme de réparation *post mortem*. De la même façon que Chirac avait reconnu la responsabilité de l'État français dans le régime de Vichy j'imaginais la République des Lettres demandant pardon à Robert Willow pour l'avoir méprisé, et alors ma vie sur terre aurait revêtu un sens, je serais l'homme qui a réhabilité Robert Willow, une sorte de colonel Picquart des lettres, et bien sûr j'étais parfaitement conscient que cette métaphore était d'un mauvais goût achevé mais elle me plaisait néanmoins, et puis l'instant d'après elle ne me laissait qu'un goût amer en bouche.

Tout cela était grotesque, c'était Robert Willow qu'on réhabiliterait et non pas ma propre personne, et alors je réalisais que Robert Willow était un prétexte que j'utilisais pour obtenir ma propre réhabilitation, pour me faire mousser, moi.

Décembre. À Paris VIII, les Soudanais regardaient songeusement tomber de gros flocons, à travers les fenêtres du centre de documentation. Je croisai Dabiou qui s'extirpait de sa Citroën Picasso, emmitouflé dans un manteau de ski, une chapka enfoncée sur le crâne. La neige, l'avenue Stalingrad, le béton, Dabiou et sa chapka : j'imaginais un tableau grand format qui se serait intitulé *Scène de la vie quotidienne en RDA*. Je le saluai de loin et traçai vers le bureau de Nicole, soucieux. J'avais encore en tête les mises en garde de Paulin Michel, qui s'inquiétait de me voir nourrir trop d'espoirs. J'avais compris qu'il ne fallait pas m'attendre à une déferlante médiatique. Il faudrait plutôt miser sur des événements modestes, et si je n'étais pas invité aux événements modestes il faudrait les créer moi-même. Olga, la femme de Paulin, avait du boulot par-dessus la tête : elle gérait la compta, travaillait au corps les distributeurs, postait elle-même les envois du service de presse, s'occupait du site. Je ne pouvais pas lui demander d'organiser une communication événementielle. Donc, Paulin Michel m'avait fait comprendre qu'il ne fallait pas trop tirer sur la corde avec sa femme. Traduit du délicat langage de l'éditeur, cela signifiait : *il va falloir te sortir les doigts du cul, mon grand. Bienvenue dans le monde de l'édition indépendante*. Je trouvai Nicole devant le bâtiment du self, tirant sur une Dunhill convertible comme si sa vie en dépendait. J'en profitai pour lui toucher un mot d'un colloque à la fac. Après tout, je venais de la maison. Je faisais encore partie des meubles. En se posant deux minutes, on pourrait trouver un thème rassembleur et sexy. *Harlem-en-Essonne* ? Plus classique : *Jazz, communisme et littérature* ? On pourrait même élargir, inviter un collègue de philo qui parlerait des existentialistes. Un colloque, ce n'était pas très compliqué à bidouiller. Si je m'occupais de l'organisation de A à Z, peut-être que Paulin Michel accepterait de lâcher un billet pour acheter quelques *bulles*.

– Bien sûr Jeannot. On va t'arranger ça, mon coco.

Deux jours après, je dînais avec Léonie dans un truc chichiteux et hors de prix qui servait des « empanadas revisitées ». J'étais élégant, j'avais enfilé mon col roulé brou de noix à coudières renforcées et vissé une casquette de chasseur sur mon panache de cheveux blancs - dans l'espoir infantile (je m'en rends compte à présent) que Léonie répète à mon ex-femme qu'elle m'avait trouvé en forme, et chic, et qu'Agnès suspecte quelque chose de mon côté, une aventure avec une ballerine du Bolchoï par exemple, un truc qui la rendrait folle de jalousie et la jetterait dans mes bras, les lèvres brûlantes. Peut-être que la casquette était en trop, notai-je en croisant mon reflet dans le miroir des toilettes.

Léonie était enjouée, elle sortait de l'enfer me dit-elle, elle avait failli « perdre Jeanne » après une discussion particulièrement houleuse sur une question doctrinale pointue : féministes radicales, devaient-elles accepter les transexuels sur le forum en ligne qu'elle animait ? Évidemment, ma fille penchait pour l'ouverture. La mine grave, Jeanne avait rétorqué que les trans risquaient d'être les chevaux de Troie du patriarcat masculiniste pour infiltrer le forum. Le mot transphobe avait été lâché, et elles étaient restées une semaine sans se parler. Jeanne avait fini par s'excuser. Elle avait reconnu avoir eu un réflexe peu reluisant, en relayant une conception essentialiste du féminisme qui n'avait plus lieu d'être. Heureuse d'avoir évité la rupture, Léonie lui trouvait des excuses :

– Il faut la comprendre, elle était un peu bloquée dans une logique TERF.

Je haussai un sourcil perplexe. Elle ajouta :

– *Trans-exclusionary radical feminism.* Pour les TERF, on est une femme si on naît avec des organes génitaux féminins. Le ressenti d'identité de genre ne compte pas.

Elle me laissa quelques secondes pour digérer l'info, puis elle ajouta, songeuse :

– Tu vois, je me rends compte que parfois je suis plus *éveillée* qu'elle. Plus inclusive. Et c'est bien comme ça. C'est ça le couple, on s'enrichit mutuellement.

J'écoutais, partagé entre l'effroi et l'admiration pour cette génération aux colères définitives. Du reste, je n'étais pas mécontent que ma fille ait montré les dents : elle ne s'installerait pas dans le rôle de la groupie énamourée.

Nous avons parlé un peu du dîner de Noël. Léonie m'a dit que ce serait sympa d'inviter Jeanne, je lui ai répondu que ça ne collerait peut-être pas avec mon père, je veux dire qu'il risquerait à chaque seconde de lâcher une bombe atomique, il n'était pas très avancé sur les luttes du mouvement LGBTQIa+ et la sororité, il était même carrément hétéronormatif, déjà que j'avais encore pas mal de boulot alors lui, avec son éthos de mâle alpha, ça risquait d'être tendu. Son truc à lui c'était les joutes de Sète, il était passionné par les courses de Sète, des tournois où des molosses de 130 kilos s'affrontaient sur le grand canal, à coups de lances ferrées, selon un rite qui n'avait pas bougé depuis le XVIIe siècle ; Jeanne n'aurait jamais la patience de l'écouter décrire dans le détail la rivalité entre les Sétois et les « Ventre bleus », les Frontignanais, qui s'empoignaient dans les bodegas, le soir, quand le picpoul avait coulé par hectolitres. Enfin tu connais ton grand-père, dis-je, mais Léonie insista que ça allait le faire. « C'est une autre génération », souffla-t-elle en guise d'absolution.

*

Deux jours plus tard, Paulin Michel me demanda de passer à Bourg-la-Reine. Le livre était prêt : je caressai, ému, la couverture crème lisérée d'un rouge grenat. Celui-là, on ne pourra pas me l'enlever, murmurai-je. Paulin Michel détourna pudiquement les yeux, comme si j'étais une jeune mère qui venait d'accoucher et qu'il ait voulu nous laisser *faire connaissance*.

Pour la couverture, nous avions retenu la photo avec Vian et Beauvoir, après avoir hésité avec quelque chose de plus contemporain. Le travail d'Oscar Reuter, jeune plasticien et valeur montante de la scène luxembourgeoise avait été suggéré par Olga, la femme de Paulin. À première vue, sa *Plaque de résine peinte en bleu canard* exprimait un formalisme sévère. Olga était d'un autre avis : on pouvait être tenté d'y voir une invitation à regarder « derrière le visible », qui s'accordait bien avec la mission traditionnellement dévolue à l'art poétique. Paulin Michel avait écouté sa femme et puis il avait tranché : « Il faut quelque chose d'incarné. On n'attrape pas les mouches avec du vinaigre. » J'étais rassuré de l'entendre, contre toute attente, user de ce ton trivial. Quand même, il voulait vendre.

Noël en famille.

Vingt, trente, quarante ans de griefs accumulés autour de la table. Nous trinquons. Mon père demande à Léonie comment se passe son nouveau boulot, elle lui répond qu'elle n'en a pas changé depuis trois ans. Je croise le regard d'Agnès et nous pensons tous les deux : au moins il fait un effort. Il y a encore trois ans, il ne lui adressait plus la parole. Sa petite-fille sort avec une fille, tout cela ne faisait pas partie des évolutions qu'il pouvait anticiper dans les années cinquante, lorsqu'il écumait les dancings en pantalon à pinces et que le gouvernement de Guy Mollet avait envoyé le contingent en Algérie. Il serait exagéré de dire qu'il en a pris son parti, mais disons qu'il a compris qu'il n'avait plus de prise sur son monde. Ses rodomontades ne prenaient plus, nous étions à peu de chose près ses dernières relations sur terre, alors il pouvait tempêter autant qu'il voulait, ça n'allait pas changer grand-chose. Patiente, Léonie lui explique son travail dans le coaching d'entreprise. Il est clair qu'elle lui parle chinois, mon père a quatre-vingt-treize ans, l'idée que l'on fasse des séminaires pour mieux communiquer dans une entreprise est très éloignée de lui. Patiemment, Léonie lui explique le concept de *risque psychosocial*. Le vieil homme opine du chef, il reste silencieux, mais si tant est qu'il pige quelque chose il n'est pas difficile de deviner ce qu'il en pense : ces histoires de bien-être au travail étaient des trucs de gonzesse qui n'auraient jamais existé dans une entreprise de travaux publics, a fortiori celle qu'il avait dirigée pendant quarante ans. N'empêche que là encore mon père faisait l'effort, il se faisait expliquer les termes, il demanda même à Léonie ce que signifiait le « harcèlement systémique » et il écouta, patiemment, la réponse. Avec moi, pensais-je, il ne faisait pas l'effort.

Jeanne avait été conviée. Autant je n'étais pas ravi qu'elle ait dérangé la routine de mon déjeuner dominical avec Léonie, autant je lui savais gré d'être là, ce jour de Noël. Sa présence apportait un vent frais dans cette liturgie éculée. Les « pièces rapportées » : ce sont elles qui sauvent les familles. Agnès lui jette des regards inquiets. Est-ce qu'elle passe un bon moment ? Il ne faudrait pas l'effrayer. Il ne faut pas nous renier non plus : il faudra bien qu'elle s'habitue, si leur histoire dure. Agnès multiplie les attentions, la ressert de blinis. Je me rends compte que mon ex-femme est la seule à pouvoir encore nous réunir, mon père et moi. Sans elle, j'étais un oiseau désailé.

Nous attaquons les fruits de mer. Mon père a apporté une bouteille de champagne dégueulasse :

– Vous allez voir, c'est un champagne qui *fait très bien l'affaire*, je ne vous dirais pas où je l'ai trouvé parce que vous allez hurler. Je n'achète plus que ça, ça vaut bien votre Ruinart.

Je lève les yeux au ciel, tandis qu'Agnès sourit poliment à son beau-père. Il faudra bien l'ouvrir. C'est un truc de mon père : plutôt que de reconnaître la supériorité de certains produits jugés trop coûteux il a pris le parti de les dénigrer comme des fausses valeurs, des attrape-couillons surcotés, au fond un jambon industriel vaut bien vos *bellotas* et vos *pata negra*, et il transforme sa pingrerie en sagesse orientale. Les esthètes sont relégués au rang de pigeons, ou de snobs.

Mon père engage la discussion avec Jeanne, il est friand de nouveaux interlocuteurs, surtout lorsqu'ils n'ont pas encore eu la chance de l'écouter sur les joutes de Sète. Impuissants, nous regardons le piège se refermer sur la jeune femme. Il attend son moment et puis il l'attaque sur les joutes, il fait de grands gestes pour décrire le spectacle de ces colosses s'emplafonnant au-dessus du grand canal, au risque de se faire crever un œil, et ce dans le cadre d'un tournoi amateur précisait-il, l'œil allumé. « C'est ça que vous devriez montrer, sur *votre internet.* » Jeanne l'écoute sans expression de visage. Agnès s'acharne sur un bulot avec une agressivité suspecte.

Rituel des cadeaux. Agnès a organisé une loterie. Léonie offre une cravate club à mon père, qui grogne parce qu'il ne veut pas qu'on lui fasse de cadeaux, il l'avait déjà dit l'année dernière, et pourtant sa petite-fille lui tend un petit paquet. Il marmonne un remerciement, pose la cravate à côté de son assiette, peut-être qu'il fera exprès de l'oublier en partant, comme l'année dernière. Agnès déballe un foulard de soie, elle lève les yeux et interroge du regard à la ronde. C'est moi, dis-je. Elle rosit un peu et m'envoie une bise du bout de ses doigts délicats. Évidemment c'était peut-être un peu déplacé, je voulais l'habiller pour faire encore partie de sa vie. Un livre de photos aurait été plus neutre, moins intrusif. Elle attache le foulard autour de son cou, elle porte une sublime robe fourreau en velours bleu nuit, elle a forci mais ses kilos supplémentaires sont de nouveaux appâts, elle les porte avec une grâce insolente, épousant harmonieusement la cinquantaine, prête à en explorer les vicissitudes comme les avantages. Les deux dernières années de notre couple, nous ne couchions plus ensemble. Il avait suffi qu'elle disparaisse pour qu'elle me parût à nouveau désirable. Ah, bordel de misère. J'avais tout cassé, et c'était trop tard.

– À toi, Papa.

C'était mon tour. Je dépiautai le paquet sombre posé sur mon assiette. Un livre d'Aminata Diao, *Le guide du bon allié antiraciste, petit manuel d'une afrodescendante à l'usage de ses amis blancs*. Inutile de chercher d'où venait le tir. À l'autre bout de la table, Jeanne esquissa un sourire narquois. Je lui retournai un large sourire et inclinai la tête en signe de gratitude. « Aligato », lui lançai-je, à la japonaise. Léonie pouffa en me jetant un regard en coin. Le message était limpide et il disait : « Je vais te faire ton éducation, *old fart*. »

– Pour clôturer notre discussion du resto, dit-elle joyeusement.

Drôle de façon de clôturer un chapitre : en jetant une lampée d'alcool sur les cendres chaudes. N'empêche qu'elle avait le dernier mot. C'était un peu agressif, mais bien senti. Elle aimait le conflit et ça se voyait. J'entrevoyais les bases d'une relation piquante, faite de taquineries et de passes d'armes politiques, qui pourrait nous servir de terrain d'entente. Pourquoi pas ? Au prochain Noël, si elle est encore dans le paysage, je lui rendrai la monnaie de sa pièce, je lui offrirai *La Fabrique du crétin digital*, ou la biographie de John Wayne. On ne s'ennuie pas avec Jeanne : Maeva, sa prédécesseuse, avait moins de mordant.

– Quelqu'un me passerait les *gastéropodes ?* demanda Agnès à la cantonade.

J'allais conjurer le sort, le mauvais œil qui me collait le train depuis près de trente ans. Le *Voyant d'Étampes* serait ma renaissance, le *premier jour de ma nouvelle vie*. J'allais recaver une dernière fois, me refaire sur un registre plus confidentiel, mais moins dangereux. Le jour de la sortie du livre en librairie, j'essayai de m'occuper. Je rangeai mon appartement méticuleusement, avant de sortir faire la tournée des commerçants du coin. Depuis mon divorce, j'avais quitté le très chic quartier Montorgueil pour m'installer dans le dix-neuvième arrondissement, dans une petite rue parallèle au canal de l'Ourcq. J'avais acheté un petit trois-pièces qui suffisait à ma nouvelle vie de célibataire. Les prix y étaient alors encore abordables, mais le quartier était fermement engagé sur la voie de la gentrification : l'atelier Centquatre avait été la tête de pont de la bourgeoisie dans ce quartier qui avait résisté longtemps à l'envahisseur boboïsé. Longtemps, les cadres avaient renâclé à y installer leur nid : il faut dire que la rivalité des cités de Riquet et de Cambrai assurait aux lieux la survenance d'un ou deux homicides par an, depuis le début des années 1990. La pression immobilière fut néanmoins la plus forte et les promoteurs finirent pas obtenir ce dont ils rêvaient depuis longtemps : la destruction des hideuses tours de la rue Archereau, qui laissèrent place à un vaste terrain en friche, dans la capitale où aucun chantier d'envergure n'avait eu lieu depuis qu'on avait planté d'immeubles l'ancien parc Martin-Luther-King, à l'orée des Batignolles. Les dealeurs de Riquet et de Cambrai furent priés d'aller se trucider ailleurs. À la place des tours, de riants immeubles végétalisés avaient poussé comme des champignons, où se ruèrent cadres et retraités qui ne pouvaient plus prétendre à prendre leurs quartiers dans un arrondissement à un chiffre – seule une minuscule poignée de Français, de fait, le pouvaient encore. J'avais acheté sur plan un appartement dans un des bâtiments les plus audacieux : un immeuble en forme de termitière effondrée, pur produit de l'école du « biomimétisme total » qui avait fait la renommée de l'architecte chinois Yun Yun.

Je m'arrêtai chez le boucher. Sur l'étal, la diversité des pièces de viande était un spectacle rassérénant, surtout lorsqu'on savait que chacune des pièces pouvait être cuisinée de deux ou trois façons différentes. L'équipe de la boucherie était une bande de passionnés, des obsessionnels de la bidoche, et cela aussi était un constat rassérénant, ce n'était sans doute pas suffisant pour trouver la force de se lever chaque matin mais tout de même, ça faisait partie des petites choses qui comptent. J'achetai des côtelettes d'agneau, et interrogeai le professionnel au sujet d'une échéance prochaine. Je m'étais promis d'inviter Léonie et Jeanne à dîner chez moi, en signe de bonne volonté. Est-ce qu'il avait une idée ? Je précisai que je n'avais pas encore installé de four. Il réfléchit quelques secondes et me désigna les rouelles de veau. Quoi de mieux qu'un osso bucco pour enterrer la hache de guerre ? Je m'éloignai en hochant la tête. Il faudrait demander à Léonie si sa copine avait des interdits alimentaires, on ne pouvait pas totalement exclure qu'elle soit végane, ce serait même assez cohérent. Léonie avait l'air sacrément éprise, et j'avais une peur bleue que Jeanne l'éloigne de moi. J'avais même imaginé un instant inviter mon ex-épouse, avant de renoncer, en pensant à la gigantesque tache d'humidité qui dessinait la carte du Brésil sur le mur de la cuisine ; mon orgueil se raidissait à la pensée d'Agnès contemplant cette tache, je savais qu'elle n'aurait jamais pu tolérer (du moins, sans se battre) la présence de cette flétrissure murale à son domicile, pas plus que de vivre avec un micro-ondes et des plaques de cuisson sans déballer le four Bosch livré depuis trois mois, demeuré dans son emballage de papier bulle ; à coup sûr, ces visions lui rappelleraient brutalement (au moment où je sentais mollir, croyais-je, sa détermination) qu'elle avait bien fait de demander le divorce.

Je chassai ces sombres pensées comme on disperse, à coups de chevrotine, une escouade de corbeaux freux. Haut les cœurs ! Quand même, janvier serait faste : la sortie en librairie, le dîner, le colloque. Quelques jours plus tôt, j'avais passé le réveillon sans trop de casse, avec l'aide de la maison Bombay Sapphire et d'un CD contenant les plus mémorables enregistrements de Bessie Smith. J'avais décidé que l'année à venir serait un grand cru. Mais peut-on décider d'être heureux ? Je regardai fébrilement mon téléphone portable, au cas où un ami, enfin mon ami Marc aurait la bonne idée de me féliciter. Ma messagerie était vide. Et si j'appelais Paulin Michel ? Évidemment, ça aurait été plutôt à lui de m'appeler ou de m'envoyer un message, un bref message d'encouragement, ou quelques informations sur sa stratégie éditoriale. Attaquait-on *Le Monde des Livres* ? Les journalistes avaient-ils lu le livre, qui leur avait été envoyé en service de presse ? Robert Willow méritait quand même qu'on s'aperçoive qu'il avait existé. Saint-Germain l'avait oublié, il fallait que Saint-Germain le ressuscite. Je décidai de me promener un peu dans ces rues où Willow avait traîné ses guêtres. Je pris le métro, descendis à Mabillon. À part *Le Caveau de la Huchette*, la scène jazz avait à peu près disparu de la rive gauche. Si Willow avait débarqué à Paris aujourd'hui, il aurait dû pousser plus au nord, ou à l'est (à Pantin, Montreuil, ce genre d'endroit) pour écouter un ensemble de qualité. Rue Saint-André-des-Arts, des touristes américains martelaient le pavé de leurs gros mollets, moulés dans des chaussettes de tennis. En d'autres temps, je leur aurais jeté un regard noir : aujourd'hui j'étais heureux, et magnanime. Seulement, j'aurais aimé partager ma joie avec quelqu'un. Je marchai seul, fendant le brouillard qui était descendu sur la ville. Je m'arrêtai devant le Flore. Un serveur m'indiqua une place, au fond, au-dessous du grand miroir. À côté de moi, un très jeune couple gloussait, penché sur un téléphone, le jeune homme était un minet à mèche, il lisait le petit laïus historique au dos de la carte du menu, il lança « *Va-z-y, Je te prends en photo genre t'es Simone de Beauvoir ou quoi, on va faire une story.* » La fille répondit *de ouf*, puis elle réfléchit quelques secondes avant de le rabrouer : « *Lâche-moi je sais même pas qui c'est Simone de Beauvoir, qu'est-ce que tu veux que je fasse une story genre j'suis Simone de Beauvoir.* »

Je me penchai en m'efforçant d'arborer l'air du conférencier sympathique, et leur glissai avec un sourire malicieux : « C'est amusant que vous parliez de Simone de Beauvoir, c'est amusant, il se trouve que j'ai commis un livre sur un homme qui l'a bien connue, mais qui n'a pas eu sa notoriété. C'est un poète qui s'appelle Robert Willow, un ancien jazzman, et… »

– Ontaparlétoi ?

Le garçon me toisait, mi-agressif, mi-goguenard. Je me rencognai sur ma banquette. J'étais devenu un de ces retraités qui boivent seuls et s'incrustent dans les conversations, voilà la vérité. Je rentrai la tête dans les épaules. J'en voulais presque à Bob Willow de ne pas s'être battu, de sa pose au-dessus-de-la-mêlée. Il m'avait laissé en plan, avec quelques recueils inexpliqués. Sartre l'avait *ghosté*, comme dirait Léonie. Même son pote Richard Wright l'avait « ghosté ». Et aujourd'hui les spectres de Sartre et de Beauvoir étaient assis à leur poste sous le grand miroir, à la fameuse table où ils recevaient leurs disciples en délégation. Ils dardaient sur moi leur œil ironique. Perché sur un tabouret de bar, Richard Wright baissait les yeux, affreusement gêné.

*

Les jours suivants, rien.

Pas un entrefilet dans le moindre canard, sur le plus obscur site internet. Mon seul relais dans le monde des nouveaux moyens de communication était ma fille Léonie : gentiment, elle m'avait fait part de ce qu'elle avait *bookstagrammé* le livre, c'est-à-dire qu'elle avait publié sur les réseaux une petite mise en scène où le livre, posé sur son lino impression carreau-ciment, était encerclé de bougies et de pétales de rose. Lové à côté du bouquin, son chat Jerry sommeillait. « J'ai eu sept likes », me dit-elle, engageante. Je tentais de ne pas me laisser affecter, prenais quelques notes sur mon projet de roman policier. La préparation du dîner avec Jeanne et Léonie occupait un peu mon esprit, sans que je parvienne à poser le moindre acte concret pour en accélérer la réalisation. Lorsque je demandais à Paulin Michel s'il avait des retours des librairies, il prenait un air contrit : « La poésie, Jean, la poésie. »

Dans une velléité masochiste, je me rendis à la Librairie de Paris. Je demandai à une vendeuse si *Le Voyant d'Étampes* s'y trouvait. Je lui donnai mon nom, en feignant d'hésiter sur l'orthographe. La jeune femme plissa les yeux, fit un effort colossal pour fouiller les soubassements les moins visités de sa mémoire avant de hasarder : « Roscoff... ? Il a écrit des livres sur la pêche, non ? » Je sortis, défait. J'en venais à espérer n'importe quoi, que *Le Voyant d'Étampes* soit porté par un de ces emballements que favorise la modernité sautillante et primesautière. J'en venais à souhaiter un buzz. L'origine de Willow, sa conversion (que l'on aurait pu présenter, pour les besoins de la cause, de réactionnaire), sa mort prématurée le justifieraient. Avec une bonne dose de cynisme, on aurait pu en faire une espèce de James Dean. J'imaginais une quatrième de couverture racoleuse et putassière, un scandale, et puis je me ravisais : il n'y aurait rien, rien d'autre que l'indifférence totale - même pas l'omerta, la mise à l'index, rien. On parlait de poésie, on parlait d'un homme qui ne portait pas de parole claire, qui ne clamait aucune rage spécifique, qui n'exhibait aucune blessure enfantine. On parlait d'un type qui jetait au vent quelques paroles mélancoliques. « Robert Willow écrivait comme il jouait de la trompette : avec une sourdine », avais-je écrit en page 52. Pas de quoi emballer Jean-Marc Morandini ou Léa Salamé. Non, il n'y aurait rien. Robert Willow se ferait « ghoster », c'était sa destinée tragique - et j'avais enchaîné ma destinée à la sienne.

– Ah, putain ! soupirais-je.

Le colloque à Paris VIII pourrait me relancer, mais il n'aurait pas lieu avant de longues semaines. Pour me réchauffer le cœur, Paulin Michel organisa ce qu'il appela pompeusement un « apéro de lancement » au *Lézard enragé*, un bar militant présenté comme un haut lieu de l'édition alternative. Le rade était situé à deux pas de chez moi, non loin du canal de l'Ourcq. Sur le petit flyer collé sur la vitrine, mon patronyme avait été orthographié avec un seul « f ». J'écartai les grelots du porte-rideau. Le tintement perlé se prolongea quelques secondes après mon passage, le nombre exact de secondes qui furent nécessaires pour opérer une rapide revue des forces en présence : trois tables dépareillées, le double de fauteuils de théâtre défoncés et un zinc éclairé par des ampoules à filament. Il y avait là une petite faune louche et mal attifée. Paulin Michel fit les présentations.

Thomas fut le premier à me tendre la main. C'était un grand bonhomme efflanqué, avec des yeux ivoire marbré de veinules rouges. Les dents du haut pourries étaient découvertes par un sourire qui dévoilait une imbécilité complète, irrémédiable, une nuit de l'esprit plus déchirante que la cécité d'un aveugle en ce qu'elle le rendait totalement absent au monde, tout en lui conférant une espèce de noblesse. Le deuxième était une naine qui s'appelait Élodie. Perchée sur un tabouret de bar qu'elle avait dû escalader au prix de quelque périlleuse varappe, elle tenait entre ses mains une bière – à peu près comme un homme de taille moyenne eût tenu un seau. Son visage était chiffonné comme un fruit sec. Mounir était une armoire à glace, qui manipulait un torchon sale. Ses mains énormes auraient probablement pu faire éclater la tête de la naine aussi facilement qu'une noix, mais il la couvait avec le regard respectueux et veule d'un gros mastiff. Près de l'unique fenêtre, une dame âgée poussait un Caddie où s'entassaient de vieux classeurs. Emmaillotée dans quatre ou cinq couches de vêtements, elle ressemblait à la Dame Ginette des *Visiteurs* ; elle se présenta comme une poétesse et précisa crânement qu'elle avait connu bibliquement T.S. Eliot. C'était mon peuple, les miens, pensais-je, légèrement ému et effrayé. J'apprendrais à les aimer. Tous vouaient aux gémonies une époque à laquelle ils attribuaient leurs échecs personnels. Peut-être pourrais-je me faire une petite place dans cet infra-monde interlope. Je pourrais, assez rapidement, être ici chez moi. Quelques exemplaires du *Voyant d'Étampes* avaient été posés sur une table basse, ainsi qu'une bouteille de Cristalline. Paulin Michel m'invita à m'assoir et m'introduisit avec un petit speech compliqué. Mon bouquin expédié en quelques mots amicaux, il était surtout question des défis de l'édition alternative, « une édition de combat » répétait-il. La naine hochait la tête énergiquement. Bientôt, la voix de l'orateur fut couverte par les toussotements du percolateur. Paulin Michel me fit un signe de tête : c'était mon tour. Je m'éclaircis la voix et dis quelques mots sur Robert Willow, sa vie qui demeure encore mystérieuse, son œuvre dispersée. Rapidement, l'assistance sombra dans une molle torpeur. Je repérai alors une cinquième personne, un homme au visage long et anguleux qui se tenait debout dans l'encadrure de la porte. Seul, il m'écoutait vraiment. Était-il là depuis le début ? Il avait le même regard que Jeanne, méfiant et douloureux. Il prenait des notes sur un petit carnet à spirale. Davantage qu'il m'écoutait, il semblait concentré sur les modulations de ma voix, comme s'il cherchait à déchiffrer un code, quelque sens caché.

Je me proposais de lire quelques poèmes de Willow. Dame Ginette se leva alors pour dire qu'elle avait bien connu cette époque, elle rappela qu'elle avait été une intime de T.S. Eliot, et elle embraya sur sa propre poésie (contenue, apparemment, dans les classeurs qui encombraient son Caddie). Elle insista pour en lire quelques extraits. À l'évidence, elle répétait ce manège à chaque conférence, indifférente au sujet du jour. Paulin Michel s'apprêtait à la couper mais je lui fis signe de laisser faire, j'étais pris d'une affection sincère pour cette vieillarde qui poursuivait fidèlement son idée. Elle avait mis toutes ses souffrances dans un Caddie qu'elle promenait partout, les proposant à qui voulait bien les prendre. Je me dis que Willow l'aurait aimée, lui aussi. Elle lut quelques poèmes qui étaient, sans surprise, séniles et déchirants. Je repris la parole pour lire quelques vers de *Chants d'amour*. Je conclus en indiquant que j'étais prêt à répondre à d'éventuelles questions.

Il y eut un silence embarrassé, puis Visage Long leva un doigt autoritaire.

– Vous nous avez dit que Robert Willow était communiste. Vous nous avez dit qu'il avait pris plus tard ses distances avec le Parti. Vous avez dit qu'il était un renégat. Vous n'avez pas dit qu'il était noir. Vous ne pensez pas que cela a une importance, je veux dire une importance décisive ? Vous pensez qu'il est possible de parler de l'œuvre d'un Noir américain, écrite dans les années 1950, sans dire qu'il était noir ?

III

ACCESSOIREMENT NOIR

« Prenons le cas du grand écrivain noir Richard Wright. Si nous considérons seulement sa condition d'homme, c'est-à-dire de "négro" du sud des États-Unis transporté dans le Nord, nous concevrons tout de suite qu'il ne puisse écrire que des Noirs ou des Blancs vus par les yeux des Noirs. (...) Si donc un Noir des États-Unis se découvre une vocation d'écrivain, il découvre en même temps son sujet : il est l'homme qui voit les Blancs du dehors, qui s'assimile la culture blanche du dehors et dont chaque livre montrera l'aliénation de la race noire au sein de la société américaine. »

Jean-Paul Sartre,
Qu'est-ce que la littérature ?, 1948.

« L'affaire Roscoff nous confirme une chose : l'histoire des écrivain.e.s de la diversité doit être faite par les intéressé.e.s. »

Blog d'Aminata Diao, 7 février 202...

Noir.

Robert Willow était noir.

Bien sûr, oui.

Métisse, dirait-on en France, selon la terminologie française mais ne chipotons pas, il est noir, oui, indéniablement, au sens où l'entendent les Américains, au sens où Barack Obama est un Noir. Cela est vrai et cela figure dans le livre, d'ailleurs - notez que cela figure plusieurs fois, quatre fois au moins. C'est un trait saillant de sa personne, non, ce n'est pas ce que je veux dire, disons que c'est un trait qu'il a, c'est un trait de son identité. Voilà, voilà, c'est le terme que je cherchais, c'est ça que je voulais dire, c'est un trait de son identité, c'est certain, il faudrait être absolument fou de le nier, ce serait une sorte de (comment dire ?) de négationnisme, n'ayons pas peur des mots, vous me dites que je n'ai pas l'air bien, pas du tout, mais pas du tout, je suis un peu étonné, c'est tout. Je ne m'attendais pas à être interrogé sur ça, quoi, vous me dites que le « ça » est méprisant, je le retire illico, mettez ça sur le compte de la chaleur, il fait une chaleur de four dans ce bar. Et puis permettez-moi de vous dire que vous avez l'air un chouïa agressif, là, oui, tout à fait. Vous avez un ton inquisitorial. Vous savez, j'ai des états de service qui parlent pour moi, j'ai fait la marche des beurs, j'étais sur scène à la Concorde, en 85, j'ai milité pendant dix ans, donc disons que je suis assez au fait de ces choses-là. Mais nous sommes ici pour parler d'un homme. Nous sommes ici pour parler de Robert Willow. Eh bien je ne vais pas me laisser intimider et je vais vous dire le fond de ma pensée, je vais vous le dire vraiment : je ne suis même pas sûr, si je veux être totalement honnête (intellectuellement j'entends), je ne suis même pas sûr que le fait d'être noir soit un trait saillant de l'identité de Robert Willow. Hé oui, parfaitement. Ne faites pas ces yeux. Oui, c'est bien ce que j'ai dit. Je n'en suis pas sûr. C'est évidemment un trait saillant de son identité du point de vue objectif, indéniablement. Oui. Qui pourrait le nier ? Il a étudié à Howard University, la grande université noire du pays, la première. Avant, il a été dans un lycée noir, le Saint Henry Community College. Les photos sont dans le livre, on le voit avec ses camarades le jour de sa remise de diplôme. Tous noirs, tous rassemblés dans les mêmes lieux de savoir parce que les autres leur sont fermés. Parce que l'Amérique est juridiquement ségrégée au Sud et qu'elle l'est encore de facto, très largement, au Nord. Je connais l'histoire de ce pays, cher monsieur, je la connais très bien même, je vous le dis en toute humilité. Vous savez que je suis historien. Willow a grandi dans un quartier noir de Washington D.C. Là encore, c'est écrit noir sur blanc, si je puis dire. Et pourtant je ne suis pas sûr que ce soit un trait saillant de son identité subjective. Je veux dire de son identité ressentie. Comme il y a une température ressentie, si vous voulez. Je ne suis pas sûr que Robert Willow (si vous lui aviez demandé, s'il était encore vivant et que vous lui aviez demandé) se soit d'abord défini comme Noir. Comment osé-je ? Vous avez l'air outré. Je dis quelque chose d'assez banal pourtant. Robert Willow est communiste, Robert Willow est trompettiste, Robert Willow est poète, Robert Willow est sartrien et puis il ne l'est plus, Robert Willow est américain, tout cela irrigue et nourrit sa prose. Sauf le côté sartrien, je vous le concède. Et son communisme non plus, il ne nourrit pas grand-chose mais il l'a forcé à quitter l'Amérique en 1950 car son nom figurait sur la liste du *House Un-American Activities Commitee*. Noir, je ne sais pas. Vraiment, si on essaie de regarder honnêtement sa prose, si on lit ses poèmes ligne à ligne, le fait est que ce thème n'est évoqué nulle part. C'est étonnant, je vous l'accorde. Enfin, c'est étonnant et ça ne l'est pas. Willow a grandi dans un quartier relativement bourgeois, le Shaw Neighborhood, le Broadway noir comme on l'appelait. Il a grandi dans un quartier où les Noirs s'efforçaient terriblement, obsessionnellement de faire oublier qu'ils étaient noirs. Vous me dites qu'il devait en avoir conscience à chaque seconde de sa vie. Et vous avez raison. Mais je crois (et s'agissant d'un homme sur lequel on sait si peu de chose on ne peut guère que formuler des hypothèses), que chez Willow ce sentiment était celui d'une incongruité. Cela ne le concernait pas. Enfin ça ne le concernait que dans la mesure où ça préoccupait ses interlocuteurs. De fait, il est possible que cela préoccupait pas mal ses interlocuteurs. On sait qu'il a beaucoup fréquenté, un temps, les existentialistes. Que Sartre et ses disciples voyaient en Willow, artiste noir, la figure du révolté. Ils ont exigé tacitement qu'il se comporte comme tel. Il fallait qu'il soit un porte-voix. Une conscience révoltée, comme Wright. Mais Willow n'était pas Wright. Willow n'était pas une conscience révoltée, enfin je ne crois pas. Je l'ai écrit d'ailleurs, je l'ai écrit noir sur blanc, c'est en page, en page... en page... Attendez, je cherche, laissez-moi deux minutes.

*

– Voilà, je l'ai. Page 63, pour ceux qui ont acheté le bouquin.

Personne ne bougea. Le géant Mounir fit craquer ses cervicales.

– Je vais lire à voix haute, parce qu'il n'est pas question qu'on me fasse un faux procès. Donc : « Sartre croyait que le poète noir devait chanter l'âme noire, que c'était le passage obligé vers l'universel. Il demandait au Noir ce qu'il demande au Juif dans *Réflexions sur la question juive*, l'authenticité. » Retenez bien ce mot, l'AUTHENTICITÉ, « c'est-à-dire l'acceptation lucide de sa situation, et le combat. Se découvrir en tant que Noir, se découvrir en tant que Juif. Il l'a écrit dans sa préface de l'*Anthologie de la nouvelle poésie nègre et malgache*, de 1948, son fameux *Orphée noir* : le Noir est « *acculé à l'authenticité : insulté, asservi, il se redresse, il ramasse le mot de "nègre" qu'on lui a jeté comme une pierre, il se revendique comme noir, en face du blanc, dans sa fierté.* » Pour Sartre, c'est le devoir du poète noir de chanter l'âme noire. La négritude est un passage obligé, « le moment de négativité » incontournable pour le poète noir qui veut toucher l'universel. Chanter l'âme noire en attendant de chanter celle de l'humanité tout entière : voilà l'injonction sartrienne. On peut deviner qu'elle a pesé lourd sur les épaules de Willow, qui côtoyait le philosophe. On peut deviner que Willow le communiste, Willow qui avait rejoint le parti communiste américain pour fuir le milieu étriqué du Shaw Neighborhood, qui avait préféré se fondre dans la masse glorieuse du prolétariat pour devenir un Homme parmi les Hommes, Willow n'avait pas goûté l'injonction sartrienne. Qu'il n'avait pas non plus goûté la condescendance (involontaire mais bien réelle) de Sartre, qui expliquait aux Juifs comment ils devaient être juifs et aux Noirs comment ils devaient être noirs. Sartre qui, au prétexte de s'adresser aux Blancs dans son *Orphée noir*, expliquait paternellement aux Noirs le concept qu'ils avaient eux-mêmes forgé. Qui dit en substance : « Voilà ce qu'ont voulu dire Césaire et les autres. » Sartre, dont la démonstration éclatante ne masquait pas l'impression poisseuse qu'il *se penchait* sur le cas de la négritude, qu'il s'employait à la rendre intelligible, à lui donner l'ampleur que seul lui, Sartre, pouvait donner aux choses. Sartre qui attendait du poète noir « qu'il réveille les instincts immémoriaux qui dorment en lui ». Qu'il renoue avec les « cris vaudou » et « se laisse fasciner par les rythmes primitifs ». On peut imaginer que Willow n'avait pas aimé cette injonction. Oui, je crois qu'il avait détesté ce ton-là. Voilà ce que j'écris en page 63 de mon livre.

Vous me dites ? Que je fais exactement ce que je reproche à Sartre, en parlant à la place de l'homme noir, en lui prêtant mes propres névroses ? Que Willow a été *racisé* dans le regard des autres ? Que cela l'a structuré profondément ? Racisé, je ne connais pas ce mot. Je suis né en 1960, vous savez. Peut-être voulez-vous dire par là (je tâtonne) qu'il est devenu noir dans le regard des autres ? Sans doute. On ne sait pas grand-chose de son enfance. Il vivait dans un quartier noir, à Washington D.C. Il lui arrivait, nécessairement, de se trouver sous le regard blanc. À Paris, dans les caves de jazz de Saint-Germain on raffolait des Noirs-Américains, *en tant que Noirs*, ès qualités de Noirs si j'ose dire, parce qu'ils étaient le jazz et qu'on se piquait d'exotisme ; on les regardait avec insistance, et Willow a probablement vu cette insistance dans le regard des autres, il n'a pas pu ne pas la voir, c'est une évidence. Mais que cela l'ait structuré profondément, là encore, je suis désolé de ne pas partager votre point de vue, *a fortiori* cas vos certitudes. C'est un débat intéressant en tout cas.

Le lendemain, je reçus un coup de fil de Paulin Michel.

– C'était sympa, hier soir, lui dis-je, sur le ton de l'incertitude. Hein, c'était sympa ?

Pour une raison obscure, je voulais moins me rassurer moi-même que réconforter ce petit bonhomme aimable et compliqué.

– Oui, oui.

Il avait l'air soucieux et s'éclaircit la gorge.

– Il y a un article.

– Fantastique, dis-je. Un article. Un article sur mon bouquin ?

– C'est un blog. Je te l'envoie. Je ne sais pas s'il y a lieu de se réjouir.

*

Publié sur un blog, l'article était sobrement titré : « LE VOYANT D'ÉTAMPES : JEAN ROSCOFF LAVE PLUS BLANC ». La photo de la couverture du livre s'affichait en dessous. Suivait le texte : « Attention, nous ne critiquons pas l'intention louable de Jean Roscoff : Robert Willow, poète inconnu et talentueux, méritait bien un livre. Né en 1928 en Caroline du Nord, cet auteur africain-américain a été occulté par la modernité comme nombre de ses confrères racisés. Fuyant l'Amérique ségrégationniste au début des années 1950, Willow a frayé dans le Saint-Germain-des-Près de Boris Vian et de Juliette Gréco, avant de s'installer dans l'Essonne où il se consacre à son œuvre poétique, dont la majeure partie sera écrite en français. Par un paradoxe étonnant, dans les années 1950, la France était devenue une terre d'élection pour certains artistes africains-américains. Rappelons ce qu'étaient alors les USA : un pays raciste où les Noirs devaient céder leur place aux Blancs dans le bus, où certains lieux publics leur étaient interdits. Un pays où l'on lynchait encore ses Noirs, où l'on brûlait vif des Noirs. Le climat était à ce point invivable que certains d'entre eux ont pu voir dans la France de René Coty (qui perpétrait elle-même le racisme d'État dans ses colonies) un endroit où ils pourraient travailler dans une relative quiétude. James Baldwin, Richard Wright, Robert Willow sont ces gens-là. Ils ont vu dans Saint-Germain une terre d'accueil. Entendons-nous bien : dans son livre, Jean Roscoff n'occulte pas la couleur de la peau de Robert Willow. Nous apprenons sous sa plume que ce dernier était le fils d'une métisse haïtienne et d'un entrepreneur africain-américain. Nous apprenons qu'il comptait parmi ses meilleurs amis d'autres compatriotes racisé.e.s qui s'étaient expatrié.e.s dans la capitale française : Richard Wright, l'auteur de *Black Boy*, ainsi que la chanteuse Nancy Holloway. Le livre de Roscoff contient, indéniablement, cette information. Et pourtant on est saisi d'un malaise en lisant *Le voyant d'Étampes*. Car l'auteur expédie le fait racial comme une contingence inintéressante, une simple donnée biographique qui *ne porte pas à conséquence*. Pour l'auteur, l'affaire est entendue : Willow est un communiste. C'est son communisme qui lui rend la vie impossible dans l'Amérique du début des années 50, l'Amérique de McCarthy et de la chasse aux sorcières. C'est son communisme qui lui donne le sentiment d'être un marginal, un paria. Le Willow de Roscoff est communiste et *accessoirement* noir.

Ce faisant Roscoff passe sous silence une chasse aux sorcières qui n'avait pas besoin de comité, une chasse aux sorcières autrement plus sanglante, une chasse aux sorcières dont les rabatteurs étaient des millions de braves citoyens américains. La ségrégation raciale. Le racisme endémique, systémique, le racisme érigé en système, le racisme intégral de l'Amérique blanche. Le racisme quotidien, décrit de façon poignante par Richard Wright dans *Black Boy*. Le racisme d'une Amérique blanche qui "branchait" les frères de Willow avec du chanvre, pour le plaisir, pour s'amuser, pour se venger de l'abolition de l'esclavage qui n'avait jamais été digérée. Mais pour Jean Roscoff, ce n'est pas vraiment le sujet. Déni étrange que celui de Jean Roscoff, sous couvert de se concentrer sur l'œuvre poétique, la musique. La couleur de la peau du poète semble une contingence trop vulgaire, une précision inutile. Le poète selon Roscoff est un ange, un être séraphique qui plane, gracile, au-dessus de son temps. Mais peut-on séparer l'œuvre des circonstances dans lesquelles elle a vu le jour ? À certains moments, le déni ressemble furieusement à la mauvaise foi. Jean Roscoff s'émerveille de voir un Américain manier avec tant de dextérité la langue de Molière. Il ne lui est pas venu à l'esprit que Robert Willow tenait cet héritage de sa mère haïtienne. Qu'il n'a pas choisi le français parce que ce serait la langue du monde mais parce qu'elle était son héritage esclavagiste. Qu'elle était une dépossession de plus dans l'histoire d'une famille noire. Déni, vraiment ? Il est permis de se poser la question. Jean Roscoff est un universitaire, fin connaisseur de l'histoire américaine. À la lecture de son livre, nous lui avons accordé le bénéfice du doute, et nous sommes allés l'écouter en parler, au *Lézard enragé*. Nous n'avons pas été déçus : Jean Roscoff a réussi le tour de passe-passe de parler de l'auteur pendant une demi-heure sans mentionner son identité noire-américaine (africaine-américaine, devrais-je dire). Interpellé par votre serviteur, il s'est laissé aller à des développements douteux, parlant d'"exotisme", expliquant qu'"à Saint-Germain on raffolait des Noirs en tant que Noirs" (sic). Entre les lignes : un poète de la trempe de Willow ne peut pas être vraiment noir. Il a nécessairement nié son identité noire pour atteindre la perfection. Il a remisé au placard ses "cris vaudous" et ses "rythmes primitifs", nous dit Roscoff en toute décontraction, ajoutant finement que c'est écrit "noir sur blanc" (re-sic). Il parle de la négritude de Césaire comme d'un "moment de négativité" (re-re-sic) et conclut son propos par une phrase ahurissante : "En tout cas, c'est un débat intéressant." Tout est là. Sans doute est-ce sa vision du combat pour l'égalité : un folklore *intéressant*. »

J'éteignis mon écran, sonné. J'étais désorienté - effrayé de ne rien reconnaître dans cet article : ni Robert Willow, ni l'œuvre de Robert Willow, ni mon bouquin, ni la soirée de lancement, ni notre petite passe d'armes, ni moi-même. C'était un film raté, une mauvaise reconstitution. D'abord l'effet de sidération m'empêcha de considérer le propos dans son ensemble. Je focalisai mon attention sur les détails. Willow n'était pas né en 1928, mais en 1927. Je saisis un calepin et le notai rageusement. Je pensai : « *C'est inexact. Pardon, mais c'est parfaitement inexact.* » Je réfléchis, et j'ajoutai tout aussi rageusement : « *Oui, la mère de Robert était d'origine haïtienne. Mais Bob et sa sœur ne parlaient pas fran çais à la maison. Sa nièce me l'a dit, je l'ai interviewée.* » Je soulignai trois fois le mot « dit » et « interviewée ». Je froissai le papier, le jetai dans la corbeille. Les autres mots se frayaient lentement un chemin. Le « folklore intéressant ». L'héritage esclavagiste. Les mots de Sartre que le blogueur présentait comme les miens.

Noir.

Noir.

Noir.

Facho.

Facho.

Facho.

Négationniste.

Suprémaciste.

Je commençais à voir le tableau d'ensemble. Tout était vrai et faux. Je lisais un procès-verbal falsifié. Tronqué selon un dessein précis. Malhonnête. C'est malhonnête. Ce n'est pas moi. Ce n'est pas mon travail. C'était là le plus étrange : ne pas me reconnaître moi-même, lire le portrait d'un homme qui n'était pas moi et qui pourtant portait mon nom. Je tentais de me représenter l'auteur décrit par cet article et je voyais un méchant de film aux épaules voûtées, le sourire sournois, content de son tour de passe-passe, dépourvu du moindre scrupule, de la moindre honnêteté intellectuelle. J'étais chauve, je portais une veste à col Mao comme Blofeld, le chef du S.P.E.C.T.R.E. qui affronte James Bond : debout devant la tombe de Willow dont je trahissais la mémoire, je riais à gorge déployée, démoniaque. Une foule d'esclaves noirs me faisait face, les mains et les pieds entravés. Je triomphais, les narguais : « Je vous ai effacés de la vie de Robert Willow et vous n'y pouvez rien ! Rien ! Rien ! » J'imaginais Léonie tombant sur cet article. J'imaginais Agnès découvrant ces lignes. Le ton du blogueur était sérieux, ce n'était pas le ton d'un déséquilibré. D'un côté il était dégueulasse et d'un autre il faisait état d'une gêne sincère ; il était possible, il était même hautement probable que cet homme ait été sincèrement heurté. J'étais déboussolé, prêt à reconnaître mes torts. Étais-je à ce point inconscient de mes travers, est-ce que je m'étais arrangé avec moi-même pour ne pas regarder en face ce que j'étais devenu : un facho retors et hautain ? Par renoncements successifs, à force de rire de tout, à force d'ironie cruelle ? Je buvais tellement, j'étais si seul. Mais tout de même, non, je ne crois pas.

Dehors, le marteau-piqueur s'était réveillé d'un coup. Je me réfugiai dans ma chambre et décrochai mon téléphone. J'avais besoin d'un allié, j'avais besoin d'entendre la voix de quelqu'un ayant assisté à la scène, au *Lézard enragé*. Paulin Michel décrocha. Je ne lui laissai pas le temps de parler :

– Les parents de Robert Willow ne parlaient pas français. Je le sais. Et Willow est né en 1927, pas en 1928. On ne peut pas laisser dire des choses pareilles.

– Je ne suis pas sûr que la date de naissance de Willow soit le principal tort qui te soit fait dans cet article, Jean. Vraiment.

– Oui. C'est vrai. Je ne te parle pas du reste. Mais la date de naissance, ça prouve qu'on n'est pas sérieux, qu'on se fout du monde.

– Le problème, c'est tout ce truc sur... Enfin sur les origines de Willow. Ce que ça suggère. Et aussi la discussion d'hier, les mots sortis de leur contexte, ça n'est pas correct.

– On fait un communiqué de presse. On fait une dépêche AFP. Un droit de réponse. Merde, le mec m'attribue des citations de Sartre, totalement hors contexte. « Rythmes primitifs », « cris vaudous », c'est du Sartre dans le texte ! Je ne peux pas laisser salir mon travail.

– Jean, on se calme. Ce blog est une espèce de machin ultra-confidentiel. Et tu n'es pas un personnage public. Ce truc, c'est une goutte de fiel dans le néant.

– Tu veux dire qu'on ne va rien faire ? Tu veux dire que je dois me laisser injurier comme cela ? Et la mémoire de Willow ? Tu penses qu'on peut travestir le sens de son travail comme ça ?

– Je ne suis pas sûr que la mémoire de Robert Willow sera salie parce qu'on rappelle qu'il était noir. Pour le coup, c'est raciste.

– Que... ? Quoi ? Qu'est-ce que tu dis ? Tu vas t'y mettre aussi ?

Je lui raccrochai au nez, ulcéré. Je transférai l'article à Marc. Paulin Michel était un homme bon, un éditeur consciencieux mais il n'était pas un guerrier. Il n'aimait pas le sang. J'avais besoin d'entendre la voix ferme de Marc, d'être pris en charge par son sens aigu des réalités. Peut-être aussi que j'avais besoin que mon plus vieil ami (disons mon seul ami) me confirme mon identité. J'avais besoin d'être fixé. Est-ce que je m'étais égaré ? Et puis Marc faisait partie de la « Famille », il m'y avait introduit, il avait fait la marche des beurs à mes côtés. Il me rappela une heure après.

– Ton éditeur a raison, il ne faut rien faire. Sinon, tu prends le risque d'un effet *Barbra Streisand.*

– Pardon ?

Je ne voyais pas vraiment ce que l'interprète de *The Way We Were* venait faire dans cette galère. Marc m'expliqua :

– En 2003, Barbra Streisand a poursuivi en justice un photographe qui avait pris un cliché aérien de sa villa californienne. L'actrice voulait limiter la diffusion des clichés en question, mais elle obtint l'effet inverse : l'action en justice apporta une publicité considérable à la photographie, qui se retrouva dupliquée des centaines de milliers de fois sur la toile. C'est ça, l'effet *Barbra Streisand.* Le retour de flamme qui sanctionne les ardeurs procédurières.

Je me calmai un peu. Marc n'était plus l'ami, il était déjà l'avocat, protecteur et efficace. Ce n'était pas un technicien à courte vue mais un réel stratège, le genre d'avocat qui ne dédaigne pas de citer *L'Art de la guerre* de Sun Tzu, d'ailleurs je crois me souvenir qu'il avait une reproduction miniature d'une bataille de l'Antiquité, sous verre, dans son cabinet, peut-être la bataille de Cannes, pour impressionner ses clients et fléchir leur volonté lorsqu'ils renâclaient à régler ses honoraires à six chiffres. Et puis c'était un ancien du parti socialiste, il avait coanimé des réunions avec Julien Dray, il avait ça dans le sang, le côté manœuvrier ou judoka des apparatchiks socialistes. Habile Marc. Il avait raison. Le blogueur était un de ces pauvres types qui ont toujours hanté les réunions publiques, un intrigant avide de notoriété : il attendait précisément que je tombe dans son panneau.

– D'accord, Marc. D'accord. On ne bouge pas.

Je laissai passer un silence et l'interrogeai :

– Marc, tu es mon ami depuis trente ans. Je peux te poser une question ?

– Bien sûr, ma biche.

– Je ne suis pas raciste, Marc, hein ? Tu me connais ?

– Bien sûr que non. Quelle idée. On a fait la marche des beurs en 83. On triait le courrier rue Martel, à SOS. Bien sûr que non.

Je raccrochai avec un sentiment mitigé. Cette réponse était exactement celle que j'attendais, et pourtant elle était trop facile. La marche des beurs, SOS Racisme, notre joker. Si Jeanne avait été là, elle m'aurait invité à questionner les ressorts profonds de mon engagement. Pourquoi, en vérité, m'étais-je engagé à SOS Racisme ? Pourquoi avais-je battu le pavé, à l'époque où l'on portait les cheveux longs, à l'époque où la vie était un terrain de jeu sur lequel j'entrais au son des trompettes, sanglé dans un Perfecto ?

Si je dois faire mon autocritique, si je dois réellement penser contre moi-même comme je le demande souvent à Léonie (de façon, je m'en rends compte, un peu condescendante), alors je dois reconnaître que mon engagement dans les rangs de SOS Racisme, entre 1984 et 1990, était motivé par des facteurs multiples et complexes. Une des motivations était la croyance indéfectible que l'Humanité était une seule grande tribu. Je le croyais avec ferveur, oui, je croyais et je crois avec ferveur à l'égalité entre les hommes et les femmes qui alors ne me paraissait pas une fin en soi, mais la condition sine qua non d'une Société Heureuse. Condition nécessaire et pourtant insuffisante : le jeune étudiant marxisant que j'étais savait que l'existence de droits formels ne suffisait pas à assurer une égalité réelle entre les hommes, et que l'avènement du socialisme (incarné de façon incompréhensible par un vieillard ambigu et gourmé du nom de François Mitterrand) pouvait seul faire advenir le Bonheur sur Terre pour les Hommes de Bonne Volonté. Ces motivations-là, nobles, ont existé. Elles trouvaient leur source dans mon enfance, dans un raidissement de la moelle épinière quand j'entendais mon père parler des « Arabes » et des « Noirs », sans haine particulière, avec sympathie même, mais avec un ton qui excluait toute communauté de destin avec nous. Ils étaient les Arabes et les Noirs et pour lui il était absurde, insensé de prétendre partager leurs joies ou leurs peines, de même qu'il était absurde d'imaginer un instant qu'ils puissent partager les nôtres, sauf de façon très ponctuelle, dans un cadre circonscrit (son entreprise de rénovation, où il employait régulièrement des jeunes immigrés, en était un). Ce raidissement de tout mon être, cette intuition d'une erreur de raisonnement ont forgé ma conscience politique. Ma révolte contre le « eux » et le « nous » était renforcée chaque jour par l'épreuve du réel, ce que Levinas appelle *l'expérience du visage de l'autre* ; j'avais toujours éprouvé une affection particulière pour Lévinas qui incarnait la figure même du Bon Savant au sourire lumineux, un type que l'on ne peut imaginer que baigné dans une lumière de fin d'après-midi dans son cabinet de travail, accueillant avec gentillesse un disciple, interrompant avec grâce son labeur colossal pour prodiguer des conseils, en général ce genre de figures sont nés dans des bourgades russes au nom imprononçable, ils parlent huit langues, leur œuvre est d'un ennui considérable, ce sont des saints et ils passent leur vie à tourner autour de la question de Dieu, enfin je m'égare. Je veux dire que ce n'était pas de la branlette intellectuelle. L'Autre avait un visage et pour moi c'était celui de Toumi Djaïdja, un jeune gars avec sa tignasse bouclée et ses yeux calmes qui avait été envoyé à l'hôpital par la police, ça s'était passé dans la banlieue lyonnaise, aux Minguettes, l'épicentre de la Marche, à quelques kilomètres du quartier cossu où j'avais grandi avant de déménager en région parisienne. En regardant les images à la télé j'avais mesuré le hasard absolu qui m'avait fait naître, moi, du bon côté de la ville. *On the sunny side of the street*. Ces motivations hautes avaient existé, donc. Elles avaient précipité ma décision de pousser la porte du petit local de la rue Martel, dans le quartier de la gare de l'Est, un an après la Marche. Mais si je veux répondre honnêtement, loyalement à la question, alors il faut reconnaître que ces hautes motivations ont coexisté avec d'autres motivations moins glorieuses : faire partie d'une famille et m'assurer un certain confort intellectuel.

Entrer dans une ronde fraternelle qui m'autorise à vivre au-dessus de tout soupçon. Jouir d'un magistère moral inattaquable, une rente morale juteuse qui m'autorise à déambuler dans l'univers de la Faculté bardé d'une armure en titane. Je ne voulais pas nécessairement gravir les échelons au sein de la « Famille » ; ça, c'était plutôt le truc de Marc, je pense que dès la marche des beurs il avait saisi avec son génie stratégique habituel l'opportunité inespérée de s'approcher des cercles du pouvoir mitterrandien sans avoir les sésames d'un diplôme de l'ENA ou d'un rôle dirigeant au sein d'un syndicat étudiant. Il avait deviné le pari de Dray, qui voulait utiliser SOS Racisme comme un pied-de-biche pour forcer la porte de l'Élysée, Dray obsédé par l'idée de se rendre indispensable au pouvoir. Dray qui avait flairé le potentiel du mouvement antiraciste lors de la marche de 83, le pèlerinage conduit par un curé de gauche et Toumi Djaïdja. Et Dray avait bouffé tout crus ces doux rêveurs avec leur marche pacifique, suçant chaque goutte de sueur de ces hommes intègres. Marc avait compris les rapports de force, il m'en exposait les subtilités, fasciné par le génie du grand Juju, subjugué par sa science des médias, de la triangulation et de l'agit-prop - apprise en surdoué au côté d'Alain Krivine dans les réunions de la Ligue communiste révolutionnaire.

Il m'expliquait ce que je ne voyais pas. Harlem Désir utilisé comme une tête de gondole par Julien Dray qui dirigeait seul, en autocrate, l'association. La mise en coupe réglée des comités de province, le bidouillage des élections internes, l'obsession des coups de com'. Tout ça, moi, je m'en foutais un peu. Je voulais juste faire partie d'une famille qui me protège si mon intégrité morale venait à être attaquée. Peut-être avais-je confusément honte d'appartenir à la caste dominante, d'être un Visage Pâle doublé d'un bourgeois. Peut-être souhaitais-je faire alliance avec ceux qui incarnaient l'avenir quand j'étais le passé honteux, franchouillard, le rejeton de « la France moisie ». Que le prestige de ces poings levés rejaillisse un peu sur ma tête blafarde. Peut-être, je ne pourrais l'affirmer avec certitude, on parle de faits de trente ans. D'ailleurs ces pensées n'étaient qu'à demi conscientes. Mais je crois qu'à certaines inflexions de voix, à un certain sourire de Marc lorsque je lui rappelais qu'il y avait manif, un sourire misérable qui n'était pas celui d'Angela Davis ou de Martin Luther King, qui n'était pas celui de l'homme qui lutte pour la dignité des siens, à certaines emphases de Marc, nous savions. Sur nos visages juvéniles se dessinait alors le sourire mitterrandien, le rictus flétri et ambigu du Patron : *« le masque* pokerface *de celui qui ramasse le banco »*, disait Jean Cau du président socialiste. Et ce sourire voulait dire *Bien sûr Qu'on Y Va, Évidemment, Cela Fait Partie de Notre Plan, Cela Est Indispensable Pour Parfaire Ces Personnages Que Nous Avons Décidé d'Être, Nous allons À la Rencontre de Nous-mêmes, Nous Allons Nous Purifier En Nous Plongeant Dans le Fleuve Sacré Et Nous en Sortirons Extatiques D'y avoir Vu notre propre Image Avantageuse, Et De Nous être Aimés Nous-même Dans les Glorieuses Figures Tutélaires de Notre Mouvement* (et qui n'a jamais rêvé avoir le charisme lumineux d'Angela Davis, de Malcolm X ou de Martin Luther King ?). Nous n'avions jamais verbalisé ce genre de chose, mais nous avions scellé un pacte muet autour du sentiment aigu de notre intérêt bien compris. Et ce pacte était notre secret. Au fond nous savions. Mais il était désagréable de se le dire et même d'y penser. Et ce secret ne vient pas corrompre tout le reste, la soif de justice, la fraternité.

Et même soyons honnêtes jusqu'au bout. Regardons les choses dans une lumière crue. La raison profonde qui me conduisait moi, Jean Roscoff, à vouloir à tout prix faire partie d'une famille, était elle-même lourde de soubassements inavouables. Et le moins négligeable était le suivant : je voulais baiser le maximum de filles. Le plus de filles possible, les plus jolies possible, en échange de mon serment d'allégeance aux forces de progrès. En tout cas cette espérance avait compté dans ma démarche. Il faut le dire. Ou peut-être n'est-on pas obligé de le dire mais alors cette omission doit avoir pour contrepartie une certaine humilité. Et Dieu sait que je n'étais pas particulièrement humble dans ces années-là.

Mais c'est encore une présentation trop schématique des choses. Parce que la réalité était plus complexe et plus simple. Elle était chaotique, simplement chaotique. La réalité est le chaos même, une succession de sensations vécues un soir de l'année 1984, quelques mois après la marche des beurs, et quelques semaines après les municipales de Dreux qui avaient vu le Front national faire une percée à plus de 15 %, une après-midi où l'envie de baiser culminait dans l'indignation, s'en nourrissait même, la nourrissait en retour. Ma queue raidie dans la chaleur de l'été parisien se dressait contre les idées de la « France moisie », et dans ma jeune tête l'avènement du Front national était vaguement lié à l'interdiction de baiser, Jean-Marie Le Pen était un empêcheur de baiser en rond, un ennemi de la Grande Partouze Générale où les jeunes beurettes (oui, on disait jeunes beurettes, c'était les années 1980, il faut bien que j'utilise les termes de cette époque si je veux la restituer fidèlement) avaient toute leur place. Jean-Marie Le Pen, c'était une France racornie que j'associais à une forme d'abstinence forcée. Je pense qu'il y avait quelque chose de cet ordre. Évidemment j'étais capable d'articuler plus robustement les raisons de mon militantisme mais il y avait aussi quelque chose dans ce genre-là. Une révolte contre un empêchement mal défini, un élan brouillon pour le mélange des corps. D'une certaine façon, les modalités de la lutte me séduisaient autant que son contenu. Je voyais dans la lutte antiraciste l'occasion de m'épanouir sexuellement, de sorte que, *quelle que soit* l'issue du combat contre le Front national, *quel que soit* le résultat du combat à mort entre les forces de la Réaction maurassienne et celles de la Vertu Mitterrandienne, j'aurais tiré mon coup dans la bataille. Et j'ai conscience que c'est un aveu terrible. Et j'ai conscience que Léonie ne m'aurait jamais pardonné un tel aveu.

Mais peut-être que je raisonne trop. J'organise ce qui ne l'était pas. Cette présentation ne rend pas compte de l'expérience vécue : la chaleur qui s'était abattue d'un seul coup sur Paris, la lumière qui rasait les toits du quartier de la gare de l'Est, et le sentiment de grande disponibilité. Nous étions disponibles, Marc et moi, ce jour-là, lorsque nous avons poussé la porte de la permanence de la rue Martel. Disponibles aux événements, à l'action, à toute forme d'agitation qui viendrait distraire notre furieuse envie de sexe - ou, mieux, lui donner l'occasion d'être assouvie. Il faut se rappeler ce qu'était alors SOS Racisme. Les gens avaient des dégaines terribles : Harlem Désir était superbe, il avait appris à regarder par-dessus les objectifs des appareils photo, ce qui lui donnait un air christique, un côté Mandela. Il n'avait pas encore le masque hypocrite du politicien. Julien Dray était un boxeur encombré de lui-même, d'une drôlerie absolue, un étudiant hirsute qui (croyais-je) n'était pas encore le Baron noir, l'apparatchik. Ces jeunes gars qui n'avaient pas trente ans avaient été reçus à l'Élysée, ou étaient en passe de l'être. Ils avaient la séduction de la canaille et le prestige des visiteurs du soir. Il y avait Daniel Saada, Coluche, Simone Signoret, Guy Bedos, partout des cheveux en bataille et de gros chandails. Marc portait un cuir chiné dans une friperie, j'avais les pieds vissés dans une paire d'Americana. Nous avions vaguement envie de nous castagner. Les manifestations étaient des masses pleines de vie où rayonnait une jeunesse sans complexe, une jeunesse fière d'être jeune, triomphante. C'était un flot continu qui se dégorgeait des facultés de lettres et de sciences humaines, un flot irrésistible. Personne ne peut se représenter ça. On jouait des percussions, et on clamait des slogans grands comme le monde : « Nous sommes tous des enfants d'immigrés. » Ce n'étaient pas des slogans, d'ailleurs : c'étaient des idées simples et belles. On se marrait en se coudoyant, l'idée de SOS Racisme était aussi de refuser l'esprit de sérieux, la morgue. Les caciques du parti socialiste, les économistes en costume sombre nous soutenaient mais ça nous amusait de les ringardiser un peu. Nous étions une gauche hors les murs et débraillée, nous étions une gauche solaire. Les manifestations d'alors, c'était réellement joyeux. On ne parlait pas encore trop du sida, on vivait les derniers mois d'insouciance de ce point de vue-là, en 1984. Nous étions une jeunesse amoureuse d'elle-même, quand j'y pense. Oui, le narcissisme et la complaisance parcouraient cette masse joyeuse comme un venin invisible, et puis de temps en temps une jeune femme levait une main de fatma et commençait à scander : « Première, deuxième, troisième génération... » Et cette voix était claire et pure et elle rachetait la foule entière, les intentions cachées, le confort intellectuel. Voilà, tout cela n'est sans doute pas très clair.

*

Qui aurait pu écouter cette confession ? Marc n'était pas désireux de descendre aussi profond, d'aller fouiller le « misérable petit tas de secrets ». Ce n'était pas son tempérament. Léonie n'aurait pas été prête à m'entendre parler ainsi de mon engagement militant. Elle était encore jeune, la vie ne lui avait pas encore enseigné que la pureté des intentions était, sinon inexistante, extrêmement rare. Jeanne, elle, aurait pu comprendre cela. Elle aurait pu m'accoucher. Mais alors elle aurait jubilé de me voir m'humilier, avouer mes crimes. Je décidai de garder cette introspection pour un interlocuteur plus arrangeant, quelqu'un qui combine une solide capacité d'écoute et un certain degré de corruption morale - un vieux prêtre pédophile, par exemple, aurait pu faire l'affaire.

Avec son effet Barbra Streisand, Marc m'avait convaincu. Je ne fis rien, et il ne se passa rien de toute la matinée. Je passai un coup de fil à Nicole pour organiser le colloque à la fac. Le schmilblick avançait, elle m'avait réservé un petit amphi et une date à la fin du mois de janvier, le président passerait même dire deux mots en introduction. Ça commençait à avoir de la gueule. De mon côté j'avais gribouillé sur Word un petit flyer que je lui avais envoyé, et Nicole s'était marrée en me suggérant de demander un coup de main à Léonie pour le « pimper » un peu. Sur le fond, nous avions opté pour une discussion interdisciplinaire, ce serait l'occasion d'évoquer les relations entre la poésie et le parti communiste français. Je glissai le nom de Roger Dabiou : quel meilleur binôme qu'un spécialiste d'Aragon, le poète coco à l'état chimiquement pur ? Et puisque dans les colloques il fallait bien fabriquer des oppositions artificielles on aurait pu camper Willow en anti-Aragon, pour attirer le chaland. Enfin, c'était une idée comme ça. Pour le pot, je suggérai l'acquisition d'une caisse de crémant d'Alsace mais Nicole me dit qu'il fallait voir avec mon éditeur, le budget prévisionnel de la fac avait déjà été bouclé pour l'année à venir. « Ce sera ceinture et bretelles », pesta-t-elle.

*

Le marteau-piqueur s'était tu, enfin. À plusieurs reprises, je m'installai à mon ordinateur et regardai la liste des commentaires, sous l'article. Ça a commencé à bouger en début d'après-midi. À 13 h 07, un post signé *JaimelesfillesdeSaintTropez* était publié, sans rapport direct avec le sujet : le commentateur louait en termes vagues la qualité du blog et en profitait pour inviter le public à visiter son propre site où il exposait ses photographies, visiblement des portraits de chiens et de poneys. À 16 h 31 apparaissait un deuxième post, signé BlackPowerdu74 : une logorrhée en lettres capitales qui invitait les Noirs du monde entier à mettre le feu aux institutions de la République française, « AU NOM DE TOUS LES FRÈRES MASSACRÉS PAR L'ÉTAT FRANCAIS DANS L'IMPUNITE ET AVEC LA COMPLICITE DES BANQUES ET DES INSTITUTIONS INTERNATIONALES TOUTES COMPLICES ». À 23 h 17, un dernier post était publié, signé RaptorPercheronVsRacailles, qui répondait sobrement à BlackPowerdu74 en l'invitant à rentrer chez lui « DANS SON PAYS DE SOUS DEV POUR NIQUER SA MÈRE », avant de conclure sur une sombre prophétie, « NIK TA RACE MAUDITE VOUS ALLE BIENTÔT CONNAÎTRE LE FEU ET LES FLAMES. » Et ce fut tout. Je passai une nuit agitée. Je me retournais dans mon lit, au supplice. Internet me faisait flipper : trop vaste, trop incontrôlable. Il n'y avait pas de raison de s'inquiéter, pourtant. S'il était un média qui ne risquait pas de déchainer la fureur des foules, c'était bien un blog sur la poésie. Sur les coups de trois heures du matin, je me relevai pour aller chercher un 1664 dans le frigo. Puis je parcourus rapidement les autres articles de l'auteur, ils étaient d'assez bonne facture, avec un tropisme très prononcé pour les « *artistes racis.é.e.s engag.é.e.s dans les luttes intersectionnelles* ». J'essayai de me souvenir de ce que Léonie m'avait dit à ce sujet, au resto viet, mais ma mémoire me lâchait. Certes je n'étais pas complètement demeuré : je comprenais bien que ce vocabulaire était celui de la nouvelle lutte antiraciste mais c'étaient là des concepts que je ne maîtrisais pas. J'étais davantage familier des slogans de SOS ou des catégories marxistes de *structures* et de *superstructures*, de désaliénation, de *surprofit*. J'avais, vis-à-vis de Visage Long, des sentiments mélangés ; d'une certaine façon, c'était mon premier vrai lecteur. Il m'avait, comme on dit, fait l'honneur de me lire. Je n'étais même pas sûr que Marc l'ait fait, que ma fille l'ait fait. Ils m'avaient adressé des félicitations génériques, qui auraient pu tout aussi bien faire l'affaire si j'avais gagné un tournoi de scrabble ou passé mon niveau 3 de plongée. Léonie s'était contentée d'une enfilade d'émoticônes en forme d'applaudissement, suivi des mots « TROP FIER DE MON PAPA. » Visage Long, lui, m'avait lu. À tout prendre, il m'avait mieux traité que les journalistes qui avaient transformé en cale-meuble l'exemplaire envoyé en service de presse, ou l'avait revendu sur eBay (j'avais trouvé, en ligne, quelques exemplaires neufs). D'ailleurs on ne pouvait pas détester un homme qui tenait un blog sur la poésie, fût-ce pour de mauvaises raisons. C'était une tâche d'inadapté complet et pour cela il méritait le respect, comme la clocharde avec son Caddie méritait le respect, parce qu'ils étaient des gens résilients et fidèles, qui suivaient un astre mort comme s'il avait continué à éclairer le ciel. Ils étaient respectables comme tous ceux qui s'adonnaient à des tâches improductives et non rémunératrices, au même titre que les moines ou les circassiens. Je m'attendrissais, mais alors je relisais l'article et la rage me reprenait, intacte. Comment pouvait-on présenter mon travail de façon si insidieusement parcellaire ?

Je finis par sombrer dans un mauvais sommeil. Je me réveillai au milieu d'un rêve désagréable : armé d'une ponceuse électrique, un homme à tête de buffle me poursuivait dans des couloirs moquettés de gris qui évoquaient la fac de Vincennes, il me coinçait près d'une photocopieuse et menaçait de m'écorcher avec l'instrument ; je voulais le supplier de m'épargner mais ma langue était pâteuse et gonflée, aucun son ne sortait, alors je portais la main à la bouche et découvrais que c'était celle, énorme, d'un bœuf.

Vers neuf heures, je décrochai mon téléphone et appelai Marc. Il entrait en audience. Il eut un soupir las, l'air de dire qu'il y en avait qui bossaient.

– Écoute, Marc, la nuit m'a porté conseil.

Je lui expliquai que je comprenais ses arguments, que je le remerciais de ses appels à la prudence, sincèrement. J'avais bien compris qu'il fallait laisser pisser mais je voulais être prêt, *en tant que de besoin*, si ça dégénérait, à déposer une plainte. Est-ce qu'on pourrait faire quelque chose, je veux dire juridiquement ?

– Oui et non.

– Comment ça, oui et non ? ça veut dire quoi ?

Je bouillais. Ça lui servait à quoi, d'avoir passé son putain de diplôme du barreau et un Master of Law à Columbia University, de figurer dans je ne sais quel classement des avocats qui comptent, s'il répondait par oui et non ? Il n'était pas normand, que je sache.

– Tu es énervé. Je ne sais pas si tu es en mesure d'entendre quoi que ce soit de subtil.

– Excuse-moi. Excuse-moi d'être débile en plus d'être un esclavagiste, un disciple de Lee, un apôtre du ségrégationnisme.

– Je vais raccrocher, là.

– Pardon. Pardon. Je t'écoute. Tu es mon seul ami. Tu es mon seul soutien. Je sais que je te demande beaucoup. Je t'écoute.

– Pour porter plainte, il te faut un fondement juridique.

– Aucun problème. La diffamation. C'est de la diffamation.

– La diffamation, c'est le fait d'être accusé mensongèrement d'un fait précis qui porte atteinte à l'honneur et à la considération.

– Pas de problème. L'article m'accuse d'être raciste. Je ne suis pas raciste.

– Être raciste, ce n'est pas une accusation précise. Ce n'est pas un fait précis.

– Pardon ?

– C'est un terme générique. C'est un jugement de valeur. Si j'arrête quelqu'un dans la rue et que je le traite de raciste, ce n'est pas de la diffamation. C'est une injure, à la limite.

– Et on a le droit d'injurier les gens ? Je veux dire qu'en France, on peut injurier les gens ? Là, tout de suite, tu me dis que je peux descendre dans la rue et traiter le premier péquin que je croise de fils de pute ? Je peux prendre un porte-voix, me pointer devant le bureau de mon éditeur et lui gueuler qu'il est un connard d'incapable, infoutu de vendre des bouquins sur un poète majeur ?

– De fait, non. L'injure est punie par la loi du 29 juillet 1881 sur la liberté de la presse. Mais là, tu as un autre problème.

Je devenais fou. Je perdais pied et mon pote enculait des mouches, très tranquillement. J'avais l'impression qu'il y prenait du plaisir, qu'il jouissait d'énumérer tous les obstacles que la Grande Congrégation des Enculeurs de Mouches dressait contre moi. Je sombrais, et il s'astiquait consciencieusement sur son code pénal. Je réalisais que j'avais toujours détesté sa corporation bavarde et subtile. Je me retenais d'exploser.

– Un autre problème ? Et lequel, je te prie ?

– Le problème, c'est que l'article ne dit pas clairement que tu es raciste. Peut-être le sous-entend-il, et l'injure n'est pas punie si elle est formulée sous la forme suggestive. La chambre criminelle est très claire là-dessus. D'ailleurs, l'article ne t'accuse pas vraiment d'être raciste. Il t'accuse d'appropriation culturelle.

Appropriation culturelle.

Je n'avais jamais entendu ce terme. À soixante-cinq ans, je m'apercevais que j'étais déjà sur la touche. Je découvrais au hasard d'une déconvenue personnelle ce qui semblait être un concept essentiel pour comprendre l'état du racisme dans mon pays et dans le monde. On ne dira jamais assez le vertige de celui qui réalise qu'il n'est plus dans le coup. Quelques individus de ma génération compensaient ce vertige par le fait qu'ils étaient en responsabilité. Ils avaient encore prise sur quelque chose, un travail, une tribune, un engagement associatif. Ils étaient encore, du point de vue économique, du point de vue du pouvoir, dans le jeu. Dans le *game*, aurait dit Léonie. Marc, associé d'un cabinet d'avocat d'affaires, membre du bureau national d'un parti politique (certes en perte de vitesse, mais enfin ça signifiait encore quelque chose), était dans le *game*. Jeanne était dans le *game*. Agnès était dans le *game*. Moi, j'étais depuis longtemps sur le banc des remplaçants, engagé dans un processus de marginalisation. Au moins m'étais-je toujours enorgueilli de rester un observateur lucide des affaires du monde. Je me voyais volontiers comme un Vikash Dhorasoo, ce joueur qui avait passé la coupe du monde 2006 à filmer les coulisses du tournoi, à défaut d'avoir une seule seconde de temps de jeu. À présent je comprenais que je ne comprenais rien. J'étais débordé sur le terrain où je croyais avoir acquis une certaine légitimité, dans les années quatre-vingt, aux côtés d'Harlem Désir et de Julien Dray. C'était ma faute, un péché d'orgueil et de paresse intellectuelle : l'antiracisme est un combat qui nécessite souplesse et anticipation. Il fallait faire preuve d'agilité pour mettre à jour les nouveaux biais qu'empruntaient les préjugés racistes, toujours plus inventifs, forcés de l'être dans un monde où ils ne pouvaient plus être formulés ouvertement. J'avais péché par *suffisance*, comme disent les commentateurs de foot. *J'avais péché par suffisance et j'avais été sanctionné.* Mes récents travaux de recherche n'avaient pas aidé. J'avais passé les derniers mois dans le Paris de l'après-guerre, le nez rivé sur mes petits travaux d'exégèse poétique. Je m'y étais réfugié. À présent j'émergeais de la cave enfumée du *Tabou* ou du *Lorientais*, ahuri, et je découvrais le monde. Nu comme la Vénus de Botticelli (quoique moins ragoûtant), ignorant du vocabulaire le plus élémentaire. Je ne maîtrisais pas les mots de mon temps. Pire : je ne les connaissais même pas.

Soucieux de m'amender, j'avalai gloutonnement une dizaine d'articles et de vidéos sur le thème. Les dénonciateurs de l'appropriation culturelle appartenaient tous à une mouvance antiraciste importée des États-Unis. Cette nébuleuse était qualifiée d'« indigéniste » par ses détracteurs - ses défenseurs, eux, préféraient parler de pensée décoloniale. Leur vision était née d'une critique de l'antiracisme *à la papa*, universaliste, celui qui réfute le terme de race. Celui pour lequel j'avais battu le pavé, avec Marc et les potes. Cette critique avait vu le jour dans les campus américains, et plus précisément dans le cerveau de chercheuses en sciences sociales comme Peggy McIntosh. Cette intellectuelle new-yorkaise avait popularisé le concept de privilège blanc, dans les années 1980. Sur internet, une photo de Peggy McIntosh montrait une petite mamie souriante - le genre vieille fille WASP, appréciée de tous, qui vit dans une grande maison entourée d'une multitude de chats, un mug à la main, ne dédaignant pas de confectionner des confitures ou des muffins au chocolat, tout en pondant tous les trois ou quatre ans un pavé de 850 pages avec un titre définitif, « White », ou « Fight », ou « Races » ou quelque chose dans le genre. En 1989, dans un article publié dans le *Peace and Freedom Magazine*, McIntosh faisait part d'une prise de conscience : « *Comme personne blanche, j'ai réalisé qu'on m'avait dit que le racisme était quelque chose qui désavantageait d'autres personnes, mais on m'avait enseigné aussi à ne pas voir un de ses corollaires, le privilège blanc, qui me procure un avantage. Je crois qu'on enseigne avec soin aux Blanches à ne pas reconnaître le privilège blanc, tout comme on enseigne aux hommes à ne pas reconnaître le privilège masculin.* »

Je me grattai le crâne et décanillai une bière, perplexe.

Pour le public, la prise de conscience était plus longue à venir. Il faudra attendre les années 2000 pour que la notion de « privilège blanc » s'installe dans l'espace public américain, à la faveur des réseaux sociaux et de mobilisations politiques - celle du mouvement Black Lives Matter avait joué un rôle déterminant. En France, elle avait été relayée par certains cercles militants de façon plus confidentielle, jusqu'en 2020. Cette année-là, l'auteure Virginie Despentes lui donnait ses lettres de noblesse dans une tribune célèbre. Des sociologues comme Éric Fassin et des activistes comme Aminata Diao lui emboîtaient le pas sur les plateaux télévisés pour pourfendre le racisme systémique. Aminata Diao : son bouquin gisait sur ma table de nuit, je n'y avais pas touché. Stupide orgueil. Depuis deux semaines, j'avais l'antidote à portée de main, fourni par Jeanne, et je n'en avais pas lu une ligne. Je m'allongeai sur mon lit et ouvris son *Petit manuel d'une afrodescendante à l'usage de ses amis blancs*. Diao y définissait le racisme systémique. Un racisme plus insidieux, dont les citoyens blancs étaient les relais inconscients. Parlons de race, écrivait-elle. Parlons-en franchement, ne tournons pas autour du pot. La notion de race biologique est une ineptie mais cette notion a toute sa pertinence, en revanche, sur le terrain des sciences sociales. Voilà ce que disait, en substance, Diao en nettoyant les verres de ses lunettes (sérieuse, posée, pédagogue). Les Noirs, les Arabes, les Asiatiques, les Roms sont *racisés*, c'est-à-dire qu'ils sont « *renvoyés à une appartenance (réelle ou supposée) à un groupe ayant subi un processus à la fois social et mental d'altérisation sur la base de la race* ».

L'universalisme républicain était dénoncé comme une hypocrisie, une *pudeur de gazelles*. C'est une invention de Blancs, qui ne profite qu'aux Blancs. Lesquels, seuls, ont le luxe de ne pas se penser comme tels. Diao, Fassin et les autres traquaient l'inconscient raciste d'un pays entier. Il fallait que les Blancs réalisent l'étendue de leurs privilèges – et ils étaient exorbitants. Que leurs représentations collectives soient modifiées, si besoin par la contrainte : en 2019, une pièce d'Eschyle était annulée après que le Conseil représentatif des associations noires de France avait accusé son metteur en scène de « propagande coloniale ». Il lui était reproché d'avoir grimé ses comédiens en personnes noires.

Une attention toute particulière était accordée aux mots, à la parole. D'où parle-t-on ? interrogeaient les chercheuses américaines, les douces mamies du Conneticut en pressant leur mug brûlant. Comment se situe-t-on racialement ? demandait Aminata Diao. Les mots étaient tous signifiants, saturés de sens. Ils étaient examinés avec minutie. Doit-on dire afro-américain, ou bien africain-américain ? « Le terme afro-américain perpétue une vision dépréciative de l'identité africaine », soufflait une gentille mamie en caressant son chat, les yeux plongés dans la baie d'Hudson. « La première occurrence est rognée, et ce n'est pas un hasard », complétait

Aminata Diao. De façon générale, *ce n'est jamais un hasard*, semblaient-elles ajouter en souriant. Il n'y a pas de hasard, il y a des phénomènes de racisation à l'œuvre partout. Et les universitaires subtils, avec leur mug frappé des armes d'une université de l'Ivy League, pouvaient s'appuyer sur la réalité incontestable d'un pays où la ghettoïsation était effrayante, les discriminations omniprésentes. De la même façon qu'en 1863 l'abolition de l'esclavage avait été remplacée par la ségrégation, l'abolition de la ségrégation en 1964 n'avait pas réglé le fond du problème. Les États-Unis d'Amérique étaient un pays fondé, pensé, et conçu par et pour les Blancs protestants. En France, disait Aminata Diao au terme d'un raisonnement plus périlleux, le système est pensé par et pour les hommes blancs de culture catholique - et cisgenres, ajoutait-elle avec un clin d'œil canaille.

Je commençais à comprendre ce qu'avait tenté de me dire Jeanne, au *Renaissance*. Je me rappelais le petit exposé de Léonie sur l'intersectionnalité : la femme non racisée homosexuelle est à la fois oppresseur (en tant que Blanche) et opprimée (en tant que femme et homosexuelle). Tout cela était assez pointu. Dans certaines situations, le jeune militant décolonial ne savait même plus s'il avait le droit de se plaindre. Les identités opprimées entraient en conflit les unes avec les autres. Une femme agressée par une personne racisée pouvait-elle encore prétendre au statut de victime ? Il avait bien fallu hiérarchiser. En gros, la reine des souffrances (la quinte flush, celle qui fermait la gueule de tout le monde) était celle de l'individu racisé. Devant l'homme cisgenre racisé, même un transsexuel blanc s'inclinait : ses propres souffrances lui paraissaient soudain dérisoires.

J'étendais mon champ de recherches à l'analyse critique du mouvement. D'après certains observateurs, il demeurait des incohérences. L'intersectionnalité aboutissait à des conclusions paradoxales : comment défendre les homosexuels sans *jamais* évoquer le nouveau visage de l'homophobie : celui de certains jeunes *racisés*, biberonnés à la culture ultraviriliste du rap hardcore, qui ne dédaignaient pas molester, de temps à autre, un homosexuel ? Les responsables du culte musulman n'étaient pas non plus très chauds sur la reconnaissance de l'identité de genre : comment défendre le droit des personnes concernées sans charger la barque d'une religion malmenée par l'islamophobie d'État ? Soucieux de ne pas *tirer sur l'ambulance*, le féminisme intersectionnel préférait laisser tomber les femmes et les homosexuels - à titre provisoire, précisaient ses porte-voix.

La pluie avait cessé. Je descendis au *Balto*, où je m'envoyai un steak œuf à cheval. Le lieu était vide, à l'exception d'une dame qui marmonnait des propos hostiles au gouvernement. R., le gérant, regardait un match de Ligue 1. Je ruminais, en mâchonnant mes dernières frites. Ce que je venais de lire réveillait de vieux souvenirs : l'affaire du voile de Creil, les potes de l'association côte à côte avec les barbus islamistes. Aminata Diao, Jeanne étaient les enfants de nos compromissions. C'était toujours la vieille antienne, répétée jusqu'à l'absurde : tout, plutôt que faire le jeu des « salauds ». Je l'ai déjà dit : c'est une boussole très approximative. *Les ennemis de mes ennemis sont mes amis*, la fausse idée qui avait perdu Bazarove. À ce jeu-là, on finit toujours par se renier. Pourtant féministe revendiquée, Diao en était venue à signer une tribune contre la pénalisation du harcèlement de rue de peur qu'une telle mesure stigmatise « *les populations qui l'occupent, lesquelles appartiennent souvent aux fractions paupérisées et racisées* ». On marche sur la tête, fulminait un journaliste.

Et pourtant les syllogismes de l'antiracisme new age étaient implacables, d'une cohérence létale. C'était un système d'explication du monde aussi efficace que le marxisme-léninisme. Plus efficace, d'ailleurs, car il se nourrissait de l'expérience vécue et de quelque chose d'encore moins contestable : l'expérience ressentie. En cela, il reprenait l'idée développée par Sartre dans ses *Réflexions sur la question juive* : le Juif se découvre Juif dans le regard de l'autre. Comme les marxistes ricanaient de l'inefficience des droits politiques, Aminata Diao et les chercheuses subtiles se méfiaient des avancées juridiques pour l'égalité des droits : ce n'est pas parce qu'on décrète l'égalité que cessera la vieille domination. Il faut traquer les lapsus et les gestes manqués, il faut traquer l'inconscient raciste, il faut sonder les regards, en psychanalystes. Sont-ils, ou non, des regards racisants ? Tout événement social pouvait être lu à l'aune de cette nouvelle lutte, qui ringardisait celle de la bourgeoisie et du prolétariat. Qui la pulvérisait, même. L'ouvrier agricole languedocien payé une misère n'était plus un damné de la terre, il ne pouvait plus prétendre n'avoir rien : il jouissait du privilège blanc.

*

Je payai, absorbé, incapable de saisir le sens du propos qu'articulait la bouche de R. tandis qu'il me rendait la monnaie (les mots « prono » et « système de jeu » et « Bayern de Munich » et « branlée » me parvenaient, très diminués, comme de lointains échos). Je regagnai mon appartement et repris ma lecture, les yeux rougis, sur mon ordinateur. J'étais fasciné. Ces questions étaient devenues très complexes : je n'avais pas le souvenir de controverses aussi violentes dans nos rangs, du temps de mon militantisme. Les controverses avaient lieu avec l'autre camp (ceux que nous appelions, avec un frisson d'indignation, la droite). Certes il y avait des bisbilles, des rivalités féroces. Je me souviens de Dray pestant contre les gars du MRAP qu'il appelait les « stals », suprême injure pour cet ancien trotskard. Nous avions dû jouer du coude pour nous installer comme la référence de l'antiracisme, suscitant la jalousie de mouvements qui étaient présents avant nous. On s'écharpait, au sein de SOS, sur le conflit israélo-palestinien, les beurs accusaient les mecs de l'UEJF de truster les places du bureau national, on sentait les tensions en assemblée générale. Mais rien qui ressemble à une fracture aussi profonde.

J'étais un peu effrayé par l'exigence nouvelle de ces militants. J'avais une méfiance instinctive pour la notion de race, mais peut-être était-ce une pudeur hypocrite. Un vieil atavisme me commandait de ne pas porter, *a priori*, un jugement négatif sur une innovation des sciences sociales. J'étais un homme ouvert, un homme de progrès. Si j'avais pris mes distances avec SOS Racisme, déçu par l'instrumentalisation politique du mouvement, j'étais fier de mon combat dans ces années-là. Au début des années 1990, j'avais rendu ma carte de membre avec le sentiment du devoir accompli. Nous avons fait le plus dur, pensais-je alors ; à présent l'Histoire suivra, à présent les plus jeunes reprendront le flambeau. Nous avions enclenché une dynamique et j'étais en droit de prendre du champ, je n'avais pas démérité. Je m'étais trompé. J'étais prêt à en convenir avec Visage Long et Aminata Diao, avec les universitaires aux chandails rugueux : nous n'avions pas attaqué le mal à la racine. Nous avions protesté contre les manifestations visibles du mal (les ratonnades, les discriminations à l'embauche), mais nous n'avions pas isolé le mal ; il était, de toute évidence, dans le regard des gens. Et dans le nôtre, probablement.

Il y avait cependant quelque chose que je ne comprenais pas. Quel crime avais-je commis ? Même en tenant pour acquis l'ensemble des prolégomènes de l'antiracisme moderne, quel putain de crime avais-je commis qui justifie que je sois sacrifié ? Précisément, j'avais posé un regard non racisant sur mon sujet, Robert Willow. Je l'avais *déracisé*. Je n'avais vu, je n'avais voulu voir que le poète frère, mon frère mélancolique. Je n'avais pas vu le Noir. N'était-ce pas le but ultime poursuivi par ce mouvement ? Et cette histoire d'appropriation culturelle, en quoi me concernait-elle ? Je n'avais pas pillé la culture d'autrui, mon casque de colon entre les deux oreilles. Dans un des articles que j'avais lus sur l'appropriation culturelle, Kim Kardashian était vilipendée pour avoir volé la communauté noire en arborant une coupe afro à la une d'un magazine. Sa sœur, Khloé, avait commis l'impair de porter une coiffe amérindienne sur la tête lors d'un festival pop. Qu'avais-je à voir avec ces gens-là ? Robert Willow était un poète. Il n'appartenait à personne, ou plutôt il appartenait à tout le monde - à tous ceux, homme et femmes de bonne volonté, qui voulaient bien se pencher sur son œuvre. Je me frottais les yeux, abruti de fatigue. Non, je n'avais rien à me reprocher (sauf à considérer que ces nouveaux commandements s'appliquaient rétroactivement et que je les avais enfreints il y a quarante ans, ce soir d'octobre 1983 où je poussai les portes du Palace déguisé en chef cherokee, à l'occasion d'une fête organisée par le critique punk Alain Pacadis). Il était vingt-deux heures, et j'avais passé la journée à naviguer du bouquin à mon écran. L'introspection était un exercice épuisant, et j'en avais mon content pour aujourd'hui. Je ne m'excuserais de rien. J'étais victime d'une cabale injuste et malhonnête. Bientôt je m'endormais, rassuré. J'étais innocent.

*

En dévorant ma tartine matinale, je découvris le message d'ALLCOPS_ARE_BASTARDS : « TREMBLE, POURRITURE RÉACTIONNAIRE. » À part ça, calme plat sur la toile. Paulin Michel avait raison : cet article, c'était un pétard mouillé. Au téléphone, Agnès était légèrement essoufflée. Il était neuf heures et elle sortait de son cours de boxe thaï. Je lui racontai la soirée au *Lézard enragé*, l'article.

– Tu n'as rien compris, soupira-t-elle.

– Explique-moi, alors, Ô toi qui as vu la Lumière.

– Le problème c'est ce que tu as écrit et ce que tu es. L'addition des deux.

– Ce que je suis ? *Je suis le Veuf, l'Inconsolé,...*

– Non, Jean. Tu es un Blanc.

Elle avait dit cela sur le ton de l'évidence. Avec sa sagacité habituelle, Agnès avait mis le doigt sur le vrai problème. Les ténèbres se dissipèrent d'un coup : je comprenais enfin le véritable sens de l'article de Visage Long. Je vis le propos caché, qui suait de chacune des attaques. Le problème n'était pas tant ce que disait le livre : le problème, c'était l'identité de son auteur. Ma couleur de peau.

Blanc.

Blanc.

Je suis blanc.

Je protestai :

– Qu'est-ce que cela a à voir avec la littérature ?

– Tu ne fais pas que de la littérature. Tu racontes la vie d'un homme.

– Précisément. Un homme.

– Un homme noir.

– Et alors ?

– Le monde change, Jean. Ce serait bien que tu le remarques. L'été dernier, aux États-Unis, une écrivaine a dû présenter ses excuses aux communautés latinos qui n'ont pas supporté qu'elle raconte la vie d'une victime de cartel mexicain, alors qu'elle a la gueule de Karen Grassle dans *La Petite Maison dans la prairie*.

– On n'est pas toujours obligés d'être aussi cons que les Américains.

– Tu me fatigues, Jean. La vérité, c'est que tu es en colère.

– Oui, je suis en colère ! Se faire traiter de Blanc, quand même. Est-ce ainsi qu'on va régler le problème du racisme, dans ce pays ? En montant les gens contre les autres ? En parlant de race, encore et toujours ? À SOS, on a déconné sur pas mal de trucs, je te l'accorde. N'empêche qu'on laissait la race à nos adversaires.

– Ta colère a un nom.

– Ah oui ? Et comment tu l'appelles, ma colère ?

Je réalisai qu'Agnès avait passé quelques heures à se mettre à jour, elle aussi. Après toutes ces années, elle continuait à me bluffer. Mais ça, mon orgueil m'interdisait de lui dire.

– Ça s'appelle la *fragilité blanche*.

– Qu'est-ce que c'est que ce truc de cornecul ?

– C'est un phénomène classique. On te dit que tu es blanc, ce qui est une réalité objective. Seulement tu as été élevé dans l'idée que les questions de couleur ne te concernaient pas.

– Précisément. Je pense que tout le monde devrait pouvoir vivre dans cet état d'innocence.

– Oui, mais ça n'est pas le cas. Les Noirs, les Arabes le savent. On leur refuse cette innocence. Toi, tu as pu vivre dans l'innocence. Dans l'impunité, même. Dans le confort. Tu étais engagé, en plus. Donc dans ton esprit tu n'étais pas vraiment blanc, enfin tu n'étais pas comme les autres Blancs. Et quand on te place en face de cette réalité, tu te sens agressé, tu paniques, et tu te mets en colère.

J'enrageais. Les Nouvelles Puissances avaient réponse à tout. Elles désarmaient toute critique en la retournant contre l'adversaire, en judoka. Elles intégraient les objections dans leur matrice, pour les recycler en nouveaux arguments, en nouvelles preuves. *Regarde comme tu t'énerves !* Si je m'énervais, c'était bien qu'il y avait un problème. Quand même, je n'étais pas convaincu.

– Votre truc, ça ne mène nulle part. Les Blancs qui racontent des histoires de Blancs, les Noirs qui racontent des histoires de Noirs.

Je fouillais ma mémoire, cherchais l'exemple imparable. L'alibi, aurait dit Jeanne.

– Tiens, regarde : James Baldwin a écrit une nouvelle (sa meilleure peut-être) dans laquelle il raconte à la première personne les insomnies d'un policier blanc raciste, hanté par une scène de lynchage à laquelle il a assisté, enfant. Baldwin est noir, et il a écrit cette nouvelle. Je crois que tout le monde aujourd'hui s'en félicite - à raison.

– Baldwin ne s'approprie pas la souffrance d'autrui. Il explore les turpitudes d'autrui.

– La souffrance est universelle.

– Non. C'est une chose de comprendre les ressorts de la haine - elle est tapie en chacun de nous. La souffrance n'est pas une émotion : c'est une expérience. Et chacune d'elles est douloureusement intime. La preuve, c'est...

Elle s'arrêta, prise d'un remords. Moi, j'avais besoin de réponses.

– C'est quoi ?

– C'est que tu es passé à côté de ton sujet. Désolé de te le dire, Jean. Tu as tapé à côté. Ce n'est pas ta faute : un Blanc ne peut pas savoir ce que ressent un Noir discriminé à cause de sa couleur de peau.

Il y eut un silence. Elle ajouta d'un ton las :

– Je ne cherche pas à te convaincre, Jean. Ça fait des années que j'ai renoncé à te convaincre de quoi que ce soit.

Elle croyait que je voulais lui faire rendre gorge. Difficile de lui en vouloir : c'est ce que j'avais fait pendant des années, dans nos discussions. À tout prix, il fallait que je triomphe. Mais cette fois-ci, c'était différent. Ce n'était pas l'orgueil qui me faisait formuler des objections. C'était la peur, ou la colère, ou quelque chose de ce genre.

Et si ALLCOPS_ARE_BASTARDS avait raison ? Et si j'étais devenu, par glissements subreptices, un réactionnaire ? Je n'avais pas tourné casaque de façon spectaculaire. Je n'avais pas fait de bras d'honneur à la Famille, comme Jean Cau. Je n'avais pas claqué la porte. J'avais pris du champ, progressivement. Beaucoup s'éloignent des principes de la Famille sans s'aviser un instant qu'ils n'en font plus partie. Ils sont devenus marchands d'armes, cost-killers, fraudeurs fiscaux ; mais qu'on s'avise de leur demander s'ils font encore partie de la Famille, les voilà qui s'indignent : Bien évidemment ! Ils ont fait la manifestation de 95 ! Ils ont signé la pétition bidule ! Ils exhibent un vieux 33-tours avec *Le Temps des cerises*. Et puis ils votent ! La Famille les tolère ; ses chefs n'ont pas vraiment envie de lancer de grandes purges ; ils ont tous, dans la conduite de leurs affaires personnelles, commis des agissements contraires aux idées de Blum et de Jaurès. Ils préfèrent maintenir une illusion collective : celle d'une Famille soudée, fidèle à la mémoire de ses pères fondateurs. Si chacun joue le jeu, ils pourront éviter une confrontation trop brutale au réel. Ils pourront éviter cette chose si désagréable : résoudre ses propres contradictions.

Dans ma génération, parmi ceux qui avaient défilé entre République et Nation, parmi tous les enfants chéris du mitterrandisme, beaucoup s'étaient droitisés pour des raisons essentiellement économiques. Ils avaient forci, acheté un appartement, deux appartements dont le prix avait quintuplé sous l'effet du boom immobilier. Ils avaient acheté des maisons de campagne. Ils s'étaient félicités lorsqu'un fils d'ouvrier, un socialiste austère et probe du nom de Pierre Bérégovoy avait déréglementé les marchés financiers. Ils avaient acheté des actions, poussé les portes capitonnées des fonds d'investissement, ils avaient de plus en plus d'argent et des nuances s'étaient glissées dans leurs conversations : « Il y a un principe de réalité », « il ne faudrait pas non plus décourager les gens », « bien sûr que je crois à l'impôt, oui, je suis socialiste : mais pas à la fiscalité punitive ». Et puis bientôt : « il faut arrêter de faire croire aux gens qu'on peut raser gratis », « on est bien obligés de regarder ce que font les autres », « la concurrence mondiale est une réalité ». Arrivés à la cinquantaine, la peau ravinée par les plaisirs, la peau creusée et ravinée, ces hommes et ces femmes prononcèrent des mots comme « le culte malsain de la dépense publique ». Les hommes portaient des vestes légères sur des chemises bleu ciel, des chapeaux, des pantalons chino. Ils apparaissaient, épanouis par leurs festins de viande, repus de carnages, dans la loge d'un client, à Roland-Garros. Ils ressemblaient tous plus ou moins, dans l'allure générale, dans l'impression qui demeure après que le souvenir d'un visage s'est évanoui, à Dominique Strauss-Kahn. Les femmes étaient encore belles : sous la paupière lourde, les cils sont les auvents d'un vieil hôtel cannois. Les voix épuisées, littéralement brisées par le tabac : tels sont ces hommes et ces femmes qui ont défilé entre République et Nation, et que la vie a comblés de ses bienfaits. À qui la vie n'a jamais demandé de comptes. Lorsqu'on leur présente une tribune révolutionnaire signée de leur main, du temps de leur jeunesse, ils ne disent pas : « je me suis trompé », ils disent : « j'étais jeune, j'étais intransigeant », pleins d'amour pour l'image de leur jeunesse fanée. Présentez-leur un miroir, ils ne diront pas : « j'ai trahi », mais « j'ai appris, la vie professionnelle m'a donné le sens des réalités », pleins d'indulgence pour les hommes et les femmes mûrs et lestés qu'ils sont devenus. Marc avait beau être mon ami, je n'en étais pas moins lucide : il était de ceux-là.

Étais-je différent d'eux ? Je ne suis pas devenu un fraudeur fiscal, je n'ai pas laissé s'épanouir un bronzage cuivré. Certes j'avais goûté jusqu'à mon divorce, grâce à Agnès, à l'extrême aisance matérielle. Et pourtant je n'étais pas comme eux, non, je ne crois pas.

Moi, c'était différent.

J'ai quitté la Famille parce qu'elle n'avait pas tenu ses promesses. Elle n'avait pas payé ma ferveur en retour. J'avais battu le pavé, collé les affiches « Au secours, la droite revient ! » aux législatives de 1986. J'avais écouté avec la gravité adéquate les discours prononcés avec la gravité adéquate par mes interlocuteurs, j'avais ri avec la connivence adéquate aux plaisanteries prononcées avec l'ironie adéquate par mes interlocuteurs, et pourtant j'avais raté ma vie. La Famille avait payé Marc en retour, elle lui avait ouvert les portes du succès. Elle ne m'avait rien donné, à moi. Sans doute avais-je été malhabile, sans doute avais-je *mal* demandé. Marc avait ce talent-là, de savoir demander les choses. C'était une intuition qu'il avait en toutes circonstances. Demander sans vraiment demander, se faire ouvrir une porte sans jamais appuyer sur la sonnette – et la porte s'ouvrait immanquablement et il s'en étonnait, il ne faisait que passer par là, il n'avait pas l'intention de rentrer, mais après tout... Et tout cela était un don vraiment remarquable, un talent d'accoucheur, de maïeuticien, celui d'aider autrui à formaliser lui-même, de sa propre initiative, une proposition avantageuse pour lui, Marc. Il le faisait sans vulgarité ni obséquiosité, et si on le lui faisait remarquer il réfutait toute arrière-pensée, s'étonnait de sa bonne fortune – et on avait envie de le croire. Je ne savais pas faire, moi. Je ne demandais rien, rongeais mon frein jusqu'à ce que j'explose, et que je réclame, grossièrement, mon dû. Personne ne m'avait mis de bâtons dans les roues, on peut même dire que je m'étais arrangé tout seul : le refus de passer l'agrég, Bazarove, l'alcool. Mais j'en voulais obscurément à la Famille de ne pas m'avoir porté aussi loin que je le souhaitais. Je lui en voulais de ne pas m'avoir défendu, au moment du fiasco de mon livre sur l'affaire Rosenberg. À l'époque, les anciens de SOS ne s'étaient pas bousculés, en fait ils s'étaient débinés comme un seul homme. Marc, seul, m'avait soutenu (encore que timidement, le moins publiquement possible). J'en voulais à la Famille de m'avoir induit en erreur, avec ses pétitions énormes et ses slogans, ses cris d'oracle quand elle dénonçait à propos des Rosenberg un « meurtre rituel », une nouvelle affaire Dreyfus. Au fond c'était à cause d'Elle que je m'étais planté, mais Elle n'était plus là pour en payer le prix avec moi. Elle n'était plus là pour s'excuser. Il avait fallu que je m'excuse à sa place, à Leur place, en Leur nom. Ces gens-là ne s'excusaient jamais, c'est quelque chose que j'ai compris avec le temps. La Famille ne présentait jamais ses excuses. Même quand elle avait tort, elle avait quand même raison. « Mieux vaut avoir tort avec Sartre que raison avec Aron », disait-on au temps de leurs joutes titanesques. Elle ne s'était pas excusée pour les chars de Budapest en 57, elle ne s'était pas excusée pour ses aveuglements successifs et elle ne le ferait jamais, et tout cela avait commencé à me gonfler, j'en avais ma claque de leurs grands barnums et de leur bigoterie et de leur morgue et de leurs fatwas et de leur grand-guignol et de leurs vapeurs et de leur cirque dégoûtant et de leur dureté et de leur plasticité, j'en avais ma claque et j'étais de plus en plus vieux et méfiant, mes inclinaisons allaient vers des esprits plus naïfs ou plus lucides, elles allaient vers Charles

Péguy le socialiste converti au catholicisme romain et fidèle au socialisme, à sa fraternité incandescente et non trafiquée, à son amour de l'humanité qui épousait la forme du visage d'un capitaine, à son obstination butée et héroïque, elle allait à James Baldwin et à son réalisme douloureux, Baldwin qui se refuse à humilier l'adversaire, elle allait à Camus et son respect chevaleresque de l'adversaire, elle allait aux vieux penseurs ashkénazes bourrés de scrupules, aux vieux penseurs qui se corrigeaient sans cesse, elle allait aux sages timides et lumineux, aux bègues et aux tâtonnants. Aux assoiffés de justesse plutôt qu'aux justiciers. Et elle allait à Robert Willow, bien sûr.

La date du dîner avec Jeanne et Léonie avait été fixée et je décidai de la maintenir coûte que coûte. Il me semblait que si j'annulais ce serait le premier acte d'un processus de désocialisation, sans retour possible. Je connaissais ma tendance à l'hibernation. Je m'y étais trop souvent vautré, avec délectation, quand les ennuis s'accumulaient. En 95, après le bide de mon bouquin sur les Rosenberg, j'étais resté deux jours sans parler ni manger. C'était une force puissante et sournoise que celle de la solitude. Elle agissait sur moi en utilisant d'agréables atours : la lecture boulimique d'ouvrages littéraires. Elle n'en était pas moins une force de sape et de destruction. Couper mon téléphone serait le deuxième acte de retrait, l'acte lâche et délectable. De refus d'obstacles en soustractions volontaires, d'annulations en procrastinations, de silences en silences, je finirais inévitablement par me clochardiser. Cela ne pouvait que mal se terminer : je goberais des anxiolytiques par poignées et vivrais dans un appartement transformé en décharge publique, me nourrissant dans la vaisselle de la veille, déféquant dans un seau. Incapable d'organiser un exil à la Willow, je moisirais dans mon apparemment parisien, momifié in vivo. Je ne répondrai pas lorsqu'un fonctionnaire des services d'hygiène de la Ville de Paris tambourinerait à la porte, mandaté par des voisins excédés par l'odeur pestilentielle qui se dégagerait, par bouffées, de mon appartement. Ensuite ? Un juge des tutelles serait saisi par

Léonie ou Agnès, il mandaterait un expert psychiatre qui me diagnostiquerait un syndrome de Diogène, vocable pudiquement sympathique pour désigner les vieux zinzins dégueulasses. Je serais emmené de force dans un établissement spécialisé, la vente de mon appartement confiée à un organisme de tutelles, mes cartes bancaires confisquées. Je finirais mes jours totalement mutique, devant des émissions de télé que je ne regarderais pas. Léonie viendrait seule rompre, de temps à autre, cette solitude - espaçant progressivement ses visites, écœurée par le spectacle de mon incontinence et de mon regard vide. Cet enchaînement était inéluctable, peut-être pourrait-il varier sur des détails, à la marge (on ne pouvait exclure que je décide de marcher sur l'autoroute, la nuit, en slip, ce qui m'éviterait de passer par la case tutelle) mais enfin les grandes étapes étaient là. Une telle issue était préjudiciable à tout le monde : à moi, à la société qui devrait supporter le coût de mesures coercitives et de soins psychiatriques, mais surtout à Léonie qui ne pourrait pas partager ce fardeau d'un père impotent avec un frère ou une sœur, Léonie qui serait parfois assaillie injustement par la culpabilité, elle si bonne, si généreuse. Pour toutes ces raisons, il était important que je maintienne ce dîner.

*

La vision d'un Roscoff diogénisé m'avait frappé d'horreur. Je passais la journée à ranger frénétiquement mon appartement. J'avais attrapé ce virus en regardant l'émission d'une animatrice japonaise mondialement connue, Marie Kondo. Née à Tokyo en 1984, Marie Kondo était devenue consultante en rangement à dix-neuf ans seulement, alors qu'elle était encore étudiante. Au fil d'une carrière fulgurante, elle avait développé une méthode de rangement contre-intuitive et, disons-le, révolutionnaire.

Celle-ci partait d'un constat simple : les méthodes classiques qui préconisent une approche pièce par pièce, ou petit à petit conduisent inévitablement à l'accumulation de merdes (cadre ébréché, vieux calcif) dans toutes les pièces de la maison. Au contraire, la méthode KonMari encourage un rangement par catégorie. La jeune femme préconise d'y aller étape par étape, en commençant par les vêtements, triés à l'aide de trois piles (à donner, à vendre, à conserver) puis les livres, les papiers, les articles divers et variés (le *komono)* et enfin les objets qui ont une valeur sentimentale. Marie Kondo invite à conserver les seuls objets qui parlent au cœur et à jeter ceux qui ne suscitent plus la joie. C'est le concept du sparkling joy. Mais avant de s'en séparer, il convient de remercier chaque objet, ce qu'elle faisait avec une cérémonie toute nippone, comme on rend hommage à un ancêtre décédé ou une divinité. Marie Kondo était un des êtres les plus lumineux que j'aie rencontrés dans mon existence. Elle se plaçait sur un podium avec ma fille Léonie ainsi qu'une personnalité qui se trouvait être, selon mon humeur, sœur Emmanuelle ou Angela Davis - des femmes, toujours. Grâce aux codes Netflix de ma fille, je regardais religieusement chaque nouvelle saison de *L'Art du rangement*. La spécialiste y mettait en pratique sa célèbre méthode chez des familles américaines.

Le visage d'un ovale parfait, les yeux fendus qui riaient du bonheur qu'elle propageait dans les foyers, Marie Kondo apparaissait, élégante, Mary Poppins tombée du ciel. Marie Kondo, pleine de grâce. Elle était véritablement bienveillante, ne jugeait jamais ses interlocuteurs. Dieu sait pourtant qu'elle aurait pu être agacée par les rednecks qu'elle visitait. Ils accueillaient son arrivée avec une explosion navrante d'onomatopées ou de phrases-réflexes (Oh my god, jeeze, etc.) ; tous matérialistes accumulateurs et névrosés, indécrottablement américains. Virginale, apaisante, Marie Kondo descendait de son Olympe monochrome. Elle ordonnait le chaos sans bouger un cil. Elle poussait la délicatesse jusqu'à leur donner le sentiment valorisant qu'ils étaient acteurs de leur changement.

– Ton obsession pour Marie Kondo est un fantasme de vieux porc, avait observé Agnès.

Avec sa sagacité habituelle, elle avait noté que cette monomanie était plutôt malsaine.

– La figure de la Japonaise au sourire immuable, l'obsession des intérieurs vides, des murs immaculés, tout ça puise aux sources d'un imaginaire fasciste. Il y a un fantasme de la virginité et de la pureté, un truc vraiment malsain derrière tout ça. Et une vision dégradée de la femme, accessoirement. Tu aimes Marie Kondo parce qu'elle est la ménagère ultime.

Évidemment, elle n'avait pas tort. Je ne pouvais pas nier avoir tapé les mots clés « Marie Kondo » et « Naked », sur un moteur de recherche. Mais il y avait aussi quelque chose de plus profond. Passé la soixantaine, nombre de mes congénères rêvaient d'une femme asiatique soumise, au sourire compatissant. La compassion leur paraît une source plus stable et moins épuisable que l'amour. Marie Condo était la figure même de la femme soignante, celle dont on rêve pour la dernière ligne droite. Je l'imaginais me langer, me nettoyer après que j'ai sali mon calecif en me réveillant d'un rêve érotique, dédramatisant tout avec sa grâce naturelle : « Et alors, papy, on a fait un petit rêve agréable ? » Marie Condo, miséricordieuse. Marie Condo, infirmière des âmes. Que n'aurais-je pas donné pour entendre sa voix douce et ferme, à travers la porte.

– Ouvre, Jean, dirait-elle d'une voix tranquille. Ouvre, je vais t'aider à ranger ta vie.

Au lieu de cela ce fut la voix de Léonie. - « Ouvre Papa. Ta sonnette ne marche pas. » Je dégageai la targette et ouvris grand la porte. Jeanne se tenait à ses côtés, raide comme la justice. Elle affichait un sourire contrit : je n'avais pas de mal à imaginer ses supplications auprès de Léonie pour échapper au pensum de ce dîner, ou du moins l'écourter au maximum. Elle me tendit une bouteille de côtes du Rhône, sans un mot.

– Bienvenue dans ma petite thébaïde ! lançai-je avec chaleur.

*

L'osso bucco était assez réussi : les rouelles de jarret de veau fondaient littéralement sous le palais. La conversation n'était pas trop poussive - il y eut même quelques rires joyeux, çà et là. Léonie rayonnait : avec son t-shirt Babyshambles, son jean slim et sa paire de Repetto, elle était étonnamment féminine. Je soupçonnais sa copine de l'avoir poussée à s'affranchir de ses codes *butch*, et cela ne me déplaisait pas : j'avais toujours eu le sentiment que son style camionneuse était moins un désir profond de sa part qu'une transition nécessaire, une manière d'asseoir de façon visible son identité sexuelle. Son *moment de négativité* sartrien. À présent qu'elle semblait avoir trouvé une forme d'apaisement à ce sujet, il n'était peut-être plus nécessaire de porter une chemise de trappeur canadien et une paire de Timberland. Un album de Fats Waller accompagnait notre babillage. Léonie nous racontait quelques anecdotes savoureuses sur le module de *body langage* qu'elle avait mis en place à la demande d'une société de grande distribution : « Ils avaient perdu un contrat à plusieurs millions d'euros, au Maroc, parce que leur négociateur avait croisé les jambes de telle manière que sa semelle était dirigée vers son interlocuteur. Dans certains pays du Mahgreb, c'est considéré comme un geste offensant. » Je lui posais des questions, la félicitais. Tout compte fait, son boulot était peut-être intéressant, ce n'était pas du vent. Le décryptage du langage non verbal était même stratégique, sa maîtrise susceptible de changer le cours d'entreprises humaines. J'avais oublié l'article sur mon bouquin, j'étais prêt à absoudre tout le monde, à tout comprendre. Le côte du Rhône aidant, Jeanne baissait un peu la garde : il est clair que je ne présentais, objectivement, aucun des signes distinctifs du mâle dominant, je n'étais ni Steven Seagal, ni Lino Ventura. Ma fille me traitait comme une vieille copine un peu tapée, et je me glissais avec plaisir dans ce rôle qu'elle m'offrait. J'apprenais à aimer Jeanne, cette fille aux traits si durs : elle aussi avait dû beaucoup souffrir. Elle s'accrochait, au milieu du chaos, aux slogans du féminisme radical : qui pouvait la blâmer ? La conversation roulait ainsi, fluide, jusqu'au dessert. Alors que je posais les trois ramequins de crème brûlée sur le repose-plat, Jeanne m'interrogea :

– Alors, vous avez eu des articles ?

Son regard s'était voilé, imperceptiblement. Je sus qu'elle savait. Ce n'était pas la peine de jouer la comédie, me dis-je. J'étais peiné de devoir descendre d'une octave, vers les sujets graves et clivants, de compromettre la bonne humeur qui s'était emparée, contre toute attente, de ce dîner. Je reposai les maniques sur la table. Allons-y pour l'article du blog, allons-y pour l'appropriation culturelle. J'avais passé une nuit entière à lire sur le sujet, je me sentais armé, en tout cas davantage que je ne l'étais dix mois plus tôt, au *Renaissance*.

– Vous avez lu ? Je veux dire vous avez lu l'article du blog ?

– De fait, oui. Je l'ai lu.

Elle était à nouveau la Puritaine de l'Iowa, inflexible, sifflante. Son sécateur au-dessus de mes couilles, elle jubilait. Elle prenait son temps, jouissait de me faire mariner. Pourquoi attendait-elle avant de donner son verdict ? Peut-être aurait-elle préféré que je le donne moi-même. Elle m'offrait une dernière chance de prononcer mon propre arrêt de condamnation, parce que ce n'était pas assez que j'expie, il fallait que je sois acteur de mon châtiment. Je m'énervai un peu :

– Eh bien dites-moi ce que vous en avez pensé, Jeanne. J'imagine que vous voulez me dire quelque chose, non ?

– Franchement, si vous me demandez mon avis, vous êtes presque un cas d'école.

– Un cas... ? Mais vous avez lu le livre ? Vous avez lu le livre, au moins ?

– L'article est assez détaillé, je crois qu'on peut se faire une idée assez précise en le lisant. Attention, je ne dis pas que vous avez écrit ce livre avec une intention malveillante. Je dis juste que vous vous appropriez une figure noire américaine de façon illégitime. C'est hypersymptomatique. Vous la disputez à sa communauté d'origine qui a été dépossédée de tout, pendant des siècles. Mais c'est encore trop. Il faut que Willow soit français, et surtout il ne faut pas qu'il soit trop noir.

– Attends, supplia Léonie. On en a déjà parlé. Ce n'est pas la même génération.

Elle était décomposée. Pour la deuxième fois, son rêve d'un banquet fraternel s'évanouissait.

– On ne peut pas se cacher derrière les problèmes de génération. C'est ce que répétaient les défenseurs de Polanski : on ne peut pas comprendre, c'était les années 1970. Toujours à finasser. Moi je crois qu'on peut demander des comptes à une génération. Moi je crois qu'il y a des critères moraux intangibles.

– Et que commandent-ils ? bredouillai-je. J'avais trois ou quatre verres d'avance, et ils se faisaient cruellement sentir.

– Qu'un Blanc ne raconte pas la vie d'un Noir, pour la déformer.

Elle me fouillait l'âme. Je me sentais nu, vulnérable. Elle traquait jusqu'au fond de mes yeux les secrets honteux d'une génération, elle voulait m'immoler en représailles de siècles de patriarcat blanc. Je m'aperçus que je m'inscrivais réellement, dans ses yeux, dans une lignée. J'allais parler mais elle me coupa :

– Ne me dites pas que vous êtes insusceptible de négrophobie. Ne me faites pas le coup de la légitimité. Je connais votre génération, je connais cette gauche. Les petits Blancs qui se pressent devant les micros pour défendre leurs frères racisés sans se figurer que ceux-là auraient envie de parler, eux-mêmes. Pour eux-mêmes. Et peut-être qu'ils diraient du mal de vous. Et oui, le petit nègre est ingrat. Il veut s'exprimer et en plus, il crache dans la soupière.

– Ce sont vos mots. Ne me prêtez pas des mots qui sont les vôtres.

– Écoutez-moi. On a confisqué nos terres, on a volé nos enfants. Et à présent vous nous volez notre parole, nos artistes. Ah, j'oubliais, vous êtes universalistes. La carte Joker : U.N.I.V.E.R.S.A.L.I.S.T.E.S. Pour vous, il n'y a que des hommes et des femmes libres. Je la connais, cette chanson. Le petit évangile humanitaire. Les droits de l'homme : la continuation de la domination blanche par d'autres moyens. L'énergie (les tonnes d'énergie, des millions de chemises trempées) que vous dépensez à montrer que vous portez un regard *colourblind* sur le monde ! Mais est-il possible que vous vous oubliiez une seconde ? Les Noirs, les Arabes vous disent qu'on les traite comme des noirs et comme des arabes. Vous pouvez écouter ce qu'ils disent et la fermer une seconde ? Vous. Oui, vous. Votre bande, vous et les autres. Et votre prétention de savoir. Vous vous gargarisez. Et maintenant que les luttes se font sans vous, vous flippez votre race, vous tremblez, vous geignez.

Je grondais :

– À vous entendre, les luttes ne se font pas sans nous. Elles se font contre nous.

– Bien sûr, qu'elles se font contre vous. Parce que vous êtes les oppresseurs du quotidien. Vous n'êtes pas raciste, peut-être. Mais vous êtes les véhicules du racisme. Le racisme emprunte vos grands mots, la république et tout ça, il chevauche vos grands mots pour se déplacer, circuler. Le racisme enfourche vos principes républicains, allègrement ! Et vous : Je ne suis pas méchant ! Je ne veux pas de mal ! Vous vous foutez du mal que vous faites, ce qui vous importe est d'établir que vous ne l'avez pas fait intentionnellement. Ce qui importe c'est que vous n'ayez pas à vous sentir coupable. C'est ça, votre grande préoccupation. Quelle différence cela fait-il pour celui qui souffre du racisme ? Et puis d'ailleurs, si, vous êtes raciste. Les souffrances de ceux qui sont racisés, de ceux qui rêveraient peut-être d'être des citoyens de l'universel mais qui ne le pourront jamais, vous vous en foutez. Ces souffrances n'ont d'intérêt que lorsque vous tenez le crachoir pour les dénoncer.

– Mais la convergence des luttes ? hasarda Léonie.

Elle était au bord des larmes.

– La convergence des luttes, c'est un échange de bons procédés, rien de plus. On lutte aux côtés des autres minorités, mais on ne parle pas à leur place. La négrophobie, seuls les Noirs peuvent en parler.

– Mais précisément, cet article reproche à Papa de ne pas en parler.

– Oui, et c'est plus grave. C'est une prédation identitaire.

La garce avait le sens de la formule. Elle était rodée, elle maîtrisait chacun de ses instruments de torture et les manipulait avec dextérité, posant l'un pour en prendre un autre, chacun destiné à infliger une blessure précise. J'étais cornerisé, soufflant comme un dix-cors acculée par la meute. Il fallait que je contre-attaque. J'entendais la voix de Marc citer Sun-Tsu en caressant le socle de verre qui enfermait les petits soldats de plomb, devant des clients envoûtés : « Celui qui se défend montre que sa force est inadéquate, celui qui attaque qu'elle est abondante. » Contre-attaquer. Ne pas se justifier point par point : à ce jeu-là, je finirais par m'épuiser. L'accusation de racisme systémique, dégagée de toute notion d'intentionnalité, était une arme singulièrement efficace. La dague pouvait se planter à chaque instant. Je cherchais une formule assassine, une parade pour tuer le match mais rien ne venait, mon cerveau ne produisait aucune pensée articulée, il n'y avait que le sentiment viscéral de l'injustice. Je lâchai hargneusement :

– Vous êtes des fascistes.

Elle se leva d'un bond, rouge de colère. Elle planta son regard dans celui de Léonie. Ma fille pleurait en silence, écartelée par l'affreux conflit de loyauté. Pour la deuxième fois de sa vie, deux personnes qu'elle aimait se déchiraient et lui demandaient de choisir. Jeanne attendait un mot de sa part, elle attendait que sa compagne choisisse son camp (le genre contre le clan, la sororité contre le père) mais aucun son ne sortait de sa bouche. Jeanne ramassa à la hâte son sac, ses affaires, ouvrit la porte.

– Je t'attends dehors. Je t'attends cinq minutes, cingla-t-elle en détachant chaque syllabe.

La porte claqua. Léonie était hagarde, sa poitrine se soulevait par saccades. Je pris mon visage entre mes mains. J'étais épuisé, je foirais tout, et je savais que ma fille méritait mieux que cette issue atroce.

– Je suis désolé, Léonie. Vraiment désolé.

Je laissai passer quelques secondes.

– Va la rejoindre. Je crois qu'il vaut mieux que tu la rejoignes.

Je m'étais fait violence pour lui dire cela. Il y a quelques années, j'aurais fait mon Calimero, j'aurais ajouté : « Laisse ton vieux père, tu sais, ce n'est pas très grave que je douille un peu. » Aujourd'hui, il était enfin temps que l'on cesse de faire souffrir

Léonie, prise entre deux feux roulants, ballottée par les événements, dans un monde qu'elle ne comprenait pas plus que moi. Je la raccompagnai à la porte et l'embrassai furtivement sur la joue. Elle se laissait guider, sonnée, les yeux rougis. Traiter Jeanne de fasciste, quelle pauvreté. Comment ne pas voir la souffrance derrière ses outrances, son agressivité. J'avais trente ans de plus qu'elle, c'était à moi de prendre de la hauteur. J'aurais dû dire la vérité, tout simplement. Mais la vérité exigeait le temps long d'une explication tâtonnante, et il n'était pas certain que Jeanne aurait eu la patience d'écouter une explication tâtonnante. Que lui dire ? Que Willow avait touché mon cœur, étrangement, spécifiquement, que son *chant long et séditieux* avait trouvé chez moi une résonance singulière. Que son acte de sécession exprimait une calme résolution qui m'avait toujours manqué. Il était allé en paix dans son ermitage, il n'était pas parti sur un coup de sang, il n'avait pas fui mais il avait pris la route très simplement, et cela n'en faisait pas un saint ou un être exceptionnel mais peut-être un modèle, en tout cas le Willow des dernières années était un modèle pour moi, oui. On peut le dire comme ça. Et j'ai l'outrecuidance de te dire, Jeanne, je vais commettre ce sacrilège-là de penser que je comprends mieux Willow que toi. Je te le dis sans arrogance mais je te le dis sans rougir : Willow ne t'appartient pas.

Une grenade dégoupillée fraîchit dans l'herbe. Les oiseaux pépient, le soleil brille, on profite d'un coin d'ombre. La vie est belle ; l'instant d'après, tout est envolé. Je ne le savais pas encore mais je vivais mes dernières heures de relative insouciance. Les gens, dans la rue, ne me connaissaient pas, je pouvais chaque jour traverser les quelques mètres qui séparaient mon domicile du *Balto* sans être importuné.

Je vivais sous les radars, paisible. Marc me fatiguait un peu, à jouer les ligues de vertu. Les sarcasmes d'Agnès me faisaient souffrir, Léonie et sa bonté qui ne demandait jamais rien m'oppressaient légèrement, l'hostilité de Jeanne me peinait. À la salle de sport, je m'étais fait racketter quelques pièces de monnaie par un distributeur de boisson défectueux. Les chauffeurs Uber me rendaient fou quand ils empruntaient des détours aberrants pour parvenir au *point de charge*. Je ne supportais pas les connards qui dépiautaient un œuf dur dans le train, répandant une odeur de mort au mépris des autres usagers. J'avais mon content de petites agressions, mais c'était le salaire normal de la vie parmi les Hommes, le salaire très raisonnable à payer en échange de gains incommensurables : la proximité de débits de boissons, les minimas sociaux, les salles de spectacles, le réconfort du lien amical, l'échange d'opinions, le sexe.

J'étais un homme tranquille, et les déconvenues que je rencontrais étaient assez surmontables. Jusqu'ici je vivais dans l'insouciance. Peut-être était-ce cela, le privilège blanc.

Le lendemain de l'incident, je passai une bonne partie de la journée à lire dans un bain tiède un polar de Jean-Patrick Manchette avec des personnages qui parlaient peu et agissaient beaucoup, un roman où il était question de prise d'otage par des anarchistes, d'assaut d'une ferme par les forces de l'ordre mais aussi, quoique de façon très souterraine, d'amour. Pendant ce temps-là (je l'apprendrai plus tard) les forces invisibles d'internet travaillaient activement. Des centaines de petites voix glapissantes s'amassaient sous l'article de Visage Long. Mille petites consciences s'allumaient, dans la nuit, comme des photophores. Chacun veut dire son fait, donner son avis, élever son cri au-dessus des autres. Ici on ricane un petit air entendu et instruit. Là-bas on est indigné, on roule des yeux gros comme des lunes, on s'étrangle. Ailleurs, on agite une prophétie terrible avant de se taire à jamais. Cent ont poussé leur petite chanson mais chaque nouveau tweet est celui qui entend clore le débat - le plus drôle, le plus habile, le plus terrible.

C'est le lumpenprolétariat de la toile qui a lancé les hostilités : les petits twittos anonymes et masturbateurs, militants, justiciers, *haters* ou *rageux*. « LE MEC IL EST DALTONIEN, GENRE. QUAND ÇA L'ARRANGE », glousse *Poneyponeyrunrun*. « OULALALALALA, C'EST VRAIMENT TRÈS GRAVE, ON N'A PAS ASSEZ DIT QUE L'AUTEUR ÉTAIT NOIR, ON EST EN TRAIN DE REVIVRE LES HEURES LES PLUS SOMBRES DE NOTRE HISTOIRE », ironise

VazyJohnnyfaismoimal. Sur son compte, *Devil33* publie un gif animé montrant un enfant en train de se cacher les yeux, avec ce commentaire : « Le moment où tu estimes que la ségrégation est anedoctique dans la vie d'un Noir aux USA. » « Roscoff c'est la lessive omo de la littérature ptdr », chambre *EmperorHaïleselassie*. Taquin, *Streets_of_paname* publie la photo d'un *yuppie* newyorkais hilare, adressant un doigt d'honneur à l'objectif : « Quand tes ancêtres ont dû faire du commerce triangulaire entre Brest et la Martinique et que tu t'assois sur la mémoire de l'esclavage. » « Le commerce triangulaire c'était avec Nante et La Rochelle pas avec Brest ducon », corrige *babyface_1944*. « Fdp pense à mettre un S à Nante avant de donner des leçons », rétorque *Streets_of_paname*, avant de voir son message supprimé par un modérateur. « Pauvre merde avec ton pseudo tu veux peut être faire oublier que t habite dans un F2 miteux en Seine Saint Denis loooool », balance babyface_1944.

Les routards du web se battent au corps à corps, dans les allées sombres de la Toile. Les noms d'oiseaux volent. Il est facile de lâcher les chevaux, confortablement planqué derrière un pseudo, alors ils s'en donnent à cœur joie. Les moins hardis se contentent d'un pouce levé - un *like* brandi comme une oriflamme dans la nuit de l'esprit. Et pour chaque message, chaque *like* il y a des cohortes d'internautes silencieux, la foule des voyeurs, la foule imbécile que l'on voit sur les photos de lynchage, rigolarde ou honteuse, la foule éternelle qui se déplaçait pour assister aux exécutions quand elles étaient encore publiques. Eux se contentent de lire, mais ils n'en pensent pas moins.

Les forces d'internet travaillaient, donc, à créer un petit édifice de rancœurs, d'ironie, d'insultes, de calomnie, d'hystérie et de vengeance autour de l'article. Chacun des acteurs, plus ou moins conscient de participer à une œuvre collective, travaillait à créer les conditions du buzz. Il n'y avait pas eu d'effet Barbra Streisand : la machinerie s'était emballée toute seule, malgré mon silence, alors même que j'avais suivi à la lettre les conseils de Marc, que je n'avais pas riposté. Le magasin de poudre était plein, le dispositif de mise à feu installé : il n'y avait plus qu'à craquer l'allumette. Il manquait un événement, enfin un relais qui permette au débat de changer de dimension.

*

J'avais promis à Nicole de venir lui remettre un exemplaire dédicacé, en mains propres. Ce serait l'occasion de finaliser l'organisation du colloque. Pas moyen de se garer sur l'avenue Stalingrad : je me rabattis sur une place du parking réservée aux enseignants.

Dans le hall du bâtiment B, un petit groupe d'étudiants faisait le pied de grue devant un table où l'on procédait aux inscriptions pédagogiques pour le deuxième semestre. Une jolie fille distribuait des tracts appelant au boycott d'Israël : « Bazarove a fait des petits », notai-je laconiquement. Dans l'escalier qui conduisait au département d'histoire, je croisai le jeune militant acnéique qui m'avait à la bonne. Il me battit froid et manqua de me bousculer. Je me plaquai contre le mur pour lui laisser le passage. Qu'est-ce qui lui prenait ? Dans le couloir, je tombai sur Roger Dabiou : une grosse enveloppe kraft sous le bras, il fermait sa salle de cours. Il me jeta un regard par-dessous ses lunettes à écailles, et j'essayai de ne pas fixer sa tache de vin. Lui aussi avait l'air bizarre. Je lui demandai où trouver la secrétaire :

– Nicole a une réunion. Inscriptions pédagogiques.

– Tu pourras lui donner mon livre ? Je lui avais promis une dédicace. Ou bien je lui dépose sur le bureau.

Il toisa le bouquin comme si je lui avais tendu une pipe à crack. J'aurais dû m'en douter : les professeurs de littérature ne supportaient pas qu'un collègue historien vienne marcher sur leurs plates-bandes. Corporatisme, snobisme et jalousies : une vieille histoire française. J'avais cru Dabiou au-dessus de tout ça, flottant dans l'univers stalino-surréaliste de la poésie aragonienne. J'étais un peu déçu. Au reste, il était facile de dissiper cette incompréhension : je comptais précisément l'associer au lancement du livre.

– Au fait, elle t'a parlé du colloque ? Ça te botte ? Je vais te faire envoyer un exemplaire.

– Oui, elle m'en a parlé, concéda-t-il du bout des lèvres. Je ne suis pas sûr que ça cadre trop avec Paris VIII, ton truc. Parles-en avec Nicole.

Il disparut dans l'escalier. Que se passait-il ? Pourquoi ça ne cadrerait pas avec Paris VIII ? Après tout, l'*esprit de Vincennes* était un souci d'ouverture tous azimuts. On pouvait bien y caser Robert Willow. Un essai un peu foutraque, un artiste inclassable, une œuvre incohérente, voilà qui me paraissait singulièrement trouver sa place entre ces murs que hantaient encore ses fondateurs iconoclastes. J'appelai Nicole sur le chemin du retour.

– Nicole, je t'ai laissé un exemplaire dédicacé du bouquin.

Elle bredouilla un remerciement. Elle avait l'air gênée aux entournures. *Mais qu'est-ce qu'ils avaient, tous ?* Je pris des nouvelles. Elle râla un peu, évoqua des inscriptions pédagogiques transformées en usine à gaz, à cause d'un bug du serveur informatique. Je saisis l'occasion :

– Enfin, ça ne remet pas en cause mon colloque, hein ?

– Justement, Jean. Je voulais t'en parler. Il y a des tracts. Le petit du FSE est très remonté. Il paraît qu'il y des tweets contre toi, sur internet. Tu sais, ce genre de truc, ça prend en deux secondes aujourd'hui. On a une occupation à gérer, la préfecture qui veut expulser les migrants, les inscriptions pédagogiques, les syndicats étudiants qui sont super chauds. Les gens sont à cran. Ça va être compliqué, Jean.

IV

MERCI, MONSIEUR PEUZET

1995, année éthylique. À la télé, l'inénarrable Jacques Chirac invitait à manger des pommes, promenant sur les estrades sa carcasse d'échassier. Balladur paraissait parmi ses gens : hautain, le goître pris dans un col anglais. Je ne mangeais pas de pommes, moi. Je buvais de grandes pintes à la sortie des cours, parfois accompagné, de moins en moins accompagné. C'est cette année-là, après le flop du bouquin Rosenberg, que je commençais à boire vraiment. J'avais toujours eu un penchant pour la chose, mais c'est en quatre-vingt-quinze que l'alcool est devenu un partenaire quotidien, de plus en plus exigeant. Évidemment je ne buvais pas au sens où on l'entend dans les livres publiés par Lou Basset-Dutonnerre, dans une atmosphère de négligé chic, selon des codes esthétiques fixés par des gens qui n'ont jamais bu une goutte de leur vie et qui imaginent plus ou moins les ivrognes sous les traits glorieux d'Ernest Hemingway - l'alcoolique avec son verre qui sent la poudre à canon, sa desserte qui contient l'équivalent d'un bar de palace, l'alcoolique flamboyant qui bichonne ses belles bouteilles carrées, l'alcoolique cérémonieux, qui déambule dans une robe de chambre en soie, l'alcoolique qui se tient à un seul alcool (un alcool de distillerie, de préférence britannique). L'alcoolique qui se respecte, en fait. J'ajouterais : l'alcoolique qui se regarde boire. Pas vraiment mon créneau. Pour ma part, je n'étais pas très regardant. Je me cassais la tête, perché sur mon haut tabouret.

J'avais déjà pris de solides habitudes du côté de la maison Bombay Sapphire (gin aux notes poivrées, bon rapport qualité prix), mais je buvais aussi un peu de tout, et dans ce tout il y avait beaucoup de bières, avec une prédilection pour la 1664.

J'aime la bière. C'est la déglingue de proximité. On commande sans réfléchir, comme on hèle un taxi. *Une-pression-s'il-vous-plaît.* On reprend la conversation. Une bière, ce n'est pas grand-chose. On garde un air dégagé, mais toute l'attention est tendue vers le verre à venir. Le manque se fait sentir, cruel : pas une sensation sophistiquée, juste un trou au plus profond de l'être. Qui a bu, boira : c'est l'axiome implacable. La bière arrive. On ne renifle pas le verre, on ne fait pas cent grimaces. On ne la goûte pas. On la sèche sans façon. La bière n'est jamais décevante. On reçoit ce que l'on vient chercher : la fraîcheur, le gout de blé humide et l'alcool qui chauffe le carafon. Elle ne recèle pas de secret, elle est ce qu'elle donne à voir : le contenu doré et glacé, dans son contenant ergonomique et fuselé. On ne la fait pas tourner comme un maniaque, on ne commente pas, on saisit le verre parce qu'il fait bon sentir les minuscules cristaux de givre sur la paume. On en boit une deuxième, on est très légèrement engourdi, on se détend, on prend possession des lieux. Tout à coup les choses se précisent, les choses et les gens gagnent en relief. Les couleurs sont plus chaudes, pas beaucoup plus mais un peu. On veut se nouer. On parle aux gens qu'on ne connaît pas. Ou bien on reste seul, dans la torpeur agréable. Vient le moment du combat. Il faudrait s'arracher. On essaie de trouver des forces, on cherche autour de soi un regard sur lequel s'appuyer. On est seul, avec l'effrayante liberté. Il faudrait s'arracher d'un coup, et partir en courant. On préfère fuir au-dedans de soi. On recommande. Trois, quatre, cinq, six. Là : foutu pour foutu. On se trouve mille excuses. On s'attendrit. Sept. Huit. On est devenu une merde, très tranquillement, une vieille poche qui refoule du goulot. Je rentrais après la fermeture, complètement rôti. Agnès qui voit tout, Agnès qui sent tout n'était pas dupe.

– Je me suis posé au café pour corriger des copies, grommelais-je en tentant de viser la patère du porte-manteau.

– Tu pues la bière, Jean.

Un jour, on ne livre même plus le combat, on commande les suivantes sans hésitation. Lorsque l'on rentre on ne prend même plus la peine de mentir, et on se couche très naturellement sur le canapé du salon.

*

Vingt-cinq ans plus tard, me revoilà au poste. J'avais échoué dans un petit bar-tabac, *Le Lit-Bateau*. Nouveau décor. Au moment où tous mes fragiles équilibres vacillaient, où j'avais plus que jamais besoin d'arrimer mon rafiot à bon port, dans une rade protectrice, *Le Balto* avait fermé. « Fermeture administrative », précisait un panonceau accroché au rideau métallique. J'interrogeai la patronne de la boulangerie voisine. Elle haussa les épaules : « Contrôle de l'Urssaf... Ils ne déclaraient qu'un serveur sur les trois qui tournaient, alors... » J'étais un peu surpris : R., le patron, avait toujours affiché une posture quasi christique de martyr de la réglementation et des charges : il émettait un flot continu de plaintes à ce sujet, expliquant qu'il ne pourrait bientôt plus embaucher, étayant cet oracle du constat simple selon lequel « un type que vous payez 10 vous coûte 20 ». À l'écouter, son respect scrupuleux du code du travail l'entraînerait par le fond. À en croire la boulangère, il se torchait allégrement le cul avec l'ouvrage.

J'avais donc avisé l'établissement le plus proche où l'on me servit une bière, de mauvaise grâce. J'en buvais une, puis trois, puis sept. Au moins je n'étais pas seul. Le plafonnier projetait sur les murs quelques ombres indécises. Le patron (un Asiatique sec et taciturne) s'activait derrière la tireuse à bière. Un jeune garçon tenait la caisse : il était, sans aucun doute, son fils. En bon normalien, je faisais des théories. Après des années d'observation, j'en étais venu à la conclusion que le bistrot parisien, l'institution bistrotière parisienne façonnaient le caractère de ceux qui la servaient. Ces lieux immuables déterminaient un type spécifique de grossièreté, de mauvaise grâce et de méfiance atavique. Longtemps, on avait cru que ces traits étaient propres au caractère de l'Auvergnat, le fameux *bougnat* qui avait régné derrière les zincs. Puis on les avait retrouvés, intacts, chez le Kabyle qui avait pris progressivement sa suite, au moins dans l'Est parisien, à partir des années 1950. Dans les années 2010, les Chinois s'étaient imposés comme les nouveaux maîtres du jeu, rachetant les fonds de commerce à tour de bras. Les acteurs changeaient mais l'attitude était toujours la même : incompréhensiblement défensive. Passe encore les habitués. Ils ont été, lentement, apprivoisés ; ils font partie des meubles. Le nouveau client, voilà l'ennemi. Il va faire des complications, il va demander à payer avec la carte bancaire, ou bien même il va demander quelque chose que l'on n'a pas.

Je poussai mon verre vide devant moi. Le patron prit les devants :

– Je remplace ?

– S'il vous plait. Pas plus haut que le bord.

– Mei, tu sers le monsieur ?

Il aurait été doux de travailler en famille, avec Agnès et Léonie, de tenir un commerce. La force tirée de l'entraide clanique était un chose extraordinaire. La société était une construction trop fragile : seule, la cellule familiale pouvait lier solidement des êtres entre eux. Aiguillonné quotidiennement par les miens, je me serais senti la force de déplacer les montagnes : je me serais levé aux aurores, tous les matins, pour réceptionner les livreurs, passer le sol à la javel. J'aurais enseigné à Léonie tout ce que je savais de la vie, en m'activant dans la remise, poussant un diable, actionnant un monte-charge. J'aurais embrassé Agnès dans le cou en passant derrière elle pour aller servir un client. La confection d'objets artisanaux était une autre piste. Je commençais à comprendre les personnages basset-duterroniens avec leur obsession des matières nobles, leur envie d'acheter un four à céramique. Se ménager un face-à-face avec la matière, loin des hommes.

J'étais encore sous le choc de ma discussion avec Nicole.

« Le colloque est annulé, avait-elle dit. Ordre du président. » D'après la secrétaire, le petit du FSE était très suivi sur les réseaux. Il suivait beaucoup les autres, aussi. Il était tombé sur un des scuds haineux, et l'article de Visage Long. Il avait vu mon nom. Au même moment, le colloque avait été annoncé sur le site de la fac. Le jeune militant, qui répondait au nom de Fabien Le Guen, était un garçon d'un fanatisme austère, soucieux de ne jamais rien laisser passer. Il avait embrayé direct et les syndicats avaient suivi. Non, il n'avait probablement pas lu le livre, mais *ce n'était pas la question,* avait balayé Nicole.

– Et toi, Nicole ? Qu'est-ce que tu en penses, toi ?

Je voulais entendre son avis personnel. Là encore, « ce n'était pas la question ». Évidemment elle trouvait ça effrayant, ces chasses à l'homme sur internet. Nicole était de ma génération, elle avait dansé des slows sur Whitney Houston et appris Tchernobyl à la télévision, elle était comme moi, totalement dépassée, mais il fallait bien tenir compte de la nouvelle réalité. « Moi je suis sûr qu'il est très bien, ton livre. »

– Et donc ? Vous avez voix au chapitre, quand même ! Toi, le président de la fac. Les adultes.

– Si on maintient, on a un cordon de militants qui te barre l'accès à l'amphi.

Tout cela ne sentait pas très bon. Je me levai pour aller pisser, quand mon iPhone 6 bourdonna comme un gros frelon belliqueux. Une batterie de notifications s'afficha sur l'écran.

Jeanne avait quitté le groupe WhatsApp créé par Léonie pour organiser le dîner d'hier.

Yahoo Actualités : Un requin blanc a été filmé en train de dévorer un rorqual, au large des côtes sud-africaines.

Buzzfeed : Le gagnant de « Meet My Step-Mother » pardonne à son ex-compagne.

Figarovox : « Une conférence boycottée à l'université Paris VIII : "*C'est du terrorisme intellectuel*", déclare le producteur Gilles Peuzet. »

Mon portable se mit à sonner furieusement. Numéro inconnu. J'attrapai le bidule et pianotai au hasard, déclenchant une demi-douzaine d'options, dont la lampe torche, jusqu'à trouver le mode silencieux. Il était difficile de croire que *Le Voyant d'Étampes*, mon livre, et par voie de conséquence le poète Robert Willow soient associés d'une quelconque façon au gros Peuzet, à l'homme d'affaires que j'avais connu, à Montpellier, il y a une quinzaine d'années. C'était une association contre nature, et je sentis monter le malaise, sous la forme d'une sensation de chaleur intense. J'avais croisé Peuzet à la faveur d'un colloque organisé par la région Occitanie et l'université Paul-Valéry de Montpellier sur l'imaginaire de la guerre froide dans le cinéma américain de l'après-guerre, un de ces raouts attirant une faune de retraités, de documentalistes peroxydées et de fonctionnaires aux fiches de poste floues. J'avais animé un atelier-débat avec un auteur de polar régionaliste peu au fait du sujet traité, ensuite il y avait eu l'inévitable déjeuner avec quelques huiles et on m'avait placé à côté du millionnaire, invité ès qualités d'adjoint de Montpellier et, surtout, de mécène omnipotent de l'occitan culturel. Midas du cinéma français, producteur de franchises ultrapopulaires (*Les Couillons* 1, 2 et 3, *Vive les mariés !*, *Complètement schlass*) Peuzet était chroniqueur aux Grosses Têtes où il servait une soupe poujadiste assez efficace qui consistait, pour l'essentiel, à dire qu'il fallait « arrêter d'emmerder les Français ». Il était le fils d'un temps brutal et primitif, et les gens l'aimaient pour cela (mon père lui vouait un véritable culte). À table, j'avais passé une heure et demie à écouter sans déplaisir ce gros homme parler d'une recette de poule aux morilles sauce poulette, au moins il ne faisait pas semblant de s'intéresser au sujet du jour, il se foutait royalement de Stanley Kubrick et Howard Hawks, il ne dissertait pas du budget de la culture comme le faisaient souvent les édiles et les mécènes en pareilles circonstances, il préférait parler de la sauce poulette que l'on servait dans un étoilé qu'il venait de racheter dans le quartier de l'Écusson, un homme de savoir devrait goûter ça disait-il, et il disait tout cela en sauçant son assiette de poulpe avec un quignon de pain au sésame, le nettoyant méthodiquement, bref, m'étais-je dis, c'était un personnage, plutôt très sympathique. J'avais gardé un souvenir assez vivace de ce banquet. Et pourtant je n'étais pas très à l'aise de le voir voler à mon secours. Qu'est-ce que Peuzet, avec sa sauce poulette, venait faire dans le tableau ? Je me pris la tête entre les mains. Je me frottai les yeux. Plongé dans mes pensées, j'avais déchiqueté les huit sous-bocks de bière consciencieusement.

– Ce n'est pas un atelier découpage, siffla le patron à mon intention.

Je ne relevai pas. Dans le vaste miroir qui me faisait face, mon teint cireux était celui d'un homme aux abois. Je faisais un bon soixante-dix. Il était inutile d'avoir des regrets. Des erreurs avaient été commises et elles avaient été sanctionnés. Je ne pouvais pas me plaindre d'avoir été injustement traité par le destin. J'avais payé mon inconséquence, mon narcissisme, ma paresse. Mais cette épreuve était d'un autre ordre : je ne l'avais pas méritée. Je ne méritais pas d'être un jouet entre les mains d'autrui, l'exutoire de frustrations qui m'étaient étrangères. Je n'avais rien fait.

*

– C'est du terrorisme intellectuel, grommelai-je.

J'avais parlé à voix haute. Le gérant m'a jeté un œil suspicieux. Les poivrots qui parlaient tout seuls n'étaient pas sa came, ce n'est pas comme cela qu'il attirerait les CSP + avec leur pouvoir d'achat et leurs pourboires significatifs. Je répétais : c'est du terrorisme intellectuel, en jetant un regard à la ronde, espérant accrocher le regard d'un frère humain disponible pour recueillir ma protestation d'innocence.

– Du putain de terrorisme intellectuel, voilà ce que c'est.

C'étaient les mots de Peuzet, dans son tweet. Je les répétais et cela me soulageait de les entendre sonner, et aussi de savoir qu'ils étaient les mots d'un autre, que je n'étais pas le seul à le penser, que mon sentiment d'injustice n'était pas un tour de plus que me jouait une propension certaine à la victimisation. Je reconsidérais le cas de Peuzet. Le businessman-chroniqueur était un soutien encombrant, certes, mais au moins prenait-il la parole pour me défendre, il descendait dans l'arène pour poser sa grosse main sur mon épaule frêle. *Terrorisme intellectuel.* Il avait trouvé les mots justes pour décrire l'atroce cabale. Je réouvrais mon téléphone, lisais sans les lire vraiment les textos de Paulin Michel où il était question de *prudence*, de *garder la tête froide*, enfin des trucs lénifiants et une nouvelle invitation à *ne surtout rien faire*, je les survolais donc, comme je survolais le texto d'un inconnu dont je ne retenais que deux mots, mon imprégnation alcoolique étant ce qu'elle était, et ces deux mots étaient *journaliste* et *réaction*, bref c'était un journaliste qui voulait recueillir ma réaction, et je le supprimais pour m'interdire de le rappeler tout de suite et de déverser le flot de pensées qui caracolaient dans mon esprit altéré par deux litres de Grimbergen. Il ne fallait pas déconner. Surtout, ne pas faire un truc irrémédiable. Puis j'ouvris fébrilement l'interview de Peuzet et je le lus, pour le coup je me concentrai pour le lire vraiment et j'y parvins, dans la mesure du possible, et c'était à pleurer de gratitude, enfin j'avais trouvé mon avocat, un homme qui faisait rempart de son propre corps contre la calomnie, un homme capable d'aller au feu, ce n'était pas Marc et Paulin Michel qui me laissaient me faire découper sans un mot, apeurés par leur ombre, tétanisés devant la grosse machinerie d'internet. Peuzet posait des mots larges et lourds comme on pose des parpaings, il disait fascisme intellectuel, il disait manipulation, il disait procès de Moscou, il disait liberté de l'écrivain, il disait *Nous sommes tous des Jean Roscoff*, il disait *Jean Roscoff est un homme sensible et un universitaire précautionneux*, il disait *Jean Roscoff est un de ces esprits qui honorent l'université française*, il disait que nous avions déjeuné ensemble et que j'étais un homme chaleureux (!), il disait toutes ces choses que je n'avais pas entendues depuis des années, des décennies peut-être. Je commandai la neuvième, la nuit était tombée et le gérant commençait à empiler les chaises, il répondit sèchement que j'avais dix minutes et je lui répondis que c'était amplement suffisant, je séchai la binouse d'un trait à la santé de Peuzet, à la santé de la ville de Montpellier et de son adjoint au maire. Il était mon allié. Des souvenirs délicieux me revenaient de notre déjeuner, et peut-être que je les inventais, peut-être que je revisitais l'histoire mais quand même c'était un bonhomme, un type hors norme, un empereur occitan et il était déplacé de le juger avec les critères en vigueur ailleurs, avec des critères parisiens.

Je me souvins que Léonie m'avait créé un compte Twitter. Elle m'avait même noté les codes sur un petit papier que j'avais rangé dans mon portefeuille. Je le sortis et ouvris une page internet, je tenais le téléphone à quelques centimètres de mon visage, comme on tient un objet très mystérieux, le doigt pianotant à la perpendiculaire, les touches qui se dérobent, putain de cataracte, il faudrait bientôt que je me fasse opérer ou que je demande à Léonie de m'installer un clavier de vieux, avec des grosses touches bien visibles, et puis j'accédai enfin à mon compte, au compte JEANROSCOFF que n'agrémentait aucune photo, et je suivis les instructions notées par ma fille sur le petit papier, je dégotai le message de Peuzet, le message lu cent vingt-sept mille cinq cents sept fois, et j'y allai à mon tour de mon premier tweet. Une réponse toute simple, trois mots, MERCI, MONSIEUR PEUZET, je cherchai à ajouter l'émoticône que m'envoyait si souvent Léonie, celui avec le biceps gonflé, mais j'étais trop bourré, je ne le trouvai pas alors je me rabattis sur trois ou quatre pouces levés.

Le lendemain matin, j'étais réveillé par des coups de sonnettes furieux. Paulin Michel entrait comme une trombe dans mon appartement, il se frottait les mains, cherchait un endroit pour poser sa veste en flanelle entre deux assiettes sales. Il faut dire que je n'avais toujours pas nettoyé les reliefs du fiasco. Il se plaignit de ne pas réussir à me joindre, il n'était pas possible que je reste injoignable dans de telles circonstances, gémissait-il. Je me massais les tempes. J'avais le crâne en fusion, l'haleine chargée. Paulin Michel geignait sans discontinuer :

– Peuzet, c'est mauvais, c'est mauvais. Pas le genre de soutien dont tu as besoin. C'est en train de devenir n'importe quoi, ce truc. Son tweet est en train de devenir viral.

– Je te trouve dur. C'est un mec un peu bourrin, le producteur qui picole et qui fait des blagues de cul, mais enfin il n'a pas la peste non plus.

Mon corps brûlait. Je dégorgeais goutte après goutte, sous forme de transpiration, l'alcool de la veille. L'éditeur explosa :

– Tu vis dans quel monde ? Il vient de rejoindre le Rassemblement national.

Je restai interdit.

– Et d'abord pourquoi tu le connais, ce type ?

Il était suspicieux. Paulin Michel faisait partie de la Famille, lui aussi.

– J'avais déjeuné avec lui à un colloque à la noix. Y a quinze, vingt ans. À l'époque, il était chiraquien, enfin un truc comme ça.

Je commençai à comprendre le baiser de la mort, l'instrumentalisation, l'horrible quiproquo. Je voyais déjà les jugements hâtifs et les raccourcis qu'il était illusoire de chercher à détricoter. Le piège se dessinait avec netteté. L'horlogerie précise du faux syllogisme se mettait en place. « Tous les chats sont mortels. Socrate est mortel. Donc Socrate est un chat », dit l'imbécile mais aujourd'hui les imbéciles étaient légions, enfin ils étaient moins imbéciles qu'ils étaient assoiffés de vendetta. Et un homme assoiffé de vendetta n'est pas très regardant sur la présomption d'innocence, aurait dit Marc dans son jargon de jurisconsulte. La question, pour cet homme-là, *était vite répondue* : Peuzet appartient au Rassemblement national, Peuzet défend Jean Roscoff, donc Jean Roscoff est proche du Rassemblement national. Je suis mort, me dis-je avec stupeur. De quoi se mêlait-il, ce connard ? Est-ce que j'avais besoin de son soutien ? J'avais fait la marche des beurs, me répétais-je, comme un mantra. Paris, 3 décembre 1983. Et puis le concert de la Concorde. Coluche, Simone Signoret. En désespoir de cause, Paulin Michel posa sa veste à la crémone de la fenêtre.

– Essayons de voir ce qu'il y a de positif. Quand je pense que je t'avais dit de te créer un compte sur les réseaux sociaux pour faire un peu de promo. Heureusement que tu ne m'as pas écouté. C'est très violent, ces trucs, tu sais.

– J'ai envoyé un message. J'ai envoyé un tout petit message.

Il ferma les yeux, se pinça le sommet de l'arête du nez entre le pouce et l'index. On sentait chez cet homme une vaste lassitude. S'il n'était pas un homme de culture, peut-être m'aurait-il frappé.

– Oh, le con.

J'avais l'impression d'être un tout petit garçon ingérable, pervers polymorphe. Agnès, Paulin Michel, le psy sosie de Michel Foucault, ils me traitaient tous comme un gosse imprévisible à qui il fallait expliquer très doucement les choses. J'explosai :

– Arrête de me parler comme si j'étais un demeuré. C'est à toi de me défendre. Tu es mon éditeur. Tu me laisses en rase campagne, tu es terrorisé à l'idée de l'ouvrir, alors c'est moi qui l'ouvre, et voilà où l'on en est.

– Donne-moi les codes de ton compte.

Paulin Michel avait parlé d'une voix blanche. Je lui donnai le petit papier. Il pianota sur son téléphone portable, fureta quelques longues secondes, et lâcha un deuxième *putain* qui ne lui ressemblait pas. Il me montra l'écran :

– Le voilà, ton tout petit message. Retweeté mille deux cent trente-sept fois. Je te fais grâce des commentaires. Je vais supprimer immédiatement le message et ton compte, et on va réfléchir un peu au calme, on va boire un café et on va se poser un peu.

J'avais loupé une étape. Les choses allaient trop vite. Les événements m'échappaient, les événements devenaient vraiment incontrôlables. Je n'étais plus le maître de rien, et d'ailleurs personne ne contrôlait rien dans cette affaire, personne ne pouvait faire taire les attaques, elles étaient la conséquence de forces aveugles, elle ne répondait pas au dessein d'un acteur identifiable. À nouveau me revenait à l'esprit l'image du canon désentravé dans « La corvette Claymore », défonçant le bastingage, fonçant d'un bord à l'autre au gré de la houle, l'objet sans âme transformé en tueur implacable.

IV

COURAGE, FUYONS !

Quelques jours à la campagne pour laisser les choses se décanter. C'était l'idée de Paulin Michel, approuvée par Marc qui était devenu notre conseiller juridique, à son corps défendant. Courage, fuyons ! semblait être la devise du petit éditeur. Il m'avait tout de même rassuré en me promettant qu'il ferait un communiqué dans les vingt-quatre heures. Je retrouvais un peu de sérénité en appuyant sur la pédale d'accélération de ma Toyota Prius, arrachant un ronronnement onctueux au jeu compliqué des pistons et des vilebrequins. Je sortis du garage dans une manœuvre fluide, en complète maîtrise, avant de m'engager sur l'asphalte. Deux enfants interrompirent leur partie de foot pour me regarder. J'ouvris la fenêtre, il faisait étonnamment bon. En roulant à bonne allure, je verrais bientôt Paray-le-Monial, qui m'ouvrira les portes du Brionnais. Marc m'avait prêté sa maison de Saint-Julien-de-Jonzy de mauvaise grâce, je voyais bien qu'il se sentait trop impliqué dans cette aventure. J'avais espéré pouvoir récupérer les clés de Wissant, mais je crois qu'il y avait eu un petit colloque entre Paulin Michel et lui à ce sujet, il est clair qu'ils ne me faisaient aucune confiance et que la présence d'un casino Barrière et d'une multitude de bars avait dû peser dans la balance, enfin le croyais-je, aujourd'hui je ne suis plus sûr de rien, peut-être aussi que Marc voulait me signifier une rétrogradation sur le plan de nos rapports amicaux. Ou bien sa femme était intervenue. Peut-être même que Marc voulait me planquer parce qu'il avait peur de mes sautes d'humeur, parce qu'il ne voulait pas qu'un journaliste puisse me retrouver et m'interviewer à moitié bourré, sur la plage, et remonter jusqu'à lui, je ne peux exclure aucune hypothèse à ce sujet. J'avais tenté une boutade :

– Tout grand homme de progrès est prisonnier d'une vieille amitié sulfureuse, Marc. Je serai ton René Bousquet.

Il avait eu un rictus empêché et je réalisais qu'il me considérait réellement comme son ami infréquentable et encombrant. Il avait fini par me filer les clés que j'avais récupérées au standard du cabinet. J'avais demandé à la secrétaire s'il était disponible, histoire de le saluer avant de partir mais elle m'avait répondu qu'il était « en réunion à l'extérieur ». Une fois dehors, j'apercevais pourtant son scooter BMW, sagement garé sur une place handicapée.

Les mains solidement arrimées sur le volant, je m'interdisais de penser à tout ça. La fuite, la méthode Paulin Michel avait du bon. Je roulais, apaisé, j'imposais ma volonté en gestes experts et secs à la bagnole. Oui, j'étais le propriétaire et le conducteur de cette Toyota Prius, et je me foutais royalement de la condescendance des autres. Peut-être Jeanne avait-elle raison, peut-être étais-je un connard blanc hétéronormatif, un beauf romantique barrésien épris de verticalité et de rapports de force, résidu antique d'une société inégalitaire et violente. Et quand bien même ? Je m'engageai sur l'A77. Bientôt c'était la Beauce, les champs de céréales qui s'étendaient à perte de vue de part et d'autre de la double bande bituminée. Elle avait bien changé depuis que Péguy l'avait célébrée.

Étoile de la mer voici la lourde nappe
Et la profonde houle et l'océan des blés
Et la mouvante écume et nos greniers comblés,
Voici votre regard sur cette immense chape

Sans doute l'auteur de *Notre jeunesse* n'avait-il pas prévu que des forêts d'éoliennes s'y élevassent avec majesté. Peut-être aurait-il goûté la poésie de ces engins titanesques, fleurs de modernité au design épuré. Plus probablement, Péguy y aurait vu l'œuvre de Satan. On peut raisonnablement penser que Charles Péguy, s'il avait vu sa Beauce à jamais déflorée par la plantation de champs d'éoliennes, les aurait chargés avec une vieille épée franque, au son d'un cor de chasse. J'accélérai. Une nuée d'étourneaux s'aventurait entre les pales à l'arrêt d'un des monstres. Le ciel gris était squatté par des nuages petits et pelucheux. Et Robert Willow ? J'avais esquissé la thèse, dans mon livre, qu'il avait sans doute lu Charles Péguy, qu'il n'avait pas pu écrire les vers paysans d'*Étampes et Paroles* sans avoir lu l'auteur chrétien et dreyfusard. À moins qu'il ait puisé à la source de la poétesse Marie Noël, de la petite dame d'Auxerre. Elle aussi génie anachronique, bizarrement plantée dans son siècle de fer et d'acier. On ne pouvait l'exclure, il y avait d'évidentes passerelles entre leurs mondes. Mais il y avait un mystère Willow, une spécificité Willow. L'auteur d'*Étampes et Paroles* s'était approprié cette tradition médiévale qui lui était, fondamentalement, étrangère. Je m'excitais à cette pensée, je tenais ma *punchline* ultime. D'une certaine façon, Willow s'était lui-même rendu coupable d'appropriation culturelle. Voilà ce que je leur dirai, aux Jeanne, aux Aminata Diao, si soucieuses de hérisser des murs d'enceinte autour de leurs douleurs, de cadastrer leurs identités. Robert Willow a pillé la vieille poésie qui se déploie dans le silence des enclos et de la vigne. Ou plutôt il l'a faite sienne, incompréhensiblement, miraculeusement. Je revenais à Sartre, à ses *Réflexions sur la question juive*, à sa critique magistrale de l'antisémite et ses croyances magiques, cette pensée pernicieuse qui voudrait qu'il existe un lien mystérieux et intransmissible entre l'indigène et les choses qui l'entourent. Sartre avait évidemment raison ; les droits d'ancienneté étaient une dangereuse escroquerie, et la négation de l'esprit français. Robert Willow, Noir américain, jazzman, petit prince de Harlem, avait mieux saisi la beauté d'un vers de Villon que les notables étampois qu'il croisait, dans les dernières années de sa vie, quand il sortait chercher sa ration de conserves et de tabac.

Et pourtant la vieille tradition n'avait pas irrigué ses soirées enfantines. Il n'avait pas, comme Marie-Noël, grandi à l'ombre des tympans de l'art roman. Il n'avait pas, comme Péguy, hanté depuis l'enfance les petites églises d'Orléans, écouté sa mère rempailleuse de chaises lui raconter le siège de Paris. Robert Willow avait connu les night clubs, les foules dégueulées par les grands escalators de Macy's, les panneaux clignotants de l'Amérique barbare, il avait vécu dans le cœur battant de la civilisation des Machines. Était-ce un imposteur ? Un braconnier ? Fallait-il le blâmer de ne pas avoir parlé de là où il se tenait ? De ne pas avoir parlé en Noir américain, ès qualités de Noir américain ? Il avait parlé à l'endroit de son cœur, et cet endroit le faisait plus français que cent générations de gargotiers orléanais.

J'appuyai sur l'accélérateur, doublai une caravane de poids-lourds. Je soupirais : il n'était pas si aisé de fuir, en fait. Je roulais depuis deux ou trois heures et j'en étais encore à réécrire mon livre en pensée. J'ajoutais au *Voyant d'Étampes* des addendum, des notes de bas de page, une préface et une postface, un avertissement au lecteur, je me justifiais contre ces centaines de voix inconnues qui me traquaient dans ma retraite, emplissant l'habitacle de ma voiture de leurs voix furibardes. Je décidais d'écouter mes messages avant d'éteindre mon téléphone, comme mon éditeur me l'avait conseillé. Ma boîte vocale était pleine et le premier message, le plus récent, avait été laissé par l'agent immobilier : « *Monsieur Roffloc bonjour, Luc Compagnon, je ne vous ai pas oublié, eh bien figurez-vous que j'ai fait mes petites recherches, ça n'a pas été facile mais vous savez moi quand je veux quelque chose c'est difficile de me faire lâcher, j'ai fait mes petites recherches et vous avez raison, il y a bien eu un Monsieur Wilbow qui a habité dans la maison, un poète africain m'a dit ma source, je dis ma source parce que vous ne pensez pas que je vais vous donner ma source comme ça, hein, faudra me payer des coups pour ça, bon, je déconne, enfin c'est vraiment dingue, il faut absolument qu'on organise une contre-visite, je précise au cas où vous seriez intéressé que le propriétaire est prêt à laisser les plaques de cuisson, très bonne journée à vous. »*

J'éteignis l'appareil, découragé. Je fouillai à l'aveugle dans la boîte à gants, en extirpai un CD : une vieille compilation que m'avait concoctée Agnès, en sélectionnant les morceaux qui avait été la bande originale de nos premières amours. Je l'introduisis dans le lecteur, reconnus sans difficulté les synthés de Modern Talking et me retrouvai transporté au temps de tous les espoirs, en mille neuf cent quatre-vingt-cinq.

*

J'avais rencontré Agnès dans une boîte branchée de la rue Princesse, lors d'une soirée Canal. Comme d'habitude, je suivais Marc, si habile à nous ouvrir les portes de mondes inconnus. Marc connaissait les formules. Non qu'on les lui ait jamais apprises, son père était un employé de banque à Herblay et sa mère vendait des bijoux fantaisie sur les marchés, il avait abordé l'existence avec dans sa besace un très modeste capital culturel, aucun réflexe mondain ni aucun de ces savoir-faire qui se transmettent dans certains milieux avec un soin secret. Il les avait appris sur le tas, avec une rapidité remarquable. Je suivais sa navigation astucieuse, comme un poisson-pilote : il y aurait toujours, dans son sillage, quelque chose à bécqueter.

À l'époque, SOS Racisme était une antichambre de l'Élysée. Mais aussi, pour qui savait manœuvrer entre les courants invisibles et profonds de la gauche morale, SOS Racisme pouvait conduire à Canal plus. La jeune chaîne télé était née en 1983, l'année de la marche des beurs. Celle, aussi, où Laurent Fabius et sa morgue aristocratique éteignaient les derniers feux de la période romantique, jauressienne, vieille gauche, inflationniste, incarnée par l'imposant Pierre Mauroy - et c'était tout un programme que de voir un trentenaire aux doigts délicats et aux costumes croisés déloger le colosse du Nord, l'ancien professeur d'enseignement technique, le militant besogneux qui avait plus d'une fois allongé ses grosses mains au-dessus d'un feu de baril, dans le matin gelé, au milieu des grévistes. C'était le début du règne de la raison, (le cercle de la raison avait écrit un essayiste), la fin du *Temps des cerises* et des grandes réformes. C'était aussi le début d'un autre règne, médiatique celui-là, celui de la chaîne cryptée (voulue par François Mitterrand) et de son ironie branchouille, de ses émissions léchées. Elles permettaient à des millions de Français qui ne mettraient jamais un pied au Palace d'en goûter l'ambiance frelatée.

Canal. Une télé intello-porno-chic qui ouvrait grandes les portes au talent, où les émissions étaient écrites par Wolinski et Jean-Michel Ribes, où le parisianisme marchait main dans la main avec le sport de masse et à la pornographie. Cette télé était animée par une caste puissante, qui se présentait sous l'aspect sympathique et potache d'une bande de potes. Dans les studios de l'avenue D. officiaient les prêtres de cette chose fabuleuse, de ce chic ultime : l'esprit Canal. Ils étaient les hommes et les femmes les plus rayonnants de leur temps, ceux qui combinaient la puissance financière, l'hégémonie symbolique et surtout l'esprit de dérision, l'arme fatale de celui qui met les rieurs de son côté. Producteurs déconneurs, animateurs pasticheurs, tous oiseaux de nuit de haute volée qui élisaient régulièrement perchoir chez Castel. Et ça se pelotait franchement sur les banquettes, en sniffant d'interminables traits de coke. Sur la piste, de longilignes créatures se déhanchaient avec application, en robes fluo et vestes à épaulettes. Agnès était l'une d'elles.

Pendant que Marc distribuait des bises vaporeuses à la cantonade, je buvais en silence, recueilli. Cette année-là, l'été avait pris ses quartiers sans prévenir. Une brume de chaleur était descendue sur la ville, et d'un coup le passant était encerclé par la chair. J'étais en rut presque continuellement, avec la libido d'un marin en escale. Les rayons du stroboscope balayaient la salle et révélaient par intermittence un cul, la pointe d'un sein, une bouche carmin. Il révéla Agnès. Il était tôt, la fête était encore un peu empruntée. Seule, elle avait l'air de vraiment s'amuser, sans paraître se rendre compte des incendies qu'elle allumait un peu partout. J'avais accusé le coup de ses yeux vert-de-gris qui avaient balayé la salle. *Comme un rayon laser*, chantait France Gall dans ces années-là. Le reste aurait dû m'envoyer au tapis : silhouette fuselée, pommettes russes, et mâchoires un peu lourdes à la Jeanne Moreau. Mais, pour être parfaitement honnête, c'est l'été qui m'avait terrassé – les rayons violets qui faisaient chatoyer les épaulettes pailletées des filles, et la chaleur qui donnait aux seins d'Agnès un relief inédit. J'étais tombé amoureux d'une idée de l'été. Il faut avoir connu le mois de juin 1985, à cet endroit précis de la rive gauche : on avait l'impression que la civilisation était arrivée à maturité, à son point d'épanouissement maximum, à ce point dangereux où le plaisir est tellement complet qu'il peut tourner aigre l'instant d'après. Tout le monde, je crois, en était assez conscient. Le sida était déjà là, comme une ombre au tableau, mais il n'était pas encore sur toutes les lèvres, on pouvait encore décider de ne pas voir. Les plus timides s'enhardissaient à draguer les filles du vestiaire. Il fallait faire quelque chose, vite, ou le regretter à jamais.

Bientôt la maison de Marc apparut derrière la haute grille blanche. À basse allure, ma Toyota Prius passa en revue les platanes de l'allée gravillonnée. Le pays du Brionnais, en Saône-et-Loire, était une terre d'élevage. Une campagne gentiment vallonnée, sans Anglais ni vignoble de luxe, une campagne sans intérêt touristique majeur si l'on exceptait un manteau d'églises romanes qui attirait des petits commandos de Néerlandais ou de Suisses - des gens très pointus capables de s'extasier devant un portail sculpté après avoir enquillé dix kilomètres de marche norvégienne dans la boue, avec des capes en goretex. Il y avait aussi des villas de gros industriels lyonnais, et quelques Parisiens qui avaient échoué ici en se laissant séduire par la présence d'une gare TGV à Montceau-les-Mines, des prix encore abordables et une pointe de charme toscan lorsque l'herbe jaunissait, au creux de l'été. Il y a quinze ans, Marc avait jeté son dévolu sur une vieille bâtisse dix-neuvième avec son jardin en pente douce et sa vue à 180 degrés sur la vallée.

Je poussai la grille, et m'appliquai à suivre scrupuleusement les instructions que m'avait données Marc pour déjouer le système d'alarme compliqué. Marc conservait dans la bibliothèque des manuscrits rares, dont les épreuves annotées par Clausewitz de son traité fameux, *De la guerre*, ainsi qu'un jeu d'échecs en malachite ayant appartenu à Marat. Après quelques minutes, je posai ma valise dans le hall.

« Cure numérique, m'avait dit Paulin Michel. Pas de téléphone, pas d'emails, rien. » Je n'avais pas besoin de jouer les Robinson Crusoé pour *mieux me connaître*, comme dans les romans basset-duterroniens. Sur ce chapitre, je savais depuis longtemps à quoi m'en tenir : sexagénaire cultivé et dépressif, jeune retraité, alcoolique, baisse des fonctions érectiles, taux de cholestérol inquiétant mais tristement classique pour un homme de mon âge et un amateur de charcuterie.

Je n'avais jamais eu le fantasme du gentleman farmer. J'éprouvais une émotion esthétique devant une scène champêtre de Millet, un socle de vieille charrue, un reportage de Depardon sur les paysans français, au fond je n'aimais guère qu'une représentation et les représentations, je m'en apercevais en vieillissant, gouvernent le monde. J'étais à peu près aussi campagnard que Marie-Antoinette jouant à la bergère. Ma génération était celle de l'abondance, d'une certaine insouciance consumériste, des frigos pleins et des avions pour le week-end, ma génération était celle qui avait achevé de transformer la planète en dépotoir exsangue et malodorant, c'était encore une autre culpabilité que voulait me faire porter Jeanne, sans doute, si nous avions poursuivi nos échanges, et comme souvent elle aurait eu raison.

« Je connais votre génération », avait crié Jeanne, la voix pleine de menaces. Mais la connaissait-elle vraiment ? Voulait-elle vraiment savoir qui nous étions (moi, Marc, Agnès, Nicole et les autres) ? Est-ce que ça l'intéressait seulement ? Je ne peux parler que de moi, mais je crois qu'en parlant de moi je parle de beaucoup d'autres. Je peux dire que ma génération avait entraperçu la rébellion radicale des années 70, c'est-à-dire des années qui ont vu éclore les somptueuses fleurs pourries du punk et du situationnisme, le style berger afghan et les cuirs avec les badges cousus, des années pré-fric, expérimentales, avec la Gauche prolétarienne et des gens qui flottaient très loin dans des ailleurs narcotiques, au son des Ramones et de leur cri débilitant (« Go, let's go ! ») qui donnait envie de se taper la tête contre les murs en sniffant de la colle. Nous étions trop jeunes pour participer activement à tout ça mais nous l'avions entraperçu en sortant des limbes de l'adolescence, et nous nous étions réjouis d'en être bientôt. Lorsque nous fûmes en âge d'en être, il était déjà trop tard. Le monde avait changé. La crise s'était aggravée et l'esprit de lucre avait pris le dessus, le cours de l'action révolutionnaire avait croisé celui du baril de pétrole, le révolutionnaire-gangster Pierre Goldman était tombé sous les balles fascistes et le gangster-révolutionnaire Jacques Mesrine sous les balles de l'antigang, et le bassiste des Sex Pistols était mort aussi, et avec eux une certaine idée de l'icône destroy. Les pattes d'eph moutardes et les groupuscules et l'esprit de Mai avaient suivi, balayés aussi, les épingles à nourrice avaient été pour l'essentiel remisés au placard et le monde entrait dans l'ère du pognon sans véritable contre-culture, du moins sans contre-culture qui ne soit pas elle-même suscitée par le marché, ou neutralisée par lui, *punk was really dead* et il le fut complètement lorsque le critique Alain Pacadis fut retrouvé crevé dans sa chambre de bonne, au petit matin, un jour de 1986.

Voilà pour nous, ô Juges Très Sévères, dis-je en saluant les grands arbres nus et solennels.

J'explorai la maison, ce n'était pas désagréable de m'y retrouver tout seul. L'intérieur était décoré selon les principes d'une rusticité étudiée : poutres apparentes et tomettes à l'ancienne, sauf dans le salon où l'on avait restauré un parquet d'époque, en chêne massif. J'avais été un peu dur avec Marc. Il n'était peut-être pas l'ami le plus démonstratif quand le temps virait à l'orage, mais si l'amitié devait être mesurée à l'aune d'actes concrets il fallait reconnaître qu'il avait bien fait les choses. Je m'installai dans une chambre d'ami qui sentait le miel et le vernis à bois. La femme de Marc avait fait installer des petits ballotins de lavande dans la salle de bain, c'était une attention vraiment louable, elle ne m'était pas destinée mais je l'accueillais comme un cadeau personnel. J'avais besoin de réconfort. Une bouteille de chablis était posée sur la table de la cuisine. Je me souvenais que Marc m'avait dit avec une certaine tension dans la voix qu'il avait quelques grands crus de bourgogne à la cave, et d'autres bouteilles qui appartenaient à son fils, si jamais je voulais ouvrir *une* bouteille c'était bien sûr possible mais je devais l'appeler avant, pour ne pas descendre le stock de sa progéniture, et épargner certaines pépites qu'il réservait pour des occasions spéciales. Je décidai de respecter cette volonté, par égard pour mon ami (je n'aurais eu aucun scrupule à taper une bouteille au fils, un jeune branleur qui portait un pull noué autour des épaules et affectait des airs de capitaine d'industrie pour la seule raison que son père lui avait trouvé un emploi à la direction juridique de Lafarge, au prix de supplications auprès d'un ancien client qui siégeait au conseil de direction du cimentier français). Je me contentai de prélever une bouteille de vin de table qui traînait dans la cuisine. Puis j'ouvris le congélo et je bénis Marc : le mastodonte Braun était plein comme un œuf, il y avait même de la truite d'Alaska et des langoustines. C'était cela la vie, un environnement conçu exclusivement pour l'homme, comme une cotte parfaitement taillée. Le confort qui n'est pas une cerise sur le gâteau mais le principe qui préside à la conception de chaque objet manufacturé, de chaque meuble, réduisant à sa part incompressible le nombre des mouvements qu'il devait accomplir pour assouvir ses besoins. La nature ne devait pas se mettre en travers des aspirations de l'homme moderne. La chair ferme d'un morceau de truite d'Alaska, c'était tout ce que je voulais connaître du monde sauvage. Il n'y avait rien à faire : j'étais un indécrottable, un irrécupérable fils des années 80. À la demande de Marc, j'avais aéré le premier étage. Dehors, un oiseau s'envola dans un fracas d'ailes et de branches froissées. Je dînai de langoustines sautées à l'ail, que je faisais descendre avec le rouge. J'avais l'impression d'être un palefrenier profitant des vacances de ses maîtres pour se vautrer dans leur lit. Ici personne ne pourrait m'emmerder, et c'était quelque chose de rassurant de savoir que je disposais à Paris d'un congélo, moi aussi, et de vin de table, moi aussi, que je touchais une pension de retraite, pas mirobolante mais pas ridicule non plus. Je pouvais parfaitement décider de laisser le monde à la porte de chez moi, je ne serais blessé par le monde des Hommes que dans la mesure où je la laisserais entrouverte. Il fallait, en d'autres termes, *relativiser*. Je m'endormis.

Je rêvai de Robert Willow, sur la route fatale. Je le suis dans ma Toyota Prius, je klaxonne et lui lance des appels de phares, je voudrais l'avertir du danger pour qu'il ralentisse ou se range sur le bas-côté. Il va mourir, je sais très exactement où et je sais aussi qu'il ne me reste qu'une poignée de secondes. Le klaxon ne fonctionne pas. Mes mains glissent sur le volant, il a une centaine de mètres d'avance et pourtant je vois très précisément son regard dans son rétroviseur intérieur et il me regarde d'un air de défi, comme s'il savait qu'il allait mourir et qu'il me signifiait que personne ne pourrait l'en empêcher. Je hurle, et il accélère.

Je sursautai.
Une femme était là devant moi.
Elle était tétanisée.
Je me redressai et shootai dans une bouteille de vin qui déversa le liquide sombre sur le parquet en pointe de Hongrie. C'était une femme de mon âge, noire, avec un visage beau et lourd à la Toni Morrison.
– Si vous bougez, j'appelle la police.
J'essayai d'articuler un son mais rien ne sortit, j'avais une éponge sèche à la place du palais. Je m'étais endormi sur le canapé. À mes pieds, le soleil découpait un rectangle doré. Je ne devais pas faire bien peur : les traits de la femme se détendirent en un rictus dédaigneux.
– Fichez le camp.
– Je suis un ami de Marc, parvins-je enfin à grommeler.
Elle partit d'un grand rire sonore. On ne la lui faisait pas. J'entrepris de lui expliquer la situation et bientôt elle se laissa gagner par le doute.
– J'appelle Monsieur Marc, dit-elle.
Je grimaçai.
– S'il vous plaît, ne dites rien pour la bouteille sur le parquet.
Elle me fit un clin d'œil. Je l'aimais déjà, et je crois qu'elle commençait à m'apprécier. Elle me dit qu'elle s'appelait Marie, qu'elle passait deux fois par mois pour faire les poussières,

et s'occuper un peu de la piscine et du jardin. Au téléphone, j'entendis la voix de Marc qui s'excusa de ne pas l'avoir prévenue, il avait oublié qu'elle venait le vendredi, et je me dis qu'il avait peut-être fait exprès de ne pas me prévenir, moi, afin d'être informé si j'avais pris mes aises, transformé sa maison en fumoir ou pillé la cave. Quand elle eut raccroché, Maria me gronda un peu.

– J'aurais pu vous assommer, vous savez.

Je me proposai de réparer mes dégâts mais elle émit un « t-t-t-t » catégorique :

– Laissez, je vais m'en occuper.

*

Je montai dans la chambre d'ami, et m'installai face au petit secrétaire installé dans un coin de la pièce. Je chassai une image d'Agnès (nue, penchée sur son bureau dans les locaux de Bain & Company), et entrepris de me mettre au travail. Je rédigeais un avertissement au lecteur. Qui sait, si les 800 exemplaires déjà tirés venaient à se vendre, il y aurait une réimpression et alors Paulin Michel accepterait peut-être d'insérer une notice d'avertissement, quelques paragraphes pour expliquer la méprise, lever les ambiguïtés, contextualiser. J'essayais de prendre du recul. J'avais commis des erreurs. J'avais péché par cécité partielle, et sans doute ma formation universitaire avait joué là-dedans. J'avais enseigné pendant des années l'histoire de la guerre froide et j'avais interprété les choix de Willow à l'aune de son engagement politique - qui était, dans l'Amérique des années 1950, à tout le moins atypique. Willow était communiste. À l'époque, c'était un choix incompréhensible et criminel pour la quasi-totalité de ses concitoyens. COMMUNISTE. Ce mot énorme avait masqué le reste. Et notamment la remarque de

Siemmens, le mariachi de la photo que j'avais rencontré deux mois plus tôt. Il avait dit de Willow : « *Vu qu'il était différent, tout le monde le repérait.* » Siemmens avait dit cela, avant de replonger dans le coltar.

J'avais pris un parti (par atavisme, par facilité) et ce parti pouvait, devait être discuté. Mais n'était-ce pas le parti de Willow lui-même ? Il fallait à nouveau revenir à l'intéressé, déplacer les pièces du puzzle, essayer de nouvelles combinaisons. J'avais une solide connaissance de l'histoire américaine. La situation des Noirs américains n'était pas ma spécialité mais je m'y étais, par la force des choses, assez sérieusement intéressé, puisque le parti communiste américain s'était engagé avec vigueur dans le combat pour les droits civiques. D'ailleurs la ségrégation était un enjeu de guerre froide. Les deux questions étaient liées. L'URSS ne s'était pas gênée pour pointer les contradictions du « leader du monde libre », qui donnait des leçons de droits de l'homme à l'extérieur quand il maltraitait ses citoyens de couleur. J'avais des billes pour analyser, comprendre. Et puisque les informations sur Willow étaient rares, on ne pouvait qu'échafauder des hypothèses. Certaines étaient plus plausibles que les autres.

Robert Willow avait grandi dans la bourgeoisie noire de Washington D.C., dans le Shaw Neighborhood, le quartier noir le plus clinquant de l'Amérique. Lorsque je l'avais traversé, quelque part au début des années 2000, à l'occasion d'un voyage avec Agnès, le quartier Shaw était tombé en décrépitude : les maisons victoriennes étaient vides, les fenêtres cassées obstruées avec des cartons, des héroïnomanes se piquaient sur les perrons d'immeubles. Il fallait de l'imagination pour imaginer ce qu'était le Shaw des Willow, les maisons cossues et les commerces impeccables, la grande artère U Street sillonnée de Cadillac, les cinémas, les banques. C'était le miracle noir de Washington D.C., centre névralgique de l'administration fédérale qui avait, la première, aboli la ségrégation. Un miracle ? Sans doute, pour ceux qui voulaient vivre dans un monde en Technicolor. Un écran de fumée, cinglaient quelques observateurs lucides. Edward Franklin Frazier était l'un d'eux. Le sociologue immense, premier président noir de l'Association américaine de sociologie, était professeur à Howard University, la grande université noire de Washington D.C. Celle-là même où Bob Willow devait passer trois ans avant de prendre la clé des champs, direction Harlem et sa déglingue jazzy. Dans son best-seller publié en 1955, *Bourgeoisie noire*, Frazier dressait un tableau sans concession de la bourgeoisie noire américaine. Il décrivait une caste qui vivait dans un monde de masques et d'apparence, un monde de bluff. *A world of make-believe.* « La bourgeoisie de couleur a créé un monde du bluff où elle puisse se réfugier à l'abri des dures réalités matérielles et sociales de la vie américaine, écrit Frazier. Ce monde est né du mythe des affaires noires, des récits faits par la presse de couleur sur les réussites et la richesse des Noirs. » Coupée de ses racines extra-américaines par trois siècles d'asservissement, la bourgeoisie noire est travaillée par une ambivalence : confinée aux marges, ostracisée par un monde blanc impitoyablement raciste (de façon ouverte et débridée au Sud, plus policée au Nord), elle ne peut pas se penser en dehors du monde américain. La haine des Blancs l'a contaminée : elle s'est transformée en haine de soi, plus ou moins refoulée. Cherchant désespérément la reconnaissance d'un monde blanc qui la rejette, elle s'accroche à un rêve américain qui s'est nourri du sang de ses ancêtres. Elle se raconte une histoire : celle de l'irrésistible amélioration du sort des Noirs, grâce aux réussites individuelles, étayant ce conte par quelques récits montés en épingle dans les pages de ses magazines. Une réussite sur papier glacé, célébrée par les unes grandiloquentes d'*Ebony* et de *Tan Confessions*. La bourgeoisie noire partage les valeurs de la classe moyenne blanche américaine, communie au même matérialisme fétichiste, au même conservatisme. Elle essaie d'oublier ses humiliations quotidiennes dans une vie mondaine futile et dispendieuse, vivant cent coudées au-dessus de ses moyens. Elle croit d'une foi ardente au pouvoir émancipateur du diplôme. Elle se presse aux congrès de la National Negro Business League pour écouter les sermons de Booker T. Washington et quelques autres : financés par les philanthropes blancs du Nord, muselés par leur patronage, les leaders de la bourgeoisie noire professent un optimisme de bon aloi. On va s'en sortir, les gars. Rien ne sert de renverser la table, ne cédons pas aux sirènes des mouvements radicaux, des séparatistes du mouvement Garvey, des communistes. Soyons d'honnêtes entrepreneurs, soyons de bons américains, et rien ne pourra nous arrêter. Mais derrière les roulements de mécanique, la blessure d'ego est profonde ; une plaie béante que la bourgeoisie noire tente de cicatriser en exerçant son mépris sur les autres, les plus noirs qu'elle, ses frères miséreux dont elle dédaigne les *spirituals*, il faut dire que la bourgeoisie noire n'est pas si noire que ça, elle est largement composée d'ancêtres des *mulattos*. « Dans leurs cercles, ils proclament à tout va que les "negros" les écœurent, écrit Frazier. L'emploi même de ce terme, dont ils prétendent s'offenser, montre bien qu'ils veulent se désolidariser des masses noires. » Voilà le constat que dresse Frazier : il n'éclipse pas les croisades juridiques de la National Association for the Advancement of Colored People, le courage d'un leader comme W.E.B. Du Bois. Il connait cent exceptions. Il préfigure, dans une certaine mesure, l'opposition entre Martin Luther King et Malcolm X, entre la non-violence du pasteur à la force tranquille et la virulence du tribun de Nation of Islam. Assimilationnisme contre séparatisme.

Voilà d'où vient Robert Willow. Sur la photo de sa remise de diplôme, sa mère est en larmes, son père pose une main tremblante sur son épaule. Ils se sont saignés pour lui payer ses frais de scolarité, leur fils unique va conquérir le monde et bientôt ce sera lui qui fera la une de *Tan Confessions*, posant devant une Cadillac flambant neuve, dans un costume de bonne coupe.

George Willow, le père, est le propriétaire d'une petite affaire de pompes funèbres en Caroline du Nord, à Durham. Il a prospéré à la faveur de l'exode qui a eu lieu au début du siècle. Les Noirs ont quitté en masse le Sud, fuyant les lois Jim Crow et les raids du Ku Klux Klan. Ils se sont établis dans les villes du Nord et ont permis un relatif essor du business noir, surtout dans les secteurs où l'on refuse de servir les citoyens de couleur. Les petites boutiques fleurissent, les épiceries et les salons de coiffure pour dames, les tailleurs, les garde-meubles, et George Willow a compris avec d'autres qu'il y avait là une opportunité de gagner quelques dollars. Il enterre les Noirs, donc. Il est membre du parti démocrate, il a rendu sa carte du parti républicain au milieu des années 30, il fait partie de cette première génération de Noirs américains qui a lâché le Grand Old Party pendant le New Deal, passant outre l'héritage esclavagiste du parti démocrate. Une chose est certaine : George Willow a vendu son commerce, il a tout risqué pour s'installer à Washington D.C. où l'on dit qu'à Howard University est formée l'élite noire de demain. Robert s'y fera de bonnes fréquentations et bientôt il sera un rond-de-cuir, il aura son propre bureau dans une administration fédérale, il ne se salira pas les doigts dans une usine. À moins qu'il devienne un médecin, avec un air grave et sa plaque dans un immeuble cossu de U Street. Avec ses résultats exceptionnels le jeune Robert aurait pu prétendre à une université de l'Ivy League, on y accueillait quelques Noirs mais Mrs Willow a opposé un non catégorique, elle frémissait d'imaginer son fils à la merci des quolibets blancs, de la cruauté blanche. Mieux valait briller à Howard University où l'on racontait que les plus grands professeurs enseignaient, des professeurs qui parlaient d'égal à égal avec les Blancs, des professeurs aux diplômes longs comme le bras. Comme Edward Franklin Frazier, par exemple. Mais Robert Willow est Robert Willow. Il n'est pas encore l'auteur d'*Étampes et Paroles* mais il est déjà un affranchi, avec un éclat sauvage dans le regard. Un garçon qui veut échapper à son milieu, aux dîners silencieux où l'on étouffe, aux monologues de son père qui bourre sa pipe en commentant le dernier match des Dodgers. À sa mère qui cire les bancs de l'église congrégationaliste, à ces rêves qui ne sont pas les siens. Peut-être a-t-il ressenti du dégoût pour ce milieu qui court après la reconnaissance blanche. Peut-être a-t-il ressenti la nuance de peur dans la colère de son père, lorsque celui-ci l'a à moitié assommé, un matin, après qu'il avait découché. Et cette peur était enfouie plus bas, plus profond que les discours lyriques sur l'argent noir, les discours clinquants sur l'avenir radieux. Cette peur était celle dont parlera plus tard James Baldwin - son confrère exilé, son confrère à l'élégance inquiète qui ne finira pas ses jours à Étampes mais à Saint-Paul-de-Vence, lui. Baldwin parle de la peur qui avait percé dans la voix de son père, lorsqu'il se rendit compte que le petit James « croyait vraiment pouvoir faire toutes les mêmes choses qu'un petit garçon blanc ». Et Baldwin décrit cette peur atroce et avilissante, inoculée comme un poison dans l'inconscient noir américain par trois cents ans de meurtres. Et cette peur était un liquide visqueux qui paralysait lentement, et peut-être Willow a-t-il voulu s'en dégager avant qu'il ne soit trop tard, avant qu'il soit lui-même infecté.

Willow a voulu s'enfuir. Il a voulu aller voir ailleurs et ailleurs c'est évidemment Harlem, fiévreuse et insomniaque. On lui dit que là-bas on recherche moins la reconnaissance blanche que la fierté noire. Et puis d'ailleurs il ne recherche même pas la fierté noire, il veut être un homme libre parmi les hommes libres, il veut échapper totalement, sans même se battre, à la malédiction. Il se rapproche du parti communiste. Son père l'a su, et alors il a maudit son chien de fils qui piétinait vingt années de sacrifices patients. Le fils qui crachait sur l'Amérique tout entière et les rêves résilients, les rêves d'émancipation raisonnable de Booker T. Washington. Et Robert Willow a rendu sa malédiction à son père. Alors Robert Willow a compris que plus rien ne le retenait sur cette terre barbare, seulement les sanglots d'une mère, mais sans doute n'était-ce pas assez pour un homme ensauvagé de liberté. Il n'y avait pas d'avenir en Amérique pour qui était marqué de deux sceaux infamants, Noir et communiste, comme il n'y avait plus d'avenir en Amérique pour son confrère James Baldwin, Noir et homosexuel. On lui avait dit qu'en France, les communistes ne se cachaient pas mais plastronnaient dans les cafés. Qu'il existait un quartier, à Paris, où l'on jouait les mêmes airs qu'à Harlem. Il embarqua un matin dans un paquebot transatlantique, avec un ticket de 3e classe. J'avais décrit cette scène dans mon livre, et je crois avec le recul que je m'étais trompé sur un point : on peut penser, on peut raisonnablement penser qu'il ait, ce matin-là, pleuré.

*

J'avais écrit ces trois pages avec le cœur, avec ce qui restait de vivant dans mon cœur sec de presque vieillard. J'avais essayé de ne pas trop me justifier mais de proposer *mon* portrait de Robert Willow en tant que Noir américain. Je tenais le titre de ce nouveau chapitre qui ouvrirait l'ouvrage après la réimpression : PORTRAIT DE ROBERT WILLOW *EN* NOIR AMÉRICAIN. Mais alors l'ironie ne ferait qu'aggraver mon cas auprès des Nouvelles Puissances, elle ne ferait que me discréditer encore plus, et c'était dommage parce que l'ironie mordante d'un tel titre était une bonne manière, je trouve, d'amorcer une discussion.

Je jetai un œil à la fenêtre : Marie s'activait sur un rosier, cassée en deux, avec un sécateur. Je réfléchis à l'absurdité de la situation : le vieux progressiste blanc qui noircit des pages sur la condition noire tandis qu'une femme noire s'occupe de son jardin. Je pouvais toujours me rassurer en considérant que c'était la contradiction de Marc, pas la mienne. Je pouvais également me dire que ce n'était aucunement une contradiction, après tout Marie était peut-être satisfaite de ce travail solitaire, au milieu des plantes amicales. Je pouvais surtout l'interroger à ce sujet, plutôt que de spéculer en ses lieu et place, lui demander ce qu'elle pensait de tout ça, de Robert Willow. Il est évident qu'être noire, dans le Brionnais, devait être une expérience singulière. J'aurais pu lui demander si elle pensait qu'il était possible que Robert Willow ait été davantage communiste que Noir, s'il y avait une façon de résoudre ce mystère. Mais alors j'aurais été pire qu'un vieux progressiste blanc pathétique qui philosophe à son cabinet de travail : j'aurais été l'ami du patron qui tourmente la femme noire tandis qu'elle s'acquitte de son travail. C'était à devenir fou.

J'attendis que Marie ait fini ses travaux et lui proposai de prendre le café. Elle accepta mais elle insista pour le préparer, je protestai, il y eut un court bras de fer sur la question, avec les protestations polies de rigueur mais je le perdis comme j'avais perdu la bataille de la tache sur le parquet, enfin je n'avais pas beaucoup lutté, la vérité est que j'aimais me faire dorloter comme une vieille chatte geignarde et paresseuse. Nous nous étions installés dehors. J'avais disposé deux chaises en rotin à l'exact centre de l'immense terrasse, comme font les chefs d'État qui colloquent. *Tu es vraiment un malade mental*, s'esclaffait parfois Agnès, quand je m'essayais à accomplir des gestes de la vie quotidienne. *Personne ne fait ça.* De fait, c'était un peu bizarre, il ne manquait plus que le petit bouquet sur la table basse en teck, et les oreillettes pour la traduction. Un rayon de soleil expirait lorsque Marie déposa le petit plateau. Déjà je ne savais plus pourquoi j'avais imposé cet échange. Il fallait dire quelque chose.

– Marc est sympa de me prêter sa maison. Elle est magnifique.

– C'est vrai, c'est vrai.

J'essayais maladroitement de surjouer l'humilité éblouie du commis de cuisine. Je voulais lui faire sentir que je n'étais pas Marc. J'étais plus proche d'elle qu'elle ne le croyait. Je voulais la remercier chaleureusement de ne pas m'avoir balancé. D'une certaine façon il était notre patron à tous les deux, j'étais son obligé, et ma discussion avec Marie était une discussion entre deux employés. Je voulais briser la paroi de verre qui nous séparait, et sans doute aurais-je agi plus naturellement en temps ordinaire mais mes tourments du moment, mon bouquin, Jeanne et les Nouvelles Puissances étaient passés par là, je ne voyais plus que la couleur de sa peau, elle est noire, elle est noire, Marie est noire, elle est la femme noire qui travaille dans le jardin de mon ami Marc.

– J'étais déjà venu, il y a longtemps, je vais plus souvent dans sa maison de Wissant mais ici, presque jamais. Une seule fois, en fait.

– Oui, je me souviens. Ce matin, vous aviez la tête tout enfarinée, je ne vous ai pas reconnu mais là, pendant que je taillais les rosiers, ça m'est revenu d'un coup. Vous étiez venu avec votre femme pour dîner, un soir où Madame m'avait demandé de lui donner un coup de main. Vous étiez avec votre petite fille, elle a dû bien grandir.

– Ah oui, je me souviens, c'est vrai, vous étiez là ce jour-là. Je m'en souviens très bien.

Je mentais.

*

Nous nous regardions en souriant, vaguement gênés, dans cette maison qui n'était pas la nôtre. Nous étions deux voleurs qui jouions à la dînette. Nous avons échangé quelques banalités. À nouveau le silence menaçait de s'installer. *Attention*, pensais-je. *Tu vas encore meubler en parlant de toi, de tes problèmes, de ton divorce, de tes théories de merde.* Alors je lui ai demandé, un peu brusquement, de me raconter sa vie. Elle a eu l'air surprise : probablement, on ne lui posait pas souvent la question. Elle a eu un rire bref, et elle s'est lancée.

*

Marie avait grandi en Côte d'Ivoire, à Abidjan où ses parents burkinabés (voltaïques, disait-on alors) s'étaient installés deux ans avant sa naissance, au début des années 1960, à la recherche d'opportunités dans un pays qui faisait un peu l'effet d'un eldorado. Sous l'impulsion de son président Houphouët-Boigny, le pays avait décidé d'ouvrir ses frontières à tous les hommes de bonne volonté, à tous ceux qui voulaient apporter leur contribution au miracle ivoirien, avec sa croissance dopée par les exportations de cacao et de café. Vers 1969, les choses se compliquaient un peu et même elles devenaient carrément *techniques* : la croissance ralentissait, le chômage augmentait et les premiers heurts avaient lieu entre Ivoiriens et immigrés voltaïques et maliens, accusés de voler le pain de la population locale. Il y avait des manifestations violentes, des voitures étaient caillassées. Des étrangers étaient expulsés en charter. L'administration ivoirienne ciblait en priorité les mendiants et les handicapés : le père de Marie était à l'abri, protégé par le salon de coiffure qu'il avait réussi à monter. Les choses se tassèrent, Marie avait grandi dans ce pays qui était devenu le sien. Elle avait rapidement secondé son père dans son salon prisé par la diaspora burkinabée, avec des modèles de coupes peints sur la devanture et des fauteuils en skaï. Elle s'était mariée, avait eu trois enfants. En 1999, le miracle ivoirien se transformait en cauchemar : tandis que le pays basculait dans le chaos, à la faveur de tentatives de putsch manquées, les étrangers étaient montrés du doigt, les Burkinabés molestés. Un moellon de dix kilos traversa la vitrine du salon de coiffure de Marie, sifflant le signal du départ. Il fallut partir. Le mari de Marie avait de la famille en France, il embarqua toute sa famille et quelques mois après Marie se retrouva à couper les cheveux dans une rue humide de la banlieue dijonnaise. Deux ans plus tard, son mari mourut écrasé sous un portail, sur le chantier de désamiantage où il travaillait. Ses enfants étaient devenus grands, et elle s'aperçut qu'elle en avait assez de s'occuper des cheveux des autres, elle n'en pouvait plus de ramasser les touffes de cheveux sur le carrelage, elle avait cinquante ans, elle avait ramassé plusieurs tonnes de cheveux dans deux pays différents, écouté des kilomètres de jérémiades, entretenu des centaines d'heures de discussion oiseuse avec des clientes, elle voulait du silence et un peu de paix, elle rêvait de soigner des roses et de rempoter des orchidées, alors elle baissa une dernière fois le petit rideau métallique, elle envoya un email de démission à sa patronne, et elle partit dans le Brionnais.

Le ciel était sale, il faisait trop froid, il a fallu rentrer. Marie me tendit une main amicale, et s'engouffra dans sa petite Twingo. Je la regardai s'éloigner jusqu'à disparaître, derrière la petite église de Saint-Julien-de-Jonzy. J'étais dans une torpeur, encore sonné par ce récit débité calmement, sans aucune nuance de plainte, avec une tranquille acceptation du destin qui l'avait broyée par deux fois.

Et si je ne rentrais jamais à Paris ? Je pourrais proposer à Marc d'être son gardien, évidemment il ne serait pas question de squatter *ad vitam* la maison mais de m'installer dans une petite dépendance. Il y avait une minuscule bicoque attenante à la propriété qui était, je crois, à vendre. Il n'était pas non plus question de voler le pain de Marie alors je m'imaginais l'épouser. Ce serait, je crois, une solution honnête. Nous serions un couple de gardiens calmes, des gens d'un âge respectable. À la longue, les gens du Brionnais s'accoutumeraient à notre attelage bigarré. Contrairement à ce que suggéraient Aminata Diao et les Nouvelles Puissances, les gens du Brionnais n'étaient pas des *farmers* cruels de Virginie, ni même des chauffeurs de taxi varois, ils étaient plutôt des gens goguenards et circonspects, vaguement xénophobes mais prêts à ménager quelques exceptions du moment que l'on passait les épreuves, que l'on gagnait leur confiance en donnant le coup de main ou simplement en allant boire un petit jaune, de temps en temps, au bar des sports (cette solution était davantage dans mes cordes).

Oui, j'épouserais Marie. *Je la marierais.* Je sentais que je l'amusais, je devinais que c'était le genre de femme qui ne trouvait pas de joie dans la solitude, le genre de femme qui fondamentalement aimait s'occuper des problèmes des autres. Elle était une guérisseuse, je l'avais vue poser un voile d'hivernage sur un hibiscus et on eût dit une mère qui habillait son enfant. Elle pourrait, non pas tomber amoureuse de moi, mais trouver un charme à notre compagnonnage. Nous passerions de longues soirées à jouer au scrabble auprès d'un feu de cheminée. De temps à autre je lui trousserais la jupe et la prendrais sans ambages, comme un solide métayer brionnais, mais la vérité de nos rapports se jouerait ailleurs, elle se jouerait davantage dans les parties de scrabble où nous nous disputerions gentiment, et surtout dans les heures passées côte à côte, sous les grands arbres, à jouer du sécateur.

*

La petite Twingo avait disparu depuis de longues minutes et j'étais toujours devant le perron. Dans une comédie romantique de bonne facture qui évoquerait pêle-mêle la sexualité des boomers, la ruralité et les préjugés raciaux (j'aurais été joué par Jean-Pierre Bacri et Marie par Claudia Tagbo), un bruit de klaxon m'aurait fait sursauter. Le bruit de moteur aurait retenti à nouveau et Marie se serait garée dans la cour. Elle serait revenue. Un vieux tube de Michel Delpech accompagnerait la scène. Elle serait sortie de la voiture et aurait répondu à mon regard éperdu de reconnaissance par une vanne, *je suis sûr que vous ne savez même pas vous faire une omelette.* Mais la vie réservait rarement ce genre de surprises.

Je sentis un léger pincement. Ce n'était rien, ça allait passer, j'avais l'habitude. Depuis mon divorce j'étais seul à en crever. Agnès n'était pas seulement celle qui finançait notre train de vie confortable : elle était aussi celle qui *ramenait les amis à la maison*. Elle le faisait sans se forcer, elle était une fille intelligente et dynamique, drôle, de plain-pied dans la vie de la cité, plongée dans un chaudron de soirées et de pince-fesses professionnels, flanquée aussi d'une tripotée de copines d'enfance déjantées, aujourd'hui quinquas à l'appétit de vivre inchangé. Des filles qui couraient les vide-greniers et les expos, des filles toujours occupées à meubler une maison de campagne, ce qu'elles faisaient en dénichant des objets imposants et mystérieux, des filles avec des grands chiens qu'elles laissaient monter sur les canapés.

Elles ne m'aimaient pas beaucoup. Elles sentaient obscurément que je leur résistais, que je ne me livrais pas totalement. Elles n'avaient pas tort. J'avais toujours pensé qu'elles étaient moins intéressantes qu'Agnès, qu'elles n'avaient pas l'épaisseur, la carrure d'Agnès – j'avais toujours pensé qu'en les prenant pour amies elle s'était « bradée », ce qui arrive lorsqu'on craint trop la solitude.

Elles n'avaient pas eu le choix, pourtant. Il avait bien fallu m'intégrer, je n'étais pas négociable alors elles avaient poussé leurs grands chiens pour me faire une place sur le canapé, et j'étais devenu le mec d'Agnès, et puis le mari d'Agnès, et j'avais noué des liens avec leurs maris, puis leurs ex-maris. De temps à autres, Agnès me prévenait : on a un dîner chez les Untel, et nous achetions une bouteille pour dîner chez les Untel. Je suivais, docile. C'était agréable de se sentir pris en charge, du point de vue des relations humaines, c'était confortable mais j'ai compris aujourd'hui, trop tard, que ça ne l'était pas pour Agnès. Elle s'épuisait à tenir seule ce carnet de bal, à me défendre auprès de ses amies que je blessais en critiquant les déperditions salivaires de leur braque de Weimar ou leur obsession matérialiste, je ne faisais aucun effort, elle me l'avait souvent reproché dans nos dernières années, elle aurait voulu que je sois force de proposition et surtout, peut-être, un pôle d'attraction.

Après notre divorce, les choses s'étaient déroulées naturellement. Agnès avait eu le soutien inconditionnel des quinquagénaires aux grands chiens, les maris des quinquagénaires aux grands chiens avaient tenu à faire preuve de solidarité masculine en m'envoyant parfois un texto mais enfin tout ce petit échafaudage de liens sociaux était trop étroitement lié à notre mariage, à la figure solaire d'Agnès autour de laquelle je gravitais comme un astre lugubre. Il s'était donc évanoui à la seconde même où un juge aux affaires familiales avait écrasé un tampon républicain sur notre convention de divorce par consentement mutuel. Alors je m'étais remis à boire, et j'avais beaucoup revu Marc.

Quand Marie s'était levée pour partir, je lui avais demandé s'il y avait des choses à faire dans le coin, moins pour obtenir une réponse que pour prolonger notre échange, la garder un peu auprès de moi. Elle avait levé les yeux pour réfléchir. À Saint-Julien même il n'y avait rien.

– À moins que vous aimiez promener des moutons, avait-elle ajouté avec un sourire.

Elle m'avait parlé d'une ferme, enfin d'une association qui proposait des activités avec les animaux, il suffisait de traverser Saint-Julien-de-Jonzy, mais je ne suis pas sûre que ça vous plaira avait-elle insisté. À présent elle était partie et je n'avais pas le cœur à me remettre immédiatement à l'ouvrage sur le problème Willow, je n'avais pas non plus la tête à lire, et surtout j'avais besoin de sortir de cette maison vide où la présence de Marc et sa femme était partout, dans chaque centimètre carré de papier peint, et aussi leur souci de ne rien laisser au hasard. Le temps était splendide. Je me rendis dans la remise. Je dénichai une paire de bottes en caoutchouc bleu marine, fouinai un peu sur les patères de l'entrée et piquai une affreuse doudoune sans manches matelassée. Je m'y trouvais moulé comme une chipolata mais c'était l'avantage de la campagne telle que je me la représentais, on peut s'habiller n'importe comment, tout le monde s'en fout. Je complétai ma mise avec un chapeau de paille, un chapeau à large bord que portait sûrement la femme de Marc pour aller à la piscine. « En route, mauvaise troupe ! » lançai-je, à voix haute, dans le hall vide.

*

Un quart d'heure plus tard, je sonnai au portique d'une petite maison plantée en bordure de route, à la sortie du village. Un bêlement enregistré retentit à l'intérieur. Une affichette « Betty & Compagnie – Loïc et Emily, zoothérapie – découverte de la ferme – produits du terroir » était collée sur la boîte aux lettres. Personne. Je me collai à la fenêtre, distinguai une télé allumée. Je réitérai. Bruit de patins. Une jeune femme m'ouvrit. Sourire enjoué, sarouel, cardigan en grosse laine et Birkenstock. Elle avait un idéogramme tatoué sur le cou et semblait très décontractée, peut-être aidée d'un peu de résine de cannabis.

– Vous êtes Betty ?

– Non, moi c'est Emily. Betty, c'est le mouton. Enfin c'était notre mouton, il nous a malheureusement quittés. Mais il y a d'autres animaux. Vous avez des petits-enfants ? s'enquit-elle.

– Non. C'est pour moi. On m'a dit qu'on pouvait se promener avec une bête.

– Vous voulez dire, maintenant ?

Elle avait l'air légèrement décontenancée, autant que pouvait l'être une jeune femme qui vit en semi-autonomie et pratique la zoothérapie dans le Brionnais. Il y avait sans doute une histoire de réservation.

– Loïc !

À nouveau les frottements des chausses sur le carrelage. Loïc avait une quarantaine d'années, un visage anguleux mangé par une barbe poivre et sel. Ils étaient tous les deux brûlés par le soleil, musclés et sales. Loïc portait un t-shirt à l'effigie des Red

Hot Chilly Peppers. Je me dis qu'il aurait eu toute sa place à ma soirée de lancement, au *Lézard enragé*.

– Le monsieur vient pour les animaux.

– Il paraît qu'on peut promener des bêtes, enfin c'est une amie qui me l'a dit. Je suis en vacances dans le coin.

– Allez, c'est parti.

Nous traversâmes la petite maison, au fond du jardin il y avait une cabane en tôle ondulée recouverte d'un panneau solaire, il ouvrit une sorte de petit portique bricolé avec du bois de cagette et des fils de fer. Deux bêtes paissaient dans l'enclos, tranquilles.

– Nous avons un mouton noir, c'est un mouton d'Ouessant, il s'appelle Robin. Il y a aussi un bouc, c'est un peu plus sportif mais c'est très sympa - je précise qu'il est castré.

– Comment s'appelle le bouc ?

– Il s'appelle Totoro, rapport au dessin animé japonais, Emily est fan. Il a trois ans. Il a grandi dans la maison les premiers mois, on lui donnait le biberon.

Le mouton avait l'air plus pacifique. J'avais besoin d'une présence compréhensive, et surtout je ne voulais pas avoir de problème. Le mouton était bien, il risquait moins de se barrer ou de refiler un coup de corne dans une bagnole. Loïc m'indiqua le parcours de la balade, sur un plan. Il alla chercher une laisse en corde d'escalade, qu'il accrocha au collier de Robin à l'aide d'un mousqueton. « C'est pour le début de la balade, quand vous longez la route. Dans la forêt, vous pouvez le lâcher. » Puis il me remit une gourde en métal, et une sacoche remplie de graines.

– C'est son goûter. S'il n'avance pas, vous lui en donnez un peu et vous partez devant, il vous suivra.

*

Robin était une saleté. Il se plantait là, pas moyen de le faire bouger, je tirais sur la corde mais cela ne servait à rien. Alors je suivais les consignes et lui donnais quelques graines. J'en remplissais le creux de ma main, la tenais bien à plat comme me l'avait conseillé Loïc (« Attention aux doigts ! »). Robin bouffait gloutonnement et puis je partais devant et alors il se rappelait, pour quelques mètres encore, que j'étais l'homme à la sacoche, que j'étais la sacoche, en fait. Ce n'était pas une façon de parler, une figure de style au sens où l'écrivain désigne le tout par une partie, non, c'était réellement tout ce qu'il voyait en moi, je n'étais rien d'autre qu'une sacoche sur pattes aux yeux de Robin, pas exactement le genre de réconfort que j'étais venu chercher. La zoothérapie était un échec.

Dans la forêt, c'était un peu plus simple. Je pouvais lâcher Robin, il n'y avait pas de risque. Je marchais devant, il se laissait distancer et puis il piquait un trot pour me rattraper, lorsque l'angoisse de se retrouver seul l'étreignait. L'instinct grégaire était une chose fascinante. Je caressais sa bonne tête frisée. Robin était la victime née, l'agneau sacrificiel. Étant donné la violence qui s'exerçait dans le monde et son absolue vulnérabilité, Il était inespéré qu'il ait été recueilli par un couple de zoothérapeutes, probablement hostile à la consommation de viandes carnées. Nous étions seuls, sur un petit chemin de randonnée. De grandes fougères déployaient leurs frondes au pied des grands arbres. Quelques ronces s'y mêlaient, perfides, qui giflaient le gros animal au passage mais il ne mouftait pas, il s'en *baleck* aurait dit Léonie, il s'en *baleck total*. Seules le préoccupaient la bouffe et la peur de solitude, les deux étroitement liées. Autant ses maîtres vivaient en semi-autonomie, réduisant leurs déplacements au Leclerc de Chaufailles au strict minimum, installant des toilettes sèches et un récupérateur de pluie, autant Robin avait opté pour le régime de la dépendance totale. Brave Robin, faible et pourtant brave Robin. Je laissais l'animal renifler les fougères. Un mouton noir d'Ouessant égaré sur les coteaux du Brionnais était une chose belle et triste. Je pensais aux transfuges, aux métèques, à Jean Cau et à Robert Willow. Le boy d'Étampes n'avait jamais été à sa place nulle part. Son confrère, James Baldwin, était également inconfortable : trop Noir pour les Blancs, trop pédé pour les Noirs, trop Noir et pédé pour les Blancs du Sud et les petits notables de Saint-Paul-de-Vence, trop Blanc pour les Noirs de *Nation of Islam*, trop ironique, trop ingrat pour les progressistes blancs. James Baldwin qui avait d'abord cherché son chemin dans la foi puis dans les harangues d'Elijah Muhammad, le mentor de Malcolm X. Et Robert Willow aussi. Robert Willow qui avait cru se tremper dans l'acier du marxisme-léninisme pour devenir un homme parmi les hommes. À cause de cela il avait pris le large, rallié la France. Il avait cru qu'il pourrait jeter la malédiction par-dessus le bastingage, pendant la traversée de l'Atlantique, mais la malédiction l'avait suivi, et Robert Willow s'était redécouvert Noir dans le regard du premier docker croisé sur le port du Havre. Il était resté Noir à Saint-Germain dans le regard même de ceux qui soutenaient l'Humanité avec leurs concepts énormes, dans le regard de Sartre. Non que Sartre se soit trouvé en contradiction avec la doctrine sartrienne, non, il était trop habile pour cela. Seulement Sartre croyait, Sartre écrivait que l'homme devait définir sa conduite à partir de *sa situation*. Le Juif qui fuyait sa situation était un Juif inauthentique, Sartre l'avait écrit assez clairement, et Sartre qui était décidément prolixe sur le sujet, Sartre qui n'était pas avare en conseils voulait que le Juif accepte sa malédiction. Et comme il y avait des Juifs inauthentiques il y avait des Noirs inauthentiques et Willow était l'un d'eux. Et Sartre l'avait peut-être pressenti, ce soir de 1953, au Vél' d'Hiv', lors du rassemblement organisé pour sauver la peau des époux Rosenberg, quand Willow avait refusé de prendre le micro pour parler en tant que Noir américain. Et le petit milieu sartrien n'avait pas pardonné à Willow d'être un Noir inauthentique, de la même façon qu'il n'avait jamais pardonné à Jean Cau d'avoir trahi alors qu'il était fils d'ouvrier, alors qu'il était un *authentique* prolétaire, et que cette circonstance rendait son crime abominable, et... Le croassement d'une corneille me fit remonter brusquement à la surface. Je me retournai, cherchai des yeux le mouton. J'avais perdu Robin.

*

Je le retrouvai en travers du chemin, en revenant sur mes pas. Il bêlait, affolé, et ne se calma qu'après avoir englouti une pleine poignée de graines. J'avais marché trop vite, absorbé par mes pensées, et il s'était laissé distraire par un prunellier, folâtrant comme la chèvre de Monsieur Seguin. Lorsque je remis Robin à Loïc, il me demanda si je voulais bien mettre un petit quelque chose sur un livre d'or, soit un grand cahier Clairefontaine où je gribouillai un mot de gratitude sincère, qui était destiné moins au jeune couple qu'à Robin lui-même. Loïc me raccompagna à la porte, le cahier sous le bras. Avant de prendre congé il l'ouvrit et jeta un coup d'œil sur mes pattes de mouche. Il sourit :

– Roscoff, c'est dans le Finistère, ça. Vous êtes un cousin de Robin, donc. Je vous ai dit, c'est un mouton d'Ouessant.

Je me gardai de lui rétorquer que mon nom de famille était l'héritage d'un lointain ancêtre né dans les plaines de la Sainte Russie, le suffixe slave ayant été francisé à cause d'une erreur d'un officier d'état civil. Au fond, si ça lui faisait plaisir. Et d'ailleurs il avait raison, quand je me plongeais dans le bon regard doux de Robin je me sentais être son cousin, son cousin à la mode de Bretagne. Je me sentais aussi vulnérable que lui, nu comme un chérubin au milieu des loups. Je rentrai à la maison.

« Tu mets ton portable sous clé, tu n'y touches pas. Tu te reposes et tu arrêtes de t'agiter comme un poulet sans tête », avait dit Paulin Michel. « Tu en as assez fait », avait ajouté Marc.

J'avais obéi docilement, mais à présent je pensais au petit objet despotique enfermé dans le tiroir. Il n'y avait rien à gagner à nier le réel et le réel se déchaînait loin de moi, sur internet, dans la presse peut-être. Le truc était déjà en train de s'emballer lorsque j'avais quitté Paris. Il fallait réagir. J'avais hâte d'exposer à Paulin Michel ma théorie d'un Willow refusant de se laisser gagner par la peur, refusant de se laisser duper par le bluff de la bourgeoisie noire du Shaw Neighborhood, rejetant la ferveur matérialiste. J'avais hâte de la soumettre à mes détracteurs, ensuite. Je montai dans la chambre, ouvris le tiroir de la table de nuit où j'avais rangé l'objet. Je l'allumai, et le visage de Léonie apparut sur mon fond d'écran ; c'était une photo ancienne, elle avait six ans et elle était réellement un ange, ni plus ni moins, avec le renflement frais de ses joues d'enfant, et deux yeux graves qui interrogeaient le monde. « Vous avez vingt-deux messages », annonça une voix sobre et cependant amicale. Le premier m'informait que le mec de l'agence immobilière n'avait pas lâché l'affaire : « *Bonjour monsieur Rolcoff, Luc Compagnon de l'agence Séphane Plaza à l'appareil, je vous ai déjà laissé plusieurs messages, j'espère que vous allez bien, je vous rappelle au sujet du 4 rue de la Queue du Loup, Je voulais savoir où vous en étiez de votre réflexion, on pourrait caler une petite contre-visite, j'ai plusieurs créneaux à vous proposer. À bientôt.* » Ce connard me traquait sans répit, je remontais le fil des messages et c'était encore lui, c'était à se flinguer, mais j'étais de la génération qui écoutait les messages vocaux jusqu'au bout. Il était sans pitié : « *Monsieur Rostoff, Luc Compagnon à l'appareil, j'imagine que vous devez être pas mal occupé en ce moment avec vos problèmes, enfin je vous appelle quand même à propos de la maison de maître, je vous confirme que j'ai eu une discussion avec le propriétaire qui est prêt à accepter une baisse, je ne devrais pas vous le dire mais à mon avis vous pouvez tenter une offre à 360, à 360 ça pourrait passer, il y a d'autres personnes intéressées mais je vous ai appelé en premier, vous voyez que je ne vous lâche pas, moi.* »

Je déglutissais.

Il avait dit « *Vous devez être pas mal occupé avec vos problèmes.* »

Il avait dit « *Je ne vous lâche pas, moi.* »

L'agent immobilier essonais me parlait comme si j'étais un gibier traqué, à nouveau j'étais pris du vertige que j'avais ressenti en découvrant l'article de Visage Long et les tweets, l'impression d'être débusqué brusquement par des projecteurs gigantesques, à nouveau il y avait la foule d'esclaves entravés qui me regardaient et les femmes en tunique qui psalmodiaient. Et je suais à grosses gouttes et l'agent immobilier continuait avec sa voix de petite pute sadique et faussement compatissante, il disait « *par ailleurs je dois vous dire que vous êtes un sacré petit cachottier, j'ai vu votre tête sur internet, vous avez écrit un livre sur Wilgow, enfin le type canadien, bon, nous n'avons peut-être pas les mêmes idées politiques, je ne sais pas si on pourra s'entendre là-dessus mais je pense que personne ne mérite d'être insulté, enfin c'est le monde d'internet, en même temps vous y êtes pas allé de main morte, bref tout ça pour vous dire que le 4 de la rue de Queue du Loup n'attend que vous, à bientôt.* »

*

Je m'assis sur le bord du lit, et appelai Paulin Michel.

– C'est quoi ce bordel, Paulin. Je viens d'avoir un message d'un agent immobilier qui me parle comme si j'étais un mec en cavale. Il faut que tu m'expliques, ce n'est pas du tout rassurant d'apprendre des trucs comme ça de gens que tu ne connais pas.

– Tu n'as pas regardé sur internet ?

– Non Paulin, je n'ai pas regardé sur internet, parce que Marc et toi m'avez demandé de balancer mon portable dans un puit et de jeter la clé, tu te souviens ?

– Bon, d'accord, mais là, est-ce que tu peux aller sur internet ?

– Non, Paulin. Je suis dans le Brionnais, figure-toi. Comme vous me l'avez demandé. Dans le Brionnais où on vient à peine d'introduire l'électricité, alors ça ne capte pas, tu vois ?

– T'es sûr que t'es pas en mode déconnecté ?

J'entendis un grésillement, la voix de l'éditeur devint inaudible, j'entendis les mots « itinérance » et « connexion » et puis l'appel fut coupé. Je fouillai dans les paramètres du petit machin, Paulin Michel avait raison, le déploiement de la fibre optique dans le Brionnais n'était pas en cause, j'avais bêtement désactivé le mode « itinérance ». Je me gougueulisais.

V

LA MEUTE

« Jean Roscoff : littérature en eaux troubles » (*Lire*), « Le voyant d'Étampes : radioscopie d'une polémique » (*L'Express*) ; « Jean Roscoff : de SOS Racisme àu pillage mémoriel, itinéraire d'un enfant paumé » (*Society*), « Un spécialiste du maccarthysme victime d'une chasse aux sorcières » (*Marianne*), « Jean Roscoff : face à la meute » (*Valeurs actuelles*), « L'insoutenable liberté de Monsieur Roscoff : récit d'un lynchage » (*Causeur*), « Malhonnêteté intellectuelle et thèses nauséabondes : la recette Roscoff » (*Télérama*), « Jean Roscoff : le naufrage d'un enfant de Mitterrand » (*L'Humanité*), « Le voyant d'Étampes met à nu les divisions irréconciliables au sein du mouvement antiraciste » (*Le Monde*), « Fallait-il le publier ? » (*Libération*), « Polémique Roscoff : Cachez ce Noir que je ne saurais voir » (Slate), « Appropriation culturelle, invisibilisation raciale, sous-jacents racistes de l'universalisme républicain : les leçons d'une polémique » (*Triangles*), « Universaliste ou négationniste ? débat sur Jean Roscoff » (France Culture), « Robert Willow était un "nègre", n'en déplaise à Jean Roscoff » (Jeune Afrique), « Le voyant d'Étampes : de la mauvaise foi en littérature » (*Transfuge*), « Viol biographique » (L'obsédé textuel), « *Merci, monsieur Peuzet* : Jean Roscoff tombe le masque » (*Le Temps*), « Jean Roscoff soutenu par la fachosphère » (LCI).

Seuls, *Le Monde littéraire* et un fanzine numérique osaient une petite musique dissidente :

« Derrière la polémique, un poète : l'étonnant destin de Mister Willow »

« Le voyant d'Étampes : Et si on lisait le livre ? »

Je m'assis sur une marche du perron. Je tentais de me représenter l'avalanche de contenus, les manchettes énormes. Je pensais : « J'ai été puni pour ma vanité. » Avant la sortie, j'avais secrètement espéré un scandale, une polémique - tout plutôt que l'indifférence. J'avais été exaucé au-delà de mes espérances. Une main invisible avait puni mes mauvaises pensées. Ensuite je me sentis dépossédé, nu comme un ver devant la foule hostile. Des égoutiers fouillaient nonchalamment les recoins de ma vie. « Quels sont ses réseaux ? » questionnait un journaliste. « Ami intime de l'avocat Marc W. », précisait un autre. De qui parlaient-il ? Toujours le double qui est soi et qui n'est pas soi, le reflet déformé par le récit malveillant. L'autre Jean Roscoff, cet étranger. « Historien faussaire », « néocolonialisme honteux », « Pétainiste en chambre ».

Et aussi : « intellectuel reconnu ».

Même les mots flatteurs étaient faux et piégés, ils n'avaient d'autre but que d'amplifier la gravité du crime. « Universitaire acclamé ». Universitaire acclamé ! Le procédé était limpide : il fallait que je sois un gourou de la fac française pour que le scandale ait plus de prix. Que ma faute soit moins excusable. Je suis un ponte, donc je ne pouvais pas ne pas savoir. Je maîtrise parfaitement le verbe, je connais la portée des mots. Universitaire acclamé ! Les journalistes étaient une triste engeance, toujours prêts à céder un peu de vérité pour les besoins de la cause. Même chez mes « partisans » (ce mot !), même chez ceux qui m'érigeaient en martyr de la censure, les louanges sonnaient faux. À l'évidence, ce chroniqueur qui célébrait le « courage intellectuel d'un esprit libre », et me dépeignait en « franc-tireur de l'université française » n'avait pas la moindre idée de mon travail. Il n'avait jamais lu le moindre article de ma main, ni pris la peine d'interroger un ancien élève, un collègue, personne. « Un esprit indépendant, assoiffé de vérité. » Ce Jean Roscoff était une sorte d'ascète ombrageux, un observateur lucide au regard d'aigle. Je n'étais rien de tout cela. Ni Roscoff-Blofeld, le raciste sournois, l'ange déchu, l'intellectuel méphistophélique, ni le libre-penseur intrépide et intransigeant. Les inepties contenues dans les premiers articles avaient été reprises, servilement, par les autres. J'apprenais que j'étais un universitaire breton, que j'avais un « style incandescent ». Que je m'étais enfui à l'étranger, que l'on craignait un geste désespéré. Que j'étais un « bourreau de travail », un ancien « pilier du parti socialiste » (où je n'avais jamais payé ma cotisation). Marc, interrogé sur Franceinfo, s'était inquiété de ne pas pouvoir me joindre. Pourquoi avait-il menti ? Peut-être voulait-il m'épargner la visite intempestive d'un journaliste dans ma retraite bourguignonne.

Même ce qui était strictement vrai sonnait bizarrement faux. « Ami intime de Marc W. », précisait un papier. Je pensais à Marc lorsqu'il lirait ces lignes, et sans doute les avait-il déjà lues. J'étais, incontestablement, un « ami intime » de Marc W. Et pourtant je ne pouvais pas lire ces mots sans malaise. Plongés vifs dans la controverse, ils se chargeaient d'un sens caché. Ils brûlaient. Cette amitié fleurait le pacte secret. C'était Mitterrand et René Bousquet, une amitié où l'on se retrouve à l'abri des regards, entre deux portes dérobées. Pas une amitié, un complot. Je pensais à Marc qui lirait cela.

Je me mordis la lèvre supérieure. Je portais encore mon chapeau de paille, dans cette chambre qui sentait la lavande. J'aurais pu jeter mon iPhone dans les gogues et décider que rien de cela n'existait. *Quand il est piqué par une abeille, le sage ne bouge pas : car en bougeant il attirera tout l'essaim.* Mais je n'étais pas un moine Shaolin, ni un sage : j'étais un gars qui buvait des Heineken au volant.

Je sortis. Sur la terrasse, je tirai un penalty rageur sur une pomme de pin. J'avais besoin d'une victime expiatoire, moi aussi. Je pensais à mon éditeur. J'avais encore en tête le son de sa voix frêle. Qu'avait-il fait pour m'aider, Paulin Michel ? Il aurait dû faire barrage de son corps contre les critiques. Notre livre, avait-il coutume de dire quand il relisait les épreuves. C'était notre œuvre commune, et j'étais prêt à ce partage. J'avais été heureux de le voir si concerné, choisissant la couverture avec un soin de petite mère. Il avait couvé ce livre. À présent qu'on l'attaquait, il me le refilait comme une patate chaude. Certes il m'avait promis un communiqué, quelque chose. Une parole juste et ferme en échange de mon exil temporaire et de mon silence. Où était-elle, cette parole ? Il avait bredouillé quelques mots au téléphone, incapable de se hisser à la hauteur des événements. Pauvre petit Paulin. Il devait regretter le temps de l'anonymat complet, de la confection de ses petits bijoux pour bibliomanes. Cet artisan ne se sentait bien que dans son atelier, à l'abri du monde. J'essayais de le rappeler et tombais sur son répondeur.

J'étais là, debout, sur la terrasse, face à la vallée. À l'approche de l'orage, l'air se chargeait d'électricité. Le tonnerre roula au loin. En contrebas, un tracteur serpentait poussivement entre deux haies. Les roulements se rapprochèrent. L'averse s'abattit en cataractes maussades, criblant les feuilles des arbres. Ne faire confiance à personne. Il n'y avait plus que moi, face à la meute. J'allais foncer dans le tas, disperser les hordes imbéciles à grands coups de masse moyenâgeuse. J'étais Robert Willow face au House Un-American Activities Commitee, Robert Willow face aux sarcasmes du tribunal sartrien. J'étais Robert

Willow, Jean Cau, Jean Chouan, Jeanne d'Arc. J'étais seul, face à la vallée du Brionnais et face aux hommes. J'étais la liberté outragée. Dix minutes plus tard, les volets de la maison étaient fermés, je donnais un double tour de clé et sautais dans la Toyota, comme on saute sur un destrier. J'étais Attila le Hun.

À cent trente kilomètres à l'heure sur l'autoroute, on a le sentiment trompeur de reprendre les choses en main. Je fonçais droit vers le nid de frelons, les mâchoires contractées. Je laissais derrière moi les bagnoles qui roulaient pépère, les bagnoles de retour de week-end. Je les mangeais les unes après les autres. J'avais l'impression d'être calme, d'être *au bon endroit*. La pause campagnarde m'avait fait perdre beaucoup de temps, elle avait permis à mes détracteurs de décocher quelques flèches empoisonnées, mais elle m'avait tonifié. J'avais mis à profit ces trois jours pour réfléchir à mon sujet. J'étais capable de poser un regard critique sur mon travail. Agnès avait tort de me croire pétri de certitude. J'étais tout à fait disposé à me remettre en cause. J'étais une intelligence qui doute. Toute ma vie, j'avais questionné mes croyances, et tenté de ne pas me laisser aveugler par l'orgueil. Sans doute était-il toujours plus difficile de reconnaître publiquement ses torts. Il était encore plus difficile de les reconnaître à la demande d'autrui, contraint par les arguments d'autrui. Sur la question de Willow, j'étais prêt à reconnaître une forme d'aveuglement. J'avais sous-estimé le rôle de l'identité noire dans la construction de sa personnalité. Et pourtant encore aujourd'hui, éclairé par des réflexions récentes (qui aurait dû intervenir avant la publication, j'en conviens), je crois que mon livre était le seul respectueux de la mémoire de Willow. Je respectais la volonté de Willow *de ne pas être lu en tant que Noir*. Ce faisant, je trahissais la réalité (et en cela j'étais prêt à faire contrition). Car Willow était plus Noir qu'il ne se l'imaginait. L'ironie douloureuse de Willow, dans sa première période, dans la période Saint-Germain, était un héritage de ses années d'adolescence, lorsqu'il arpentait U Street, le Broadway noir. Il avait vu la peur, l'horrible angoisse, l'humiliation et la colère sourde derrière la bonhomie joviale des barbiers et des professeurs. Il avait appris à voir derrière les masques. Il avait fui son propre reflet, toute sa vie, et toute sa vie il l'avait vu dans le regard d'autrui : celui des progressistes blancs ; celui, haineux, des contre-manifestants qui lui avaient jeté des cris de singe en pleine face, quand il défilait avec le Parti devant la Maison blanche, au mois de février 1953. Celui, fasciné et légèrement effrayé, des petites poules de Saint-Germain qui baissaient les yeux en pouffant quand il croisait leur regard, les cocottes excitées par la *sensualité nègre*. Celui, insistant, des intellectuels français qui attendaient de lui quelque chose - qu'il élève une parole forte, une parole de Noir américain. Celui des chaisières d'Étampes qui le fixaient comme s'il était tombé d'une autre planète. Moi, j'avais pris Willow au mot. Du moins celui que je me représentais, celui qui apparaissait quand je convoquais les photos et les poèmes, comme une tireuse de cartes. Je m'étais trompé et j'avais raison. Mon Robert Willow existait ; je ne l'avais pas inventé. Je l'avais compris intimement, et des types qui avaient appris son existence en ouvrant mon bouquin prétendaient me faire la leçon.

La pluie avait cessé depuis longtemps. Les nuages rosissaient. J'allumai la radio, cherchai la fréquence la plus susceptible de parler de ces questions-là. Bingo. Sur France Culture, Lou Basset-Dutonnerre parlait d'une voix navrée, voilée par le tabac : « Oui, j'avais reçu le manuscrit de Roscoff. Je l'ai refusé. Je l'avais lu attentivement, je le fais toujours, et j'avais senti immédiatement une gêne. On avait le sentiment qu'il avait un problème avec la couleur de peau de Robert Willow. Il y avait un truc qui clochait. Un truc assez malsain, en fait. » Je me concentrai sur les bandes blanches, la glissière de sécurité. Quelle ébouriffante salope. J'accélérai.

La querelle des Anciens et des Modernes, la querelle des Roscoffiens et des anti-Roscoffiens. Sur Inter, Dabiou a choisi son camp.

– Roscoff a une vision binaire de l'Histoire. Prenez l'année 1956. Pour Roscoff, c'est la révélation des crimes communistes, point. Willow prend définitivement ses distances avec le Parti cette année-là. Tout se tient. Mais 1956, c'est aussi l'année du premier congrès des écrivains noirs, à la Sorbonne. Les écrivains noirs réalisent que la lutte pour l'égalité déborde les clivages politiques, tels qu'ils se présentent à l'époque. L'offre politique occidentale ne permet pas à ce combat de se déployer. Le communisme a été le réceptacle naturel du combat anticolonial : on s'aperçoit à présent qu'il ne permet pas d'épuiser le sujet. Or les Noirs sont victimes d'une oppression spécifique. Spéciale. Et ils entendent porter une voix spécifique. C'est le sens de la rupture de Césaire. Roscoff occulte cet aspect. Il réduit la démission de Césaire à une déception : celle d'un homme qui découvre que la promesse soviétique était un mensonge. Mais Césaire dit beaucoup plus dans sa lettre à Thorez. Ce n'est pas seulement un communiste déçu : c'est aussi un communiste noir. Il faut relire cette lettre intégralement. Césaire déplore que les peuples noirs soient mis au service du communisme, et non l'inverse. Il pointe le risque d'un « universalisme décharné ». Il écrit : « Il y a deux manières de se perdre : par ségrégation murée dans le particulier ou par dilution dans l'"universel". » Or ce que propose Moscou, c'est la dilution dans l'universel. Elle est là la véritable raison de la rupture, chez Césaire. Et c'est peut-être aussi ça, le cheminement de Willow.

Touché, vieux salaud. Je m'arrêtai à une station-service pour pisser et faire le plein. Pendant que je remplissais le réservoir, je laissai la vitre ouverte pour ne rien perdre de l'émission. J'enrageais : il est insupportable d'entendre caricaturer son travail sans réagir. Il y aurait tant de choses à dire. *Primo*, Willow ne figure pas sur la photo du Congrès des écrivains noirs de 56 (je l'avais vérifié). *Deuxio*, Willow n'est pas Césaire. Pour un peu, j'appellerais le standard de l'émission. Heureusement il y a un contradicteur sur le plateau, qui s'insurge. Il rappelle les débats au sein du Congrès des écrivains noirs, il dit que les choses étaient plus compliquées que cela. Il cite Fanon, qui ne croyait pas trop à la négritude (dans ta gueule, Dabiou, faux frère). Il parle d'une voix grave et lente : « Fanon croyait à la révolte violente contre le colon et à l'émancipation. Mais Fanon ne croyait pas qu'il soit nécessaire de susciter une fierté noire pour combattre le racisme, il se méfiait du "*racisme antiraciste*". ». Je me détendis un peu. Alors Dabiou s'énerva : « Oui, bon, vous savez, Roscoff avait comme directeur de thèse Alessandro Bazarove, condamné pour négationnisme en 1995. Les chiens ne font pas des chats. »

Je changeai de fréquence. Derrière moi, quelqu'un klaxonna. « Bouge, gros ! » gueula un type avec une coupe Longueuil, la tête penchée à travers sa fenêtre. Je lui lançai un regard menaçant et rengainai dans son fourreau la pompe dégoulinante de sans plomb 95.

« RACISTE. » C'était tagué à la bombe de peinture jaune sur ma boîte aux lettres, en grandes lettres maladroites. Le graffeur avait travaillé à la hâte. Il avait tenté de forcer la porte, arraché la poignée extérieure et à demi fracturé le cylindre. Il lui avait manqué quelques secondes de travail pour finir le job et crocheter la serrure, sans doute avait-il été interrompu par l'arrivée d'un voisin.

Je menais ma petite enquête, interrogeant la concierge d'un ton quasi détaché. J'étais anesthésié, les emmerdes s'accumulaient trop rapidement, elles excédaient ma capacité d'indignation. Non, la concierge n'avait rien vu, elle ne passait pas sa vie dans le hall, elle n'était pas payée pour ça. Elle était sur la défensive, visage fermé à double tour. Tous les visages se fermaient à mon approche, ils se cadenassaient dès que je pointais le bout de mon nez. Étais-je devenu parano ? Il était peu probable que ma concierge ait lu des articles sur un scandale littéraire, elle était plutôt branchée sur les revues de recherche biomédicale et les sciences ocultes. Comment surtout, le graffeur avait-il obtenu mon adresse ? Qui était la dernière personne hostile ayant pénétré dans mon appartement parisien ? La figure de Jeanne s'imposa. Cinq jours auparavant, elle avait dîné à la maison, elle avait partagé l'osso bucco fraternel. Jeanne, l'inflexible Jeanne qui ne connaît ni regret ni pardon, Jeanne qui ne connaît que la faute et le châtiment. Elle n'aura probablement pas agi elle-même, mais elle aura donné mon adresse à ses petits camarades de la Grande Internationale Intersectionnelle de l'Afro-Féminisme et de la Chasse au Mâle Blanc. Jeanne aura donné le code, l'adresse et elle aura laissé faire. C'était elle, évidemment.

Porter plainte. À nouveau la figure tutélaire de Marc s'imposait à mon esprit. J'avais demandé énormément à Marc. Avant l'Affaire (et il semblait que les derniers développements justifiaient un « A » majuscule, ce n'était pas l'Affaire Weinstein ou l'Affaire Stavisky, ni même l'Affaire Georges Tron, mais enfin on pouvait parler d'Affaire sans abus de langage, je crois), le seul fait de me retrouver pour boire des verres valait à mon ami des remarques acerbes de sa femme. Elle craignait que je l'engrène dans ma spiralc autodestructrice, que mon amertume ne contamine son mari éclatant de santé et, par-là, leur ménage radieux. Et Marc avait tenu tête à sa femme. Il m'avait soutenu. Quand j'étais devenu un danger pour moi-même, il m'avait prêté sa maison. Il avait pris le temps de répondre, patiemment, à mes questions d'ordre stratégique, à mes questions juridiques. Est-il nécessaire de préciser que Marc facturait habituellement ses conseils 650 euros de l'heure ? Il m'avait donné beaucoup de ce temps, sans compter. Il était un homme occupé. Il en avait assez fait. Je me débrouillerai.

*

Il était tard et le serrurier que j'appelais m'indiquait qu'une intervention nocturne me coûterait, au bas mot, 2700 euros. Si je réglais en liquide, il me ferait cadeau de la TVA.

– Si c'est une effraction, votre assurance habitation vous remboursera, monsieur. Enfin c'est vous qui voyez.

Je fouillai dans mes cartons de paperasse administrative à la recherche de ma police d'assurance. Je finis par trouver une lettre de la MAIF, avec un numéro de contrat. Je pouvais difficilement payer une telle somme, le croquemort qui gérait mes comptes à la LCL m'avait imposé un plafond de paiement de vieillard sous curatelle et puis je voulais être certain d'être remboursé, mais l'assurance ne répondait pas, il fallait s'y attendre, ces gens-là décrochaient rarement après le coucher du soleil. Il aurait fallu appeler les flics, aussi. Il y avait tant de choses à faire mais j'étais écrasé de fatigue, cloué au sol par un ennui profond. Depuis que j'avais rallumé le petit objet despotique, juste avant de sauter dans ma voiture, il avait vibré toutes les quinze minutes, des journalistes appelaient et finissaient par m'envoyer un texto, un gars du *Nouvel Obs* précisait même que je pouvais les rappeler « à n'importe quelle heure ». Pourquoi faire ? Comment dire les choses ? On avait forcé la porte de mon abri. Jusqu'alors les attaques étaient circonscrites dans un monde de pur langage. La violence ne s'exerçait pas directement contre moi ; elle s'exerçait contre l'autre, le Roscoff des manchettes énormes, le Roscoff cynique ou héroïque, le Roscoff sûr de ses effets, choisissant ses mots délibérément pour choquer, le Roscoff aux amis sulfureux, le gourou, le polémiste, cet autre qui n'était pas moi. Cet avatar se faisait supplicier sous mes yeux : mais quand même, ce n'était pas moi. Et puis soudain la boue se déversait dans ma vie d'homme incarné. Le tag, la porte cassée. Ça s'était passé à Paris, dans le dix-neuvième arrondissement, rue Archereau. La nuit probablement. L'homme avait sans doute cherché mon nom sur les boîtes aux lettres pour s'assurer qu'il était au bon endroit. Il avait trouvé le numéro d'étage. Il avait accompli cette besogne, et j'aurais pu tout aussi bien être présent, j'aurais pu ouvrir avec un couteau de cuisine, et alors...

Je passai la nuit en chien de fusil sur le sol, dans le vestibule de mon appartement, en travers de la porte – au cas où le street artist reviendrait terminer le travail. Au réveil, j'envoyai un texto à Léonie. Je m'excusai de mon silence radio et lui expliquai que je voulais la voir, de préférence dans mon quartier, je n'étais pas très à l'aise à l'idée de quitter trop longtemps mon appartement, avec ma porte qui ne tenait qu'à un lambeau de serrure. Peut-être pourrait-elle attendre le serrurier pendant que j'irais au commissariat. Une heure plus tard, elle me rejoignait dans un troquet. Elle avait les paupières gonflées, les yeux caves. Je m'apercevais que je n'étais jamais resté si longtemps sans l'avoir au moins au téléphone, et je pensais à l'angoisse qu'avaient dû lui causer les déclarations de Marc, dans la presse, au sujet d'un éventuel passage à l'acte suicidaire : puis je me rappelais que Marc était un homme prévoyant, un spécialiste de la gestion de crise. Après tout il était le parrain de Léonie. Il était inenvisageable qu'il ait dit une chose pareille dans la presse sans avertir immédiatement mon ex-femme et ma fille de mon escapade bourguignonne pour les rassurer. Il savait gérer la parole médiatique, il était même possible qu'il ait animé un séminaire à ce sujet, citations de Sun Tzu à l'appui. Léonie commanda un allongé. Je fis de même, quoique la section vins de la carte m'inspirât davantage : il était neuf heures du matin, il fallait que je donne des gages de sérieux.

– Ma chérie.

– Ça me fait plaisir de te voir, malgré tout.

– Pourquoi, malgré tout ? Tu m'en veux ?

Pas elle. Léonie, le sang de mon sang. Jeanne avait dû la monter contre moi. Léonie avait passé les derniers jours sous perfusion du persiflage de la Puritaine de l'Iowa. Elle l'avait sommée de *choisir son camp*. Les liens du sang contre les affinités électives : l'éternel dilemme des tragédiens. La foi révolutionnaire contre les liens du sang, aussi : Cimourdain demandant au républicain Gauvain de sacrifier son attardé de royaliste de père, dans *Quatrevingt-treize*. Léonie fixait sa cuillère à café.

– Je ne sais pas. Je ne sais pas trop quoi penser. Je suis fatiguée. Tu te barres trois jours pendant que ça se déchaîne, tu ne nous laisses aucune explication alors que tu sais que nous serons impactés.

– Je sais. J'ai suivi les conseils de Marc. C'était une connerie. Je sais, ma chérie. Mais j'ai besoin que nous soyons ensemble, là.

Je lui attrapai la main, brusquement. Je n'avais jamais été bon pour ce genre de situation. Je n'étais pas trop doué pour prendre en charge les souffrances d'autrui, sauf quand ils étaient de lointains personnages auxquels je savais m'identifier, quand ils étaient Jean Cau et Robert Willow. Je pouvais les plaindre car c'était encore me lamenter sur moi-même. Devant la souffrance vivante, c'était autre chose. J'étais un vieil universitaire, un homme asséché par les livres. J'aimais ma fille plus que ma vie, mais j'étais gêné devant sa tristesse silencieuse qui ne demandait rien. J'étais davantage à l'aise avec les récriminations - celles d'Agnès, par exemple. En temps normal, j'étais terriblement autocentré ; les événements actuels n'arrangeaient pas les choses.

– Écoute, mon poussin, on a tagué ma porte, et on a essayé d'entrer dans mon appartement. J'ai toutes les raisons de penser que c'est ta copine, Jeanne, qui est à l'origine de cela. Il va falloir que tu me dises la vérité.

Léonie me regarda sans comprendre. Puis elle éclata d'un rire nerveux, et sans joie.

– Merde, Papa, mais redescends !

Je haussai le ton :

– Écoute, je ne sais pas ce que ça veut dire, de redescendre, tu m'excuseras d'être un peu remonté oui, je me suis fait défoncer ma porte, la dernière personne à qui j'ai donné mon adresse m'a traité de fasciste et s'est barrée au milieu du dîner, c'est une militante afromachin, cinq jours après je trouve le mot « raciste » tagué sur ma porte, alors que je suis embarqué dans une cabale où l'on m'accuse de négrophobie, ou de racisme, enfin appelle ça comme tu veux, alors tu m'excuseras de me poser des questions et de faire des rapprochements, tu vois ? Tu m'excuseras d'être à cran, ok ?

Léonie posa sur moi un regard triste.

– Papa, je suis pas sûre que tu aies pris la mesure du truc. Ton adresse, c'est pas compliqué : elle circule partout sur internet.

Jetée en pâture au tout-venant, oui. C'est ce qui s'était passé. Pendant que je prenais du bon temps en Saône-et-Loire, pendant que je jouais au pâtre avec un mouton de location et que je tenais la jambe à Marie, internet n'avait pas chômé. On se rendait coup pour coup, *thread* pour *thread*. Le hashtag #jesuisroscoff était twitté 112 000 fois, tandis que #noircestnoir et #yapabonroscoff cumulaient, à eux deux, 150 000 retweets. Justice4blackpeople, un collectif d'anonymes engagé dans la lutte contre la « négrophobie d'État », avait balancé sur les réseaux mon adresse personnelle, mon adresse email et mon numéro de sécurité sociale. « Regarde tes emails, Papa. » J'obéissais, il faisait bon obéir à un être humain qui avait un cerveau encore à peu près fonctionnel. J'ouvrais ma messagerie. Elle avait reçu un afflux d'emails inhabituel. « FÉLICITATIONS ! » m'informait un message : j'avais été abonné à un club libertin spécialisé dans le fist fucking. Des prélèvements automatiques sur mon compte LCL avaient été mis en place, les débits avaient commencé. Un compte Twitter à mon nom avait été créé la veille, alimenté de photos de gang bang interethniques, et d'une dizaine de messages orduriers signés « Jean Roscoff, profession : fdp. » Léonie m'expliquait le sens peu amène de cet acronyme. La photo du profil était un montage sordide. Ses auteurs avaient détourné le portrait d'un colon belge, avec la veste de brousse et le casque de sinistre mémoire, et y avaient superposé mon visage : les pirates avaient déniché un cliché pris par Agnès deux ans avant notre divorce, dans le Périgord. Une phrase était ajoutée en filigrane : « Jean Roscoff, daltonien ou négrier ? Les deux, mon capitaine ! »

Avec une patience infinie, Léonie m'expliquait que le hacking des données personnelles était devenu chose courante, que le genre d'activistes qui m'avaient pris pour cible étaient rompus à ces techniques de déstabilisation, et je me demandais à l'écouter si je connaissais vraiment ma fille, si elle n'avait pas pris part elle-même à ce genre de campagnes foireuses.

*

– Il faut que tu portes plainte, Papa.

Bien sûr. Il fallait que je porte plainte, il fallait que je trouve un serrurier, il fallait que je fasse une déclaration de sinistre, il fallait que je réponde aux torrents de merde qui se déversaient sur moi, il fallait que je fomente une réponse avec Paulin Michel, il fallait que je réfléchisse à la suite de mon existence qui partait en quenouille, il fallait que je demande à Paulin Michel d'insérer mon texte d'avertissement avant que soit lancée la prochaine réimpression, il fallait que je rende les clés de sa baraque à Marc, il fallait que je supprime les faux comptes et que je suspende les prélèvements automatiques, et surtout il fallait que je prenne une douche, que je me change, Léonie avait l'air assez d'accord sur l'urgence d'un nettoyage complet, un brossage de dents ne serait pas superflu ajouta-t-elle, tu as une haleine de poney et alors nous avons éclaté de rire, un rire irrépressible et fou, et ce rire était une éclaircie dans le ciel d'apocalypse sous lequel je me débattais comme une fourmi sans pattes. Les clients des tables voisines se retournèrent pour regarder notre duo étrange, et puis le rire de Léonie se cassa d'un coup et les larmes coulèrent, à gros bouillons de petite fille.

Qui étions-nous : Dabiou, moi, Nicole, Marc et les autres ? Je l'ai déjà dit : notre génération avait trahi. Elle avait passé des coups de fil dans les petites cabines téléphoniques à Ferney-Voltaire, pour prévenir le banquier genevois que l'on arrive bientôt. Elle avait sacrifié l'ouvrier et ses usines, elle avait sacrifié l'autonomie monétaire, elle avait communié aux principes de stabilité, au dogme maastrichtien. Et à mesure qu'ils se rapprochaient, aimantés, des forces de l'argent, que leurs bedaines tendues s'épanouissaient, les enfants de 1960 avaient redoublé de zèle sur le terrain des *questions de société*. Restaient les droits des minorités et le mariage gay. Je le voyais nettement à présent : le ralliement d'une partie de la Famille à la pensée décoloniale était un processus de mutation, d'adaptation au milieu naturel. Les hommes et les femmes de la Famille voulaient simplement survivre, c'est-à-dire poursuivre leur recherche du bonheur sans sacrifier cette donnée essentielle qui est le mur de soutènement de leur personnalité : le sentiment d'être moralement irréprochable, la chaude torpeur que procure, seul, le confort intellectuel. L'antiracisme new age avait fourni un nouveau catéchisme à ces femmes et ces hommes qui avaient peur de ne plus être aux avant-postes. De leur côté, les instances politiques de la Famille avaient investi le terrain dangereux de l'identité pour gagner les prochains combats, pour ne pas mourir, mais aussi pour ne pas faire ressentir trop durement à ses membres la morsure de la culpabilité, la honte, et le tourment du mensonge. J'avais loupé ce train-là, comme tant d'autres ; et aujourd'hui, j'étais attaché sur les rails.

– Il faut surtout que tu protèges les tiens, Jean.

Agnès était une interlocutrice de qualité ; par gros temps, elle était l'interlocutrice indispensable. Elle ne me lâcherait pas parce que d'autres auraient sonné l'hallali. En cela elle était différente de Paulin Michel, du président de la fac, de Dabiou. Agnès, elle, me tournerait le dos lorsque j'aurais tout à fait cessé d'être digne à ses yeux. Sans doute n'avait-elle pas toujours été comme ça. Jeune, je l'avais séduite avec mon aura d'intellectuel, mes gadgets (la cigarette longue, le manteau afghan, les poses orageuses). Elle avait été influençable. Aujourd'hui elle ne s'en laissait plus conter. Elle traçait sa route droite, en confrontant à chaque moment crucial de son existence son éthique de conviction et son éthique de responsabilité. Comme disaient les joueurs de foot, elle prenait ses responsabilités. Je l'avais appelée dans la salle d'attente du commissariat centrale du dix-neuvième arrondissement, où j'attendais depuis une heure de pouvoir déposer ma plainte. Protéger les tiens, avait dit Agnès.

– Que veux-tu dire par là ?

Je m'aperçus que je tremblais de tout mon corps. Je clignais des yeux plus souvent que d'habitude.

– Je veux dire que je m'inquiète pour Léonie. S'ils veulent te faire mal, c'est son adresse qu'ils publieront, la prochaine fois.

Elle ne m'avait pas fait le moindre reproche. Elle était là, oublieuse d'elle-même, toute son attention tendue vers notre fille. Je n'avais même pas imaginé un tel scénario. Il me semblait que son lien avec Jeanne protégeait Léonie. Évidemment, Agnès avait raison. Jeanne n'était jamais qu'une militante parmi d'autres. Elle avait le pouvoir d'abaisser le pouce (n'importe qui pouvait le faire, de nos jours) : elle n'avait pas celui de gracier. Il y eut un silence, elle soupira.

– Je sais qui tu es, Jean.

– Bien sûr que tu sais. Je suis un connard égocentrique, je suis alcoolique, mais je ne suis pas raciste. J'ai fait la marche des beurs, putain. Quand on s'est rencontrés, je te traînais aux manifs, le samedi matin.

– Arrête avec ce truc. Tu radotes, là. Je m'en fous, de ta marche des beurs. Je te parle de toi, de ce que tu es, de ce que je sais de toi. Je me demandais juste...

– Quoi ? Dis-moi, Agnès. Tu te demandais quoi ?

Je ne voulais pas qu'elle raccroche. Sa voix était incroyablement douce. Il était rare qu'elle hésite avant de poser une question. C'était une fille cash. Même sa demande de divorce était sortie d'un trait, brut de pomme.

– Comment es-tu venu à ce sujet ? Je veux dire comment es-tu venu à t'intéresser à ce gars, là, à Robert Willow ?

Je l'avais déjà raconté dix fois à Agnès, pendant l'écriture. Je m'en apercevais aujourd'hui : depuis notre divorce, elle ne m'écoutait plus que par intermittence. Au fond elle n'était intéressée que par une chose, et c'était de savoir si j'allais bien. Pour cela il lui suffisait de me regarder parler, ou m'écouter parler, ce qui ne revenait pas à m'écouter vraiment. Aujourd'hui elle avait un doute. Elle avait dit *comment* et non *pourquoi,* parce que les étapes concrètes qui m'avaient conduit au poète américain étaient des éléments objectifs. J'étais moins susceptible de l'embobiner sur le *comment*. Elle voulait vérifier que mes intentions étaient casher, elle voulait s'assurer que je n'étais pas allé pêcher Willow avec une idée tordue derrière la tête. Même Agnès doutait de moi.

*

C'était une bonne question.

Comment, au juste ?

Il fallait à nouveau revenir au début des années 80, à ces années qui furent celles de l'épanouissement sexuel, du sentiment aigu de mes potentialités. J'avais vingt-deux, vingt-trois ans, je n'avais pas encore rencontré Agnès. Je naviguais entre les soirées de la rue Princesse, les livres et les chambres qui sentaient le sexe. Temps béni de la jeunesse : je me sentais invincible. J'avais l'impression que je pouvais m'affranchir du sommeil. Ce furent aussi des années de grande exaltation intellectuelle. Je me jetais voracement sur le savoir qu'on mettait à ma disposition. Comme un bodybuilder découvre de nouveaux muscles à force d'entraînement intensif, j'éprouvais chaque jour un peu plus ma puissance d'analyse, ma maîtrise des concepts, ma capacité de stockage aussi.

Je m'étais plongé avec joie dans l'histoire du communisme américain, mais j'aurais pu me plonger avec le même plaisir dans celle de l'Espagne d'Isabelle la Catholique. J'avais surtout besoin de contenu, quelque chose qui tienne à l'estomac. Les meetings de W.E.B. Du Bois, les inquisiteurs du House Un-American Activities Commitee, l'affaire Rosenberg, c'était du lourd. J'étudiais chacun de ces épisodes à fond, dans le moindre détail. La résistance tenace de l'opinion américaine au communisme m'intriguait. Pourquoi ça n'avait jamais pris, là-bas ? C'était la grande question, la question essentielle. J'écrirais l'histoire de cet échec, je serais un nouveau Tocqueville, le regard extérieur qu'attendait l'Amérique pour se comprendre elle-même. J'écrirais un best-seller. À l'époque, certains historiens faisaient des cartons en librairie. J'étais fou à lier, d'un aplomb invraisemblable.

Au milieu de cette ivresse, Willow était cette silhouette que j'avais croisée à plusieurs reprises, dans mon exploration.

Un nom, à peine un visage. Des apparitions fugaces, toujours au deuxième plan. Chaque fois que je dépliais un nouveau pan de ce moment d'histoire contemporaine qu'on appelle le maccarthysme, je finissais par tomber sur sa silhouette dégingandée, présent *comme par hasard*. Il m'adressait un sourire, et disparaissait avec son mystère. Lorsque W.E.B. Du Bois organisait une manifestation à Chicago avec le syndicat des porteurs de train Pullman, il était là. Lorsqu'une marche était organisée à Washington pour dénoncer l'envoi de troupes en Corée, il était là. Lorsque Jean-Paul Sartre haranguait la foule rassemblée au Vél' d'Hiv, au mois de juin 1953, pour soutenir les époux Rosenberg, il était encore là. Il était comme ces éternels troisièmes rôles qui passent une tête, le temps de quelques répliques, dans les grands films de leur temps. À force, j'avais été intrigué. Il m'agaçait : j'avais l'impression qu'il me suivait dans mes recherches. Il m'attendait, goguenard, à chaque coin de la grande saga maccarthyste : *Enfin, te voilà, Jean. Tu en as mis du temps.*

Alors j'avais découvert le destin improbable, le jazz, la sortie de route entre Milly et Barbizon, et surtout ces poèmes qui ne figuraient nulle part, eux, dans les manuels les plus aboutis, dans les archives les plus complètes. À l'époque, le petit livre du Philadelphie Booker Press n'avait pas été traduit en français. Je flairais quelque chose. Peut-être pas quelque chose d'énorme, mais quand même. Au fond, c'était le rêve de tout historien : un gisement inexploité. Et aussi : une traduction aux États-Unis. Ce genre de découverte était rare, s'agissant d'un personnage qui était tout de même assez important pour frayer avec W.E.B. Du Bois et Jean-Paul Sartre. Et si c'était réellement quelque chose d'énorme ? J'imaginais des trucs délirants. Robert Willow était un agent des services secrets soviétiques avec une couverture de poète, un tueur du KGB envoyé à Paris pour surveiller les existentialistes, pas assez orthodoxes aux yeux de Moscou. Tout concordait : Moscou se méfiait de Sartre, le philosophe était considéré par les organes communistes comme un bourgeois peu fiable, son influence dans les milieux de gauche était trop importante, on lui reprochait de détourner les intellectuels du giron stalinien. Willow avait des contacts dans la capitale française. Il connaît Frazier, lequel se trouve alors à Paris, en poste à l'Unesco. Il connaît Wright qui connaît Sartre. Il infiltre le comité français pour la défense des Rosenberg, qui grouille d'existentialistes. J'étais en transe, je nageais en plein délire. Je me fiais à mon intuition, contre tous les principes de la recherche historique. Et les poèmes ? Ses poèmes étaient des messages codés qu'il avait publiés dans des fanzines afin qu'ils soient décryptés par sa hiérarchie. En 56 ou 57, sa couverture est éventée par les services de renseignement français, son officier traitant lui dit de se mettre en retrait. Il part s'installer dans l'Essonne, où il traverse une crise mystique. À moins que ses poèmes aux accents péguystes soient encore des messages codés pour Moscou. En 1960, des barbouzes des services français le descendent au volant, et maquillent son assassinat en accident de la route. Le jour des obsèques, Nancy Holloway, recrutée par les Russes, était envoyée à Étampes pour « nettoyer » son domicile.

Un moment, j'en étais vraiment là. J'étais totalement exalté. J'avais mené mes recherches avec une fièvre croissante. J'avais passé des heures à éplucher les volumes hypothécaires du département de l'Essonne, pris contact avec Nancy Holloway, traqué la présence furtive de Willow dans les volumes consacrés à l'existentialisme, à la scène jazz, à la diaspora américaine de Paris. Il y avait aussi une curiosité pour ce destin fauché qui parlait à ma jeunesse. J'imaginais que Willow avait eu le sentiment aigu de ses potentialités ; qu'il avait aussi éprouvé très cruellement ses limites, en écoutant jouer ses idoles, lui qui rêvait de faire retentir sa trompette sur la scène du Carnegie Hall. Qu'il avait été un séducteur facile, un jeune homme remarqué. Sa vie se tenait entre deux dates si proches : il n'avait pas eu le temps de trahir qui que ce soit. Trente-deux ans, ce n'était pas grand-chose. Il avait dû être bien triste, il avait connu quelques joies violentes, et puis il était mort. Et pourtant cette vie était épaisse et dense, le genre de vie qui donne *a posteriori* l'impression d'avoir été vécue dans la prescience d'une fin rapide.

Plus qu'une curiosité, j'avais de l'amitié pour Willow. Il était ce camarade toujours consolant, mort quelques mois après ma naissance. J'aimais son ironie amère, dans certains poèmes de la première période ; il avait le cynisme de ceux qui essaient d'être méchants et ne parviennent qu'à se blesser eux-mêmes. Il ne triomphait jamais. Dans *Massachussetts Avenue*, on l'imagine froncer les sourcils, faire le dur :

Mes yeux dessalés clignotaient en cadence
Les parquets gémissaient et grinçaient sous l'offense
D'une riche héritière et de trente-six gangsters

Mais bien vite la froideur cède au romantisme le plus échevelé :

La lune se noyait dans tous les Potomac
Je mendiais ton amour et ses très grands bûchers.

Longtemps j'avais traqué l'ombre du poète, envoûté. Et puis j'avais lâché l'affaire. Trop peu de matière et trop d'inconnues. On ne bâtit pas un livre sur des hypothèses. J'étais historien du maccarthysme, pas paléontologue. Laissons reposer, m'étais-je dit, et j'avais laissé reposer pendant quarante ans, me promettant chaque année d'y revenir mais la vie m'avait happé, mes cours, la naissance de Léonie, mon livre sur l'Affaire Rosenberg. Le principe de réalité, aussi : Robert Willow n'était pas un espion du KGB, son rôle avait été celui d'un témoin privilégié, voilà tout. Je n'avais pas écrit mon grand livre sur l'Amérique. J'avais eu une grande histoire d'amour qui s'était fracassée contre les forces de l'ennui. J'avais eu une fille. J'avais, à présent, soixante-cinq ans.

– Monsieur Jean Roscoff !

Je sursautai. La fille de l'accueil m'avait appelé. On m'indiquait une sorte de box, avec un numéro, comme au centre des impôts. Le flic était pétrifié d'ennui. Il était clair que la nécessité d'apporter une réponse pénale à l'ensemble des infractions commises sur le territoire français était, pour ce professionnel, un objectif discutable. Je ne le jugeais pas : le dix-neuvième était encore un quartier chaud, sans doute le dernier de la capitale, son commissariat était régulièrement mobilisé sur des trafics de grande ampleur, des règlements de comptes, il avait peut-être déjà vu des crânes ouverts à coups de marteau. Il était en droit de préférer laisser les gens se démerder dans les affaires de moindre importance. Mais le harcèlement d'un homme déjà à terre, la traque systématique d'un homme sur les égouts du web, pensais-je, n'était pas une affaire de moindre importance.

– Je vous écoute.

– Je suis victime de cyberharcèlement. On a fracturé ma porte. On a taggué ma porte. On m'a escroqué. On est en train de détruire ma vie. Et puis surtout on m'a diffamé, on m'a diffamé dans des proportions inimaginables.

Je répétais les mots clés que j'avais ruminés sur le chemin. Je ne voulais rien oublier. Il fallait que les coupables paient. Le flic se frotta les yeux comme on chasse un cauchemar. Il prit une longue inspiration. Visiblement, je n'étais pas le cadeau qu'il espérait pour Noël.

– Oula, Oula, Oula. On va y aller par étapes. D'abord je vais vous demander vos nom, prénom, date et lieu de naissance.

– Jean Roscoff. Je suis né le 13 mars 1960, à Lyon.

Il tapait avec trois doigts.

Profession professeur retraité, propriétaire d'un trois-pièce sis métro Crimée, 12, rue Archereau, Paris 19e, divorcé, un enfant, je suis là parce que j'ai fait l'objet d'une tentative d'effraction, ma porte a été taguée, je ne sais pas qui a fait ça mais j'ai une petite idée, il faut comprendre le contexte, c'est très compliqué, il faut revenir au début du mois de janvier, en fait il faut revenir beaucoup plus loin, au début des années 80, j'avais commencé une thèse sur l'écrivain Robert Willow avec deux L, vous me dites que je m'égare, disons qu'il y a quelques mois j'ai fait un bouquin sur un écrivain américain, Willow, toujours deux L, vous me dites que vous êtes content pour moi mais qu'on n'est pas chez Bernard Pivot, j'entends, pourtant ça a son importance, je suis désolé mais je suis quand même obligé de vous exposer le contexte, ce livre a créé une polémique, des gens ont commencé à m'insulter sur le web. Pourquoi ? Eh bien disons, mettons que l'écrivain qui est mon sujet est noir et qu'on m'accuse d'avoir négligé cet aspect, hé oui, je sais, ça paraît con, je suis d'accord avec vous, vous prêchez un convaincu, on vit dans un monde de fous, enfin je vous dirais que ça soulève une question intéressante, qui est celle soulevée par Sartre dans ses *Réflexions sur la question juive*. Vous dites ? Excusez-moi, je suis d'accord, on n'est pas dans un salon littéraire, la fille qui m'a précédé s'est fait casser les côtes devant son gosse de trois ans par trois mecs, alors Sartre, vous vous en battez les steaks, c'est parfaitement compréhensible, il faut que je structure un peu ma pensée. Vous ce qu'il vous faut c'est des infractions, des infractions prévues et réprimées par le Code pénal, c'est normal, alors je vais essayer d'être le plus synthétique possible, je vais pas y aller par quatre chemins. Notez qu'on a fracturé ma porte, qu'on a piraté ma messagerie électronique, qu'on m'a abonné à des sites payants, des sites sur le fist fucking si vous voulez tout savoir, parfaitement, il n'y a pas de quoi rigoler, et puis on m'a diffamé en me traitant de raciste, parfaitement, on m'a diffamé dans la presse, vous n'avez qu'à chercher sur internet, qu'est-ce que vous me dites, vous chercherez plus tard, très bien. Je peux même vous envoyer les copies écran si vous voulez, on verra ça plus tard, d'accord, vous verrez c'est un cas d'école, de la pure calomnie, tout ça au nom de l'appropriation culturelle, là je m'égare à nouveau, pardon, vous dites qu'en cinq ans de service on n'est jamais venu vous voir pour une diffamation, oui, enfin ça a quand même ruiné ma vie cette histoire.

– Vous portez plainte contre X ou contre personne dénommée ?

– Je porte plainte contre l'ensemble des personnes qui m'ont traîné dans la boue, c'est-à-dire chacun des auteurs des articles les plus immondes, et puis aussi tous les anonymes qui m'ont insulté sur internet. Je vous enverrai les liens. Pour le tag et le piratage je pense que ce sont des militants afroféministes, peut-être avec la complicité de la copine de ma fille, mais comme mes coordonnées ont été balancées sur internet je ne peux pas le certifier, je ne peux pas le certifier à cent pour cent.

Le flic se renversa sur son siège et entreprit de se masser les tempes. La journée avait été longue. Il jeta un coup d'œil à sa montre.

– Ça, mon ordinateur, il ne comprend pas, vous voyez. C'est soit X, soit personne dénommée, soit les deux mais alors il faut que vous me précisiez infraction par infraction.

– Contre X. Je pourrai changer s'il y a du nouveau ? Je vais mener mon enquête de mon côté, notamment du côté de la copine de ma fille (qui s'appelle Jeanne, je ne me souviens plus de son nom de famille, mais elle a un gros poste dans les *solutions internet*, on doit pouvoir trouver ses coordonnées sur Google), je vais mener ma petite enquête et s'il s'avérait qu'elle était impliquée, je voudrais pouvoir changer.

Dans le box voisin, de l'autre côté de la cloison acoustique, un garçon expliquait qu'on lui avait arraché son portable, son « cinq S ». Il avait toute sa vie dessus, il était révolté, personne ne pouvait se rendre compte gémissait-il, ni le voleur, ni les flics, personne, le préjudice n'était pas le vol d'un petit boitier bourré de composants électroniques mais le vol de *sa vie entière*.

Je signai le procès-verbal et rentrai chez moi, en jetant des regards méfiants à la ronde. Devant la gare Rosa-Parks, je crus voir le petit Le Guen qui me fixait de ses petits yeux de milicien - mais peut-être la fatigue me jouait-elle des tours. Je m'arrêtai au Franprix pour refaire un demi-plein. L'ascenseur était en panne et je pris l'escalier pour monter les cinq étages, jusqu'à mon domicile. J'avais l'impression qu'on me filait le train.

Le serrurier parti, je me laissai tomber sur ma chaise. Depuis mon départ en catastrophe, la veille, je n'avais pas eu une seconde à moi. Dans la cuisine, je piochai dans le placard où je rangeais mes bouteilles de Bombay Sapphire. Je remplis un verre aux deux tiers, ajoutai une mesure de Schweppes agrumes et m'envoyai le tout en deux gorgées d'adulte – le dos calé contre le plan de travail, les yeux clos. Le Schweppes ne pétillait plus, il avait traîné ouvert dans le frigo, c'était singulièrement dégueulasse. Je m'en servis un deuxième. Je m'installai dans le salon-cuisine, et me replongeai sur la revue de presse accumulée autour de mon bouquin. J'essayai de me mettre dans la peau d'un lecteur indifférent qui tomberait, par hasard, sur un de ces papiers. J'essayai de faire le tri. Parmi la masse d'articles qui me dégommaient, celui de la revue *Triangles* était le plus fouillé. Il s'attachait au texte, et ne se contentait pas de décréter que Willow écrivait en tant que Noir : il tentait de le prouver. L'auteur s'attardait sur le poème *Split Lips*.

Armstrong aux lèvres fendues
Tes lèvres saignent
Et les cœurs fourbus
S'apaisent.
Chaque note se paie
De ton sang vermillon
Joue Armstrong,

Meurs Armstrong
Dieu lare forçat de l'allégresse
Ton souffle ta bouche de laiton
Nous appartiennent.

Pour le journaliste de *Triangles*, il fallait être aveugle pour ne pas voir dans les lèvres fendues du trompettiste un chant noir, écrit par les Noirs, pour les Noirs. Le sang qui ruisselle de la bouche suppliciée, c'est celui des Noirs du Sud. Il coule pour l'amusement des Blancs - le public des grandes salles du Nord qui enjoignent le musicien de souffler jusqu'à l'épuisement, jusqu'à la mort, pour apaiser leurs *cœurs fourbus*. Le critique argumente : « *Split Lips* est un poème sur la prédation. Sous la plume de Willow, la musique d'Armstrong est une transfusion de sang. Le cœur asséché par la haine se régénère auprès de celui-là même qui a été l'objet de la haine : le Noir. » Un de ses confrères complète dans *Télérama* : « Avec *Split Lips*, Willow dénonce l'hypocrisie des Blancs éclairés du Nord qui se bousculent aux concerts du grand jazzman, dans les années 1930. Conquis, mais ignorants de la souffrance qui perce sous le swing armstronguien - celle de la conscience malheureuse, des *spirituals* et des champs de coton. » Il conclut : « Les lèvres fendues, c'est la douleur du grand cri noir qui voudrait s'exprimer. C'est aussi l'âme fendue en deux : africanité et américanité, révolte et résignation, masque ou vérité. »

Comment passer à ce point à côté de l'évidence ? Taclaient ces exégètes. Celui de *Télérama* me disculpait partiellement en suggérant que j'avais été abusé par la traduction de Sobchak, qui aurait atténué la portée politique de l'œuvre willonienne : « Sans que soient remises en cause ses qualités professionnelles, on conviendra que le traducteur Joël Sobchak, non racisé, n'était pas le plus qualifié pour restituer la poésie d'un

Auteur de la diversité. » Je frémis. « auteur de la diversité » : la poésie de Willow passée au crible d'un formulaire de visa. Les mots creux et administratifs coupaient les ailes du poète pour l'aiguiller dans un bureau avec feuille d'émargement, horaires d'ouverture, sponsors, et notes de frais. Et sous la plume de ce fonctionnaire tatillon le très étonnant Sobchak devenait lui aussi minuscule et commun, il n'était plus le moine drogué et maladivement perfectionniste qui avait sué, entre deux piqûres, pour traduire les vers d'un homme au moins aussi obscur que lui, avec une humilité et une délicatesse qui contrastait avec la grossièreté dont témoignaient tous ceux qui l'avaient côtoyé, Sobchak qui était visiteur de prison et cleptomane, Sobchak qui pendant quinze ans avait enregistré des bruits de train entrant en gare pour constituer une bibliothèque sonore du milieu ferroviaire, non, tout cela n'existait plus, tout cela n'intéressait pas le critique de *Télérama*, ce qui l'intéressait c'était que Sobchak était un individu non-racisé et, éventuellement, (il ne l'écrivait pas mais sans doute il n'aurait pas fallu le pousser longtemps pour le lui faire dire) un juif ashkénaze non racisé. Et cela était vrai, incontestablement. Mais il était aussi exact, et sans doute plus significatif, que Sobchak était un ours excessif et ombrageux et hanté par la mort, un homme paresseux et torturé par sa mauvaise conscience et capable, par période, de se muer en travailleur colossal. Et s'il fallait absolument lui trouver une communauté d'appartenance, s'il fallait absolument le situer (puisque telle était l'obsession du critique-douanier) alors il était plus juste, plus pertinent de le classer dans celle des mélancoliques très fébriles qui parfois à la tombée de la nuit ont la sensation atroce d'être traversés par une grande épée. Et pour cette raison Sobchak était parfaitement qualifié pour traduire Robert Willow, il était même l'homme de la situation. D'ailleurs la mise en accusation du traducteur était inepte et paresseuse :

son auteur n'étayait son propos d'aucun exemple tiré du texte original, et se gardait bien d'évoquer les recueils en français.

Je bouillais. Qu'est-ce que ces gens pouvaient bien comprendre à *Split Lips* ? Avant d'être une métaphore de quoi que ce soit, les « lèvres fendues » faisaient référence à un épisode réel : un soir de concert, à force d'aller chercher des notes suraiguës à la trompette, les lèvres d'Armstrong avaient bel et bien éclaté. L'épisode était rapporté par plusieurs biographes, dont Panassié : « Un soir, à Baltimore, tandis que Louis, au prix d'efforts surhumains, jouait *Them Their Eyes*, ses lèvres éclatèrent. Chaque note qu'il tirait était une agonie. Les musiciens et, dans les coulisses, les chorus girls avaient les yeux braqués sur Louis et ne pouvaient retenir leurs larmes. [...] Louis avait à terminer par un contre-*fa*, note très dure à tirer et Chick Webb à la batterie déployait à l'aider toutes les ressources de son incomparable technique, tandis que des larmes roulaient le long de ses joues. Louis, le visage en sueur et en sang, sortit son contre-*fa* qui ressembla plutôt à un cri de désespoir immense qu'à de la musique. Un tonnerre d'applaudissements s'éleva de la salle, tandis qu'on emportait Louis presque sans connaissance. »

La scène était forcément connue de Willow, habitué des salles de jazz. Dans *Le voyant d'Étampes*, j'avais proposé une interprétation : « Pour Willow, Armstrong est la figure de l'artiste qui ne s'appartient plus. Willow dit son admiration à l'homme capable de s'engager totalement dans son art. Plus velléitaire, le natif de Durham ne se sent pas le courage d'être un "forçat". Trompettiste lui-même, peut-être aurait-il rêvé d'être un grand jazzman. Devenu poète, il baguenaude d'une forme à l'autre, hésitant, écrivant à un rythme peu soutenu (dans sa période parisienne), distrait par la fièvre de Saint-Germain. » Quand même, mon interprétation se tenait. Du moins pas moins que la leur.

La bouteille de gin était sérieusement entamée quand Jeanne apparut dans l'encadrure de la porte, ceinte de la tunique des Templiers. Elle ricana, m'insulta, me traita de *grosse merde occidentalo-centrée*. Derrière elle, Aminata Diao souriait faiblement, enveloppée dans une cape. Je fis un pas en avant mais Jeanne me barra le passage en criant « touche pas à ma pote ! », et alors les yeux de Diao devinrent rouge sang et elle hurla à l'attention de Jeanne : « Tu n'es pas ma pote ! » Jeanne se mit à pleurer de rage, elle se grattait la peau en gémissant, des flammes jaillirent du sol autour d'elle, l'encerclèrent en formant un signe cabalistique et bientôt Jeanne disparut totalement dans la fumée et je restai seul, face à Diao. Elle me toisa quelques secondes avant de devenir minuscule, se changer en souris et disparaître dans une fissure qui s'était formée pour l'occasion au-dessus de l'évier, et je me réveillai. J'avais salement biberonné. Je pris une douche tiède, bus un demi-litre d'eau et me replongeai dans *Split Lips*.

Ton souffle ta bouche de laiton
Nous appartiennent.

Oui, la question noire ne pouvait pas être éludée, et en cela mes ennemis avaient raison. Mais alors une autre lecture du poème était possible. Les « cœurs fourbus », ce sont ceux de ses frères noirs qui trouvent une consolation dans sa musique. Ceux qui revendiquent la possession de « *sa bouche de laiton* ». À travers la figure d'Armstrong, Willow nous parle des écrivains noirs, ses confrères, les lutteurs infatigables qui ont jeté toutes leurs forces dans la bataille. Pense-t-il à Frantz Fanon, le psychiatre et militant anticolonial, qui mourra d'une leucémie à Washington, en 1961 ? Leurs destins se sont croisés. Ils naissent à quelques mois d'intervalle, meurent à quelques mois d'intervalle. Né en Martinique, Fanon décède à Washington D.C., non loin des rues où avait grandi le poète. Il achève *Les Damnés de la terre* alors qu'il n'a plus que quelques mois à vivre. Préfacé par Sartre - encore un. Frantz Fanon, épuisé par son combat, consumé par son combat. Baldwin qui ne meurt pas mais qui s'épuise lui aussi. Leur lutte que ne paie aucune joie : d'autres en profiteront, plus tard. Il ne se paient même pas d'une vengeance et pourtant la tentation doit être grande, tant de crimes ont été commis. Ils ne s'accordent même pas cette volupté-là : haïr les Blancs. Fanon et Baldwin veulent la justice et ils souffrent car il n'y a pas de justice. Willow les lit, Willow les admire, mais Willow ne veut pas se consumer. Il veut vivre. On lui dit, on lui suggère que sa position de poète noir l'oblige. Peut-être même qu'il en vient à culpabiliser. Il n'a pas l'étoffe d'un martyr ou d'un prophète - pas même celle d'un guerrier. Sa stratégie, c'est l'évitement. Je me couchai sur ces méditations, et m'endormis.

Le lendemain, je fus réveillé par un appel d'Olga, la femme de Paulin Michel. Je lui expliquai les derniers développements, et mon dépôt de plainte. Elle actionna le haut-parleur pour que Paulin participe à la discussion. L'éditeur avait l'air terriblement ennuyé, mais sa voix était sans chaleur : j'avais l'impression qu'il m'en voulait d'avoir des problèmes. « Ça va trop loin, là. Je pense que tu devrais faire une interview. Il faut *te* défendre. Ce serait bien qu'on en parle tranquillement. » Il me rendait fou : avec lui les choses ne pouvaient jamais être faites sur-le-champ, il fallait toujours ajourner les décisions à une discussion ultérieure. Pour ce petit bonhomme, la prise de décision était un processus douloureux. Il avait besoin de prendre son élan. Je notai aussi qu'il avait dit : *te* défendre. Nous étions encore dans la même équipe, mais pour combien de temps ? J'ai répondu avec une ironie mauvaise qu'il serait peut-être temps, en effet, de se défendre. Je raccrochai. Ma main tremblait un peu. Je retournai au salon, m'écrasai dans un fauteuil. Je rappelai l'Ehpad de La Garenne-Colombes. Est-ce que Siemmens était tiré d'affaire ? J'aurais aimé lui parler à nouveau. La standardiste me fit épeler mon nom, et puis elle m'annonça que Siemmens était mort, paisiblement, sur son lit médicalisé.

V

Le grand bain

« De quoi Jean Roscoff est-il le nom ? »

Le Monde

« Hommage à l'ancien militant. Regret de le voir manquer de lucidité dans un livre raté. Incompréhension de le voir baiser la babouche d'un politicien xénophobe. #Roscoff #Touche-pasàmonpote #SOS RACISME #Appropriationculturelle »

Tweet de SOS Racisme

« Les illuminatis indigénistes et les apôtres de la *cancel culture* ont allumé un nouveau bûcher. L'auteur du *Voyant d'Étampes* est leur nouvelle victime expiatoire. L'idée qu'un Noir américain ait cherché sa voie en dehors du combat racialiste et communautaire hérisse les nouveaux Torquemadas. Nous n'avons pas de sympathie particulière pour le mitterrandisme immigrationiste dont est issu l'auteur. Nous ne l'avions pas épargné, il y a vingt-cinq ans, lorsqu'il avait publié un livre idéologisant sur l'Affaire Rosenberg. Nous sommes peu susceptibles de complaisance avec le marxisme-léninisme embrassé par Robert Willow. Mais le marxisme-léninisme présentait du moins cet avantage de régler (par le déni) les questions ethniques. Willow était communiste, c'est un fait. On ne lui connaît pas d'écrit sur la question noire. L'analyse de Roscoff est parfaitement légitime. »

Valeurs actuelles

« Dans sa jeunesse, Roscoff a été militant antiraciste. Depuis, il semblerait que l'eau ait coulé sous les ponts. S'il se décidait à le redevenir, une mise à jour de son logiciel s'impose. Ce n'est pas à lui, auteur non racisé issu d'une classe intellectuelle privilégiée, universitaire, de nous dire ce que peut souffrir un Noir. »

Communiqué du Conseil représentatif
des associations noires

L'été, mon père fabriquait des pièges à guêpes pour qu'on puisse déjeuner tranquille. J'avais cinq ou six ans. Il sectionnait une bouteille en plastique, versait un fond d'huile d'olive. Et puis il fichait le goulot, transformé en entonnoir, à l'envers dans le cul de la bouteille. Les guêpes suivaient la piste du miel dont il avait tapissé le conduit, jusqu'à ce qu'elles se retrouvent coincées dans la nasse. Je regardais le dispositif de mise à mort, hypnotisé. Les guêpes paniquées cherchaient une sortie mais toutes finissaient par crever, engluées dans l'huile. Aucune d'elles n'est jamais parvenue à s'introduire dans le goulot étroit, pour s'enfuir.

J'étais descendu pour ranger les bouteilles dans le conteneur à verre. La concierge lorgna vers mon cabas à motif écossais qui débordait de cadavres. Je pensais : « Eh ouais, j'ai fait ça tout seul, ma vieille. » Elle toussota.

– Il y a des gens qui sont venus. Ils vous cherchaient. Ils m'ont demandé où vous habitiez.

Elle détournait le regard tandis qu'elle me parlait.

– C'était des jeunes rasés, vous savez. Avec vestes comme ça, vous savez, les vestes, comment vous appelez ça... Les bombers ! C'est ça, les bombers ! Ils m'ont dit qu'ils pouvaient vous aider, ils pouvaient donner un coup de main, n'importe quoi. Peut-être que vous devriez habiter ailleurs, pendant quelque temps. Ah oui, j'oubliais, ils m'ont donné un mot pour vous.

Elle me donnait une enveloppe. À l'intérieur, un petit papier était plié en quatre :

SOUTIEN À JEAN ROSCOFF MARTYR DE LA NÉGROFOLIE
VICTIME DE LA GAUCHIASSE, DES MERDIAS ET DES JOURNALOPES
COLLECTIF RECONQUISTA

Je nageais en plein délire. J'avais fait la marche des beurs, putain. J'avais passé dix ans de ma vie à battre le pavé contre les abrutis en rangers et Fred Perry. Des kilomètres de marches entre République et Nation à lever le poing contre les faibles d'esprit qui croyaient conjurer leur insécurité sexuelle avec un tatouage de swastika. Maintenant, ils m'envoyaient des mots doux. Quelque part, là-haut, des forces se jouaient de moi.

*

Deux jours plus tard. J'arrivais très en avance au pied de la Maison de la radio. En face, un troquet me tendait les bras, j'aurais pu m'acagnarder à ma place préférée, au plus près des tireuses, m'envoyer un demi pour tasser un peu la peur qui me fouillait le bide, et surtout reculer le moment de me faire avaler tout cru par le monstre de verre et d'aluminium, mais j'avais promis à Léonie et à Agnès que je n'en ferais rien. Sur le ton à adopter lors de l'émission, j'avais reçu des conseils contradictoires. « Zen, Papa. Ça va bien se passer », avait dit Léonie. « T'attends pas qu'ils mordent. Tu les défonces, ces connards », avait dit Tao, le patron du *Lit-Bateau* que j'avais fini, à force, par apprivoiser. « Détendu, affable, serein », avait dit Marc. « Une discussion au coin du feu. » « Tu joues ta vie, là, avait dit Agnès. La tranquillité de ta fille par la même occasion. Concentration maximum. Le direct, c'est sans filet. » En revanche, sur la picole, un beau consensus s'était dégagé : pas une goutte. Une partie de moi-même (celle qui avait séduit Agnès avant de la lasser) était tentée de s'en envoyer dix d'affilée et de débarquer sur le studio à la Gainsbard, dépenaillé, provocateur, de dire à un million d'auditeurs ce que j'avais sur le cœur, de leur servir mes tripes palpitantes sur un plateau. Après tout il ne s'agissait que de dire la vérité, il ne s'agissait jamais que de dire simplement l'homme que j'étais, l'ami de Willow, l'ami de tous les Schmürz de la terre, des Noirs et des Jaunes et des Verts, des authentiques et des inauthentiques, Roscoff le nouveau réac ou le camusien fraternel, comme vous voudrez.

Dire cela ne nécessitait aucune préparation, au contraire, la préparation était l'ennemie de la vérité, elle accouchait d'éléments de langage au lieu de phrases de feu. Peut-être Agnès avait-elle senti que j'étais capable d'exploser en direct. Elle m'avait dit très calmement, avec une douceur remarquable que si je buvais une putain de goutte avant de passer à l'antenne, elle divorcerait une seconde fois de moi, pour le symbole, avant de m'arracher les yeux. Elle avait raison, bien sûr. Alors je tournais le dos au troquet et piétinais dans le froid. Je regardais clignoter les premières lumières de la ville. À sept heures pile, j'allumai une dernière clope. Puis je m'engouffrai gaillardement dans le ventre du monstre, pour jouer ma vie.

*

Paulin Michel m'avait conseillé de faire une interview écrite, dont je maîtriserais le contenu. Il connaissait un journaliste qui faisait valider le verbatim des réponses avant publication, un type sérieux, on gardait ainsi un total contrôle et surtout on échappait aux fameux *aléas du direct*. Même s'il n'osait pas me le dire, il est évident que dans son esprit ces aléas étaient moins liés aux questions imprévisibles du journaliste qu'à mon état d'esprit, mon humeur si changeante, mon potentiel d'agressivité et aussi ma propension à m'engager hardiment dans des logorrhées interminables et absconses, incompatibles avec le format d'une matinale radio. Pour le coup, je n'avais pas cédé. Je voulais parler directement aux gens. Je voulais qu'ils entendent la voix d'un être humain, de Jean Roscoff, avec sa tessiture singulière et ses hésitations, avec ses explications laborieuses d'homme en quête de vérité. Et puis c'était de ma vie qu'il était question, pas de la réputation des éditions Dialogues, il fallait que tous se mettent ça dans le crâne.

Une fille de l'émission vint me chercher à l'accueil. Je la suivis dans un dédale d'ascenseurs et de couloirs courbes. Des salariés déambulaient Thermos à la main, les plus jeunes affublés d'écouteurs Bluetooth. La fille était gentille, prévenante, elle m'installa dans une petite salle où se trouvait un plateau avec des mini-viennoiseries et une machine expresso. J'avais refusé que Paulin Michel m'accompagne, je ne voulais pas qu'il me transmette ses angoisses, je ne voulais pas m'infliger le spectacle de son front perlé juste avant d'entrer en studio. Je me détendis. La petite salle était confortable, et la fille me cajolait de sourires. C'était une jolie rousse avec un nez qui jappe à la lune : « Ça va bien se passer », dit-elle en m'effleurant le bras.

J'avais l'impression qu'elle me regardait avec curiosité, peut-être que je lui rappelais son père ou un truc dans le genre, peut-être aussi qu'elle était étonnée de constater que je n'avais pas le sourire sadique d'un Obersturmbannführer de la Waffen SS. Quand elle sortit, je jetai un regard mélancolique sur son cul. La moquette étouffait le bruit des pas. J'introduisis une capsule Nescafé Mexico Grande dans la machine qui se mit à ronronner de plaisir. J'étais bien.

Le studio était une petite pièce aux murs recouverts de panneaux capitonnés. L'espace était occupé aux trois quarts par une table pentagonale où trônait une pieuvre téléphonique dernière génération ainsi qu'une palanquée de micros. Le sol était moquetté de bleu et il flottait une odeur de cuir frais. L'atmosphère invitait à une discussion intimiste, *à fronts touchants*. Surtout ne pas lâcher la garde. Je pensais aux avertissements d'Agnès, je pensais surtout au chiffre que m'avait donné Paulin Michel, huit cent mille auditeurs en moyenne, soit une dizaine de stades de France remplis à craquer, il fallait garder cela en tête, mais déjà le journaliste s'approchait et me tendait une pogne franche : Jean-Louis Vichinski, la star du créneau sept heures-neuf heures.

Il devait avoir mon âge, à peu de chose près. Je n'avais jamais eu la curiosité de mettre un visage sur sa voix mais il avait bel et bien un visage, il avait même une gueule : tignasse en pagaille, tête massive enfoncée à coups de maillet entre deux épaules de déménageur, regard gris fer.

– Ça pique un peu, hein ! me lança-t-il en désignant du menton l'heure affichée au-dessus de la porte du studio, sur une horloge électronique.

Il s'assit sans attendre ma réponse et entreprit de regarder ses fiches, en routard des ondes, les lunettes calées à l'extrême bout de son nez, bougonnant un reproche à un technicien qui s'affairait autour de la table. Il me faisait l'effet d'un type avec une longue expérience de la vie, capable d'envisager un large spectre de comportements humains. Un bonhomme qui reniflait les gens, qui ne s'en laissait pas conter par l'air du temps et voulait juger sur pièce. Il avait la réputation d'être pugnace mais intègre. L'équivalent à la radio de ce qu'un Jean-Pierre Raffarin avait représenté, un temps, en politique.

On m'apporta un peu d'eau dans un gobelet en plastique. Une lumière rouge s'alluma au-dessus de l'horloge électronique.

– Bonjour Jean Roscoff.

– Bonjour Jean-Louis Vichinski.

J'étais dans le grand bain. Sans filet, avait dit Agnès. Je posais mon timbre d'homme fait, de vieux pirate fatigué. Blessé mais toujours debout. Je voulais incarner musicalement mon propos, mon éloge de la nuance, de l'humanisme camusien, de la bienveillance. Vichinski, lui, avait une voix de crooner : elle emplissait la pièce tout entière.

– Vous êtes un historien, spécialiste du maccarthysme et de l'histoire américaine mais surtout vous êtes un essayiste. Vous avez écrit *Le Voyant d'Étampes*, un livre qui a fait couler beaucoup d'encre ces derniers temps. Un livre scandaleux pour certains, courageux pour d'autres. Qui est le voyant d'Étampes, Jean Roscoff ?

– Le voyant d'Étampes, c'est Robert Willow. Un homme dont on ne sait pas grand-chose, en vérité. C'est un Noir américain, je pense que nous reviendrons sur ce point mais je préfère le dire tout de suite histoire de ne pas entretenir une ambiguïté qui n'a jamais existé dans mon esprit. Un Noir américain qui naît dans un quartier noir de Durham, en Caroline du Nord. Son père est un entrepreneur qui s'en sort plutôt bien…

– Ils vont vite partir à Washington.

– Oui, ils vont partir à Washington D.C. parce qu'à l'époque, les Noirs américains voient un peu cette ville comme un endroit à part. Il y a Howard University, et puis l'administration fédérale emploie des Noirs, disons que la ségrégation y est un peu moins impitoyable qu'ailleurs.

– Ensuite le parti communiste, puis la France.

– Tout à fait. Il devient membre du parti en 1950, et puis il quitte son pays pour la France, en 1953. Il rejoint les existentialistes. Il rejoint ses amis aussi : l'écrivain Richard Wright et Frazier, son ancien professeur à Howard University...

– Edward Franklin Frazier, célèbre sociologue, qui travailla à l'Unesco, à Paris, entre 1951 et 1953.

– C'est exact.

J'étais agréablement surpris, Vichinski prenait son temps, il connaissait le sujet. Il avait peut-être même vraiment lu le livre.

*

Tout se déroulait naturellement, chaque question amenant une réponse, sans effort. Il n'y avait que nous deux, et sa voix veloutée qui flottait dans la pièce. Je n'aurais même pas été étonné de le voir allumer une cigarette.

– Nous verrons plus tard la raison pour laquelle il a quitté les États-Unis, ce n'est pas sans rapport avec la polémique qui s'est déchaînée dans les médias.

– Bien sûr. On pourra en discuter. Ce qui est incontestable c'est qu'il quitte les États-Unis au mois de mars 1953, dans un climat d'anticommunisme hystérique.

– Ensuite, il se rapproche des existentialistes, de Jean-Paul Sartre, avant de rompre avec le Parti.

– C'est mon hypothèse en tout cas. Vers 1955 il publie dans une revue un poème, *Jusqu'à nouvel ordre*, où il se moque du plan quinquennal des Soviétiques.

– Et puis l'exil.

– C'est un bien grand mot, il ne part pas en Tasmanie mais à soixante kilomètres, dans l'Essonne. Il rompt avec le petit milieu parisien et se met à écrire en français, une poésie très différente, moins grinçante, moins rythmée aussi. Une poésie d'inspiration médiévale, pourrait-on dire (enfin un médiévalisme moderne, proche de celui de Charles Péguy, dont je crois qu'il a pu être une influence pour le poète).

Attention, attention. Trop technique, trop jargonneux, il y avait Vichinski en face de moi mais dehors il y avait les dix stades de France pleins à craquer, je pouvais en perdre trois ou quatre avec ce genre de considérations, elles n'étaient même pas nécessaires, elles n'éclairaient rien, je pouvais perdre trois ou quatre cent mille auditeurs qui estiment légitimement qu'il est trop tôt, à sept heures trente du matin, pour s'infliger une digression sur l'influence de Charles Péguy dans l'œuvre de Robert Willow, Charles Péguy franchement, c'était totalement à côté de la plaque, hors sujet, putain Jean, reprends-toi.

– En gros, il est passé de Miles Davis au chant grégorien.

Je lâchai un gloussement bref, satisfait de ma formule. Vichinski me recadrait aimablement :

– Et puis, en 1960, le drame.

– Oui. Cette année-là, Willow meurt dans un accident de voiture.

– Quelques dates mais surtout une œuvre. Une œuvre qui méritait mieux que l'indifférence du public. C'est ce que vous dites en substance.

– Oui. Une œuvre poétique en anglais puis en français, très exactement une petite soixantaine de poèmes réunis en quatre recueils. C'est une œuvre étrange, on pourrait presque avoir l'impression qu'elle est écrite par deux personnes. Par trois personnes, même.

– D'abord des poèmes sur le jazz.

Justement, la voix de Vichinski était aussi moelleuse que la trompette d'Armstrong dans *New Orleans Stomp*. C'était du billard. J'embrayais :

– D'abord, le jazz, oui. Ensuite, les petits poèmes pleins d'ironie et d'amertume où on sent une distance vis-à-vis du parti communiste, du petit milieu sartrien. Ensuite, il part dans un truc intemporel, presque mystique, on ne peut pas totalement exclure une conversion au catholicisme.

Notre échange durait depuis une dizaine de minutes. Il jeta un œil sur ses fiches, but un peu d'eau. Et puis on est entrés dans le dur.

Vichinski retira ses lunettes comme on tombe un masque. Ses pupilles se rétrécirent jusqu'à devenir deux petites billes dures et noires. Sa voix s'était rafraîchie d'un coup. *Qu'est-ce que tu avais cru, mon gros ? Que tu allais dérouler pépère, comme au salon de thé ?*

Il attaqua : pourquoi cette impression, qu'ont eue certains lecteurs, que je retirais à Willow la qualité d'auteur noir américain ? Que je prêtais à Willow une volonté d'échapper à son identité noire américaine. Pourquoi est-ce que j'avais été accusé, en deux mots, d'appropriation culturelle ? Est-ce que j'avais réfléchi à tout ça ?

J'avais pris des notes, j'avais gribouillé des mots clés sur des Post-it mais d'un coup ils étaient illisibles, inexploitables, je les palpais sans réussir à les déchiffrer, je sentais ma nuque se raidir, mes aisselles ruisseler, j'avais chaud. Je me raclais la gorge et répondais aussi calmement que possible. J'avançais timidement que *j'avais fait une proposition*, à partir des maigres données personnelles, de son œuvre, de bribes de choses, le témoignage de Nancy Holloway, mais aussi du contexte que je connaissais bien, que je connaissais très bien, et chacun de ces éléments pris isolément pouvait sembler insuffisant pour parler au nom, à la place de Willow, je l'entends. Et pourtant c'est une conviction profonde, une conviction dont je suis conscient qu'elle est personnelle et que je propose au lecteur : je pense que

Robert Willow a fui sa *situation* de Noir, et qu'il l'a fuie jusqu'à l'inauthenticité.

– Qu'est-ce que vous voulez dire par là ?

Pas de concepts compliqués avait dit Agnès, pas de bidules sartriens, c'est une matinale d'info, des mots simples, on peut tout dire avec des mots simples et je tombai à nouveau dans mes travers d'universitaire, j'étais un vieux cinglé jargonnant, pourtant si Vichinski était agressif il n'avait pas l'air méchant, il faisait juste son boulot et ne prenait pas plaisir à m'envoyer par le fond, peut-être même qu'il aurait voulu m'aider mais il ne pouvait me sauver de moi-même, il ne pouvait pas faire les réponses à ma place, lui savait très certainement *ce qu'il fallait dire*, sans doute, mais il ne savait pas *ce que je voulais dire*, moi, il n'en avait pas le début d'une putain d'idée. Je voyais déjà l'effet pathétique, Roscoff et Aminata Diao qui se disputaient pathétiquement la dépouille de Robert Willow, la guéguerre mémorielle, chacun hurlant, tandis que ses livres gisaient, à moitié déchirés, à côté des belligérants. Je voyais le tableau auquel je participais, le jeu à somme nulle auquel je me prêtais mais c'était trop tard, il n'était plus temps de reculer. Et alors l'intellectuel au trench coat m'est apparu dans un nimbe d'étoiles, avec son regard intelligent et bon, Albert Camus qui s'était fait cuisiner par des Vichinski, lui aussi. Camus qui avait dit un jour, tandis qu'on le pressait de définir la civilisation européenne, cette phrase extraordinaire : « Je voudrais d'abord parler de mon empêchement à dire des choses définitives sur ce sujet. » Je regardai Vichinski dans les yeux et je répondis :

– Je veux dire une chose très simple. Willow m'a touché. Sa poésie m'a bouleversé. Parce qu'il y a des voix multiples chez cet homme. Willow n'est pas d'un seul bois. Nous ne sommes pas d'un seul bois, non plus. Et je crois que Robert Willow peut toucher beaucoup de gens car ce qu'il écrit est très beau.

C'était un homme libre, qui s'est dépouillé de ses religions successives. Qui étouffait sous les estrades où la discussion n'est pas possible. Il refusait d'être le porte-parole de quiconque. C'était un Noir américain empêtré dans l'Amérique jusqu'au cou, indécrottablement américain et pourtant l'Amérique ne l'aimait pas, l'Amérique ne voulait pas des Noirs. J'aime la poésie de Robert Willow. Et sans doute je l'ai dit maladroitement, et peut-être même que j'ai blessé des gens. Vous savez, quand je suis rentré chez moi, j'ai lu le mot raciste, écrit en grosses lettres, sur ma porte, j'ai été profondément choqué. J'ai une fille, et je l'aime. J'ai une ex-femme, et je ne sais pas pourquoi je vous dis ça, j'ai une ex-femme et je l'aime aussi, je l'aime plus que jamais. Je ne suis pas raciste, c'est une pensée qui m'est absolument étrangère. Je picole trop, c'est sûr, j'ai des problèmes avec ma consommation d'alcool, mais je ne suis pas raciste. Car au fond il n'y a que des hommes. Mais je n'en veux pas à ceux qui ont taggué ça, en fait je n'en veux à personne. Au fond il n'y a que des hommes.

Lorsque je sortis, j'eus la surprise de découvrir Agnès et Léonie à la sortie du studio. Elles étaient venues ensemble et avaient écouté l'émission autour d'un chocolat chaud, se partageant un kit d'oreillettes. Ma fille me tomba dans les bras, nous nous étreignîmes en silence, Agnès se tenait en retrait mais je croisais un regard que je n'avais pas vu depuis longtemps, et il me disait qu'elle était fière de moi.

– Tu as été fantastique, Papa.

J'avais parlé avec mon cœur et je m'étais même payé le luxe de lire un poème de Willow à l'antenne. Je lui avais laissé le dernier mot, et huit cent mille personnes avaient écouté une ballade willonienne intimiste, une ballade où il était question d'un enfant qui regardait le monde,

L'enfant sérieusement très gravement absorbé
Très intensément sérieusement concerné

Et ma voix s'était cassée sur les derniers vers. Comme on dit dans ces mondes où la roublardise est tellement généralisée que la moindre parole sincère détonne comme une fausse note, comme on dit dans ces mondes frelatés, *il s'était passé quelque chose.* Même le vieux routard Vichinski m'avait remercié pour « ce beau moment de radio », il m'avait serré la main avec chaleur et je lui avais dit que c'était Willow qu'il fallait remercier, parce qu'il était réconfortant d'entendre le chant d'un homme qui essayait de déchiffrer notre condition avec ses pauvres mots. Oublié pendant un demi-siècle, ce chant avait percé d'un coup, en pleine lumière, s'invitant pour quelques minutes dans des milliers d'existences, des milliers de foyers où la petite flamme n'avait jamais pénétré. Et pour cela j'étais prêt à pardonner à tous, j'étais même prêt à remercier Visage Long, le gars du blog qui avait permis cela. Au téléphone Paulin Michel bafouillait des félicitations, il disait que les commandes sur Amazon étaient en train d'exploser, on était en train de réussir le casse du siècle, Jean-Michel Aphatie m'avait écouté et me voulait sur son plateau, il avait pleuré en écoutant, le cœur endurci de Jean-Michel Aphatie avait cédé sous les vers de Willow et avec lui des milliers de cœurs, les gens allaient acheter de la poésie, ils allaient acheter de la putain de poésie, ils allaient à leur tour chérir la petite flamme si fragile, si minuscule au milieu des harangues et des réclames et des discours histrioniques et des images pixellisées et des pétitions en ligne et de la technologie 5G, ils allaient protéger la petite flamme, un chanteur à succès avait tweeté en disant que ça faisait du bien d'entendre ça, c'était le cri du cœur général, ça faisait du bien d'entendre un homme qui ne répondait pas à l'hystérie par l'hystérie, un homme non violent, et je me rappelais les propos de Martin Luther King sur *la force de la non-violence*, et les railleries de Malcolm X qui pensait qu'il ne servait à rien de tendre l'autre joue.

– C'est de la folie, Jean. Les pré-commandes sont en train d'exploser.

Paulin Michel était effrayé, il était en état de choc, il avait au moins dix emails de lycées qui voulaient que je vienne faire une intervention, on allait bientôt frôler la rupture de stock. Il faudrait réimprimer une troisième fois, c'était trop pour son petit palpitant d'éditeur indépendant, sans doute avait-il peur que le choc soit trop fort pour les éditions Dialogues, comme certains petits vieux font un arrêt cardiaque en faisant l'amour, il avait peur que sa maison succombe d'épectase, et je lui disais « mon Paulin, mon Paulin », et je riais, toute la grosse tension accumulée depuis une semaine explosait en un rire interminable, un bon rire d'ivrogne que j'étais, un rire fraternel et large comme le monde, qui invitait tout le monde à sa table parce que la vie était trop courte pour se méfier, la méfiance et le ricanement étaient deux cancers qui tuaient la générosité chez celui qui les sécrétaient mais aussi chez celui qu'elles visaient, ils étaient deux maladies contagieuses qui rapetissaient tout, racornissaient tout, et peut-être que les gens avaient aimé entendre ça, à sept heures et demie du matin, sur les ondes.

VI

YOU MAY SAY I'M A DREAMER

« Embarquer Camus dans son aventure nauséabonde est la dernière indignité de Monsieur Roscoff. On priera ce négationniste (oui, il faut parler de négationnisme) de laisser tranquille l'auteur de *L'Étranger*, qui a lutté toute sa vie contre l'oppression. Pas sectaire, Roscoff embarque aussi James Baldwin, immense romancier noir américain. Les ayants droit de l'infatigable lutteur pour l'égalité apprécieront. « J'aime les Bleus et les Noirs et les Jaunes », se défend Roscoff, émerveillé par sa largeur de vue. Il les chérit, en effet. Tant qu'ils restent des figures d'opprimés dociles, qu'il peut faire parler à sa guise. Mais qu'ils ne s'avisent pas de réclamer trop fort leur dû, parce qu'alors ils deviennent des fascistes et des maccarthystes. On a même droit à la tarte à la crème du On-ne-peut-plus rien-écrire, reprise en cœur par la droite la plus réactionnaire qui pourtant vomit sa haine en toute liberté. »

Le Magazine M

« Sans doute Roscoff n'est-il pas un identitaire. Mais il incarne le problème d'une certaine gauche, non racisé.e, qui voudrait circonscrire les termes de la lutte contre le racisme. Qui reproche aux minorités de ne pas réclamer poliment. Qui s'étouffe lorsque des voix s'élèvent trop fort pour dire la souffrance, les humiliations. Dans son livre, Roscoff abomine Sartre. Il serait bien inspiré de relire les premières lignes de l'*Orphée noir* (dont il tronque allégrement des passages) : « *Qu'est-ce que vous espériez, quand vous ôtiez le bâillon qui fermait les bouches noires ? Qu'elles allaient entamer vos louanges ?* » Au moins Sartre avait-il cette lucidité. Au fond, il définissait avant l'heure la *tone policy*, cette technique bien connue. On accuse d'hystérie une féministe qui a le mauvais goût de crier sa colère. On accuse de maccarthysme une personne racisée qui dit trop crûment son indignation. »

L'Obs

Évidemment, le monde étant ce qu'il est, les choses ne s'étaient pas passées comme cela.

Je m'étais fait piéger comme un bleu par cette petite fouine de Vichinski. Après son prélude *mezzo piano* (qui n'avait servi qu'à attendrir la viande), il m'était tombé dessus. Il avait ressorti le bouquin sur l'Affaire Rosenberg, sous-entendant qu'après le four de mon livre mort-né, mon livre plein de certitudes qui avaient été démenties le jour même de sa publication, j'aurais pu faire preuve d'un peu d'humilité. Il rappelait mon pedigree, l'air de rien, quasi contrit. Il fallait bien que l'on sache qui j'étais. J'aurais pu, sinon raser les murs, en tout cas faire preuve d'une vigilance accrue. Et puis il s'est excité sur Frazier et là il m'a braqué la lampe sur le visage et il l'a joué façon brigade criminelle, les bras de chemise et les chaussettes pleines de sable. Qu'est-ce que je voulais dire, au juste ? Qu'est-ce que je sous-entendais en citant Frazier et ses thèses datées sur la bourgeoisie noire américaine ? Est-ce que je voulais dire qu'elle n'avait pas été à la hauteur ? Qu'elle était coresponsable ? Est-ce que je me rendais compte du mépris, de ce que ça pouvait signifier ? C'était aussi indigne que ceux qui reprochaient aux Juifs d'être allés à la mort sans résister. C'était ça, l'ancien militant antiraciste Jean Roscoff ? Est-ce que je réalisais la violence de ce propos ? Je bredouillais une explication mais déjà il ouvrait un nouveau front, ma réponse ne l'intéressait plus, à présent il me cuisinait sur Peuzet, il voulait savoir ce qu'il en était de nos relations, et sa voix l'instant d'avant mordante devenait doucereuse, c'était celle du prêtre qui donne l'extrême-onction, il voulait seulement comprendre m'assurait-il, il n'était pas là pour me piéger, il voulait seulement comprendre la nature de cette relation qui semblait ancienne, et je lui assurais que je n'avais vu Peuzet qu'une seule fois, à un congrès, précisément a-t-il dit, il y avait d'autres intervenants à ce congrès, *ses équipes avaient bossé*. Traduire : il s'apprêtait à abattre une carte maîtresse, seulement il me laissait la possibilité de passer spontanément aux aveux, ce serait moins pénible pour tout le monde. Mais moi je ne voyais pas à quoi il faisait référence, j'étais prêt à reconnaître mes torts, à m'auto-incriminer mais sincèrement, là, je ne savais pas. J'étais un lapin pris entre les phares d'un trente-trois tonnes, aveuglé par l'avalanche de questions, titubant, et Vichinski évoquait l'auteur de polars régionalistes qui avait fini dans l'équipe municipale de Peuzet, ça faisait deux nazis donc, trois avec moi, et il tenait sa fête néopaïenne où l'on sacrifiait des enfants, la fresque se déployait sous mes yeux ébahis, ce n'était plus le congrès de Sète mais le congrès de Nüremberg et ça n'était pas ce que j'avais vécu, moi, j'avais parlé de sauce poulette avec un maire qui bâffrait son assiette de poulpe, et puis je m'étais bourré la gueule, ça je le reconnais bien volontiers, on était au moins quinze historiens à ce truc, d'ailleurs il y avait un confrère noir avais-je ajouté stupidement, il a haussé les sourcils, alors j'ai pété les plombs, je lui ai dit que j'avais l'impression d'être interrogé par la Stasi, je lui ai dit que ce n'était pas une interview mais un lynchage.

Quand je suis sorti, la pluie s'était mise à tomber. Agnès n'avait pas pu venir. Léonie m'attendait, seule, avec un parapluie.

Le 13 décembre 1948, dans une salle Pleyel pleine à craquer, Camus se lève. Il partage l'estrade avec d'autres sommités : Richard Wright et Jean-Paul Sartre comptent parmi les présents. Quelques années après la fin de la guerre, le monde est à nouveau au bord de l'abîme. Selon la formule churchillienne, « un rideau de fer s'est abattu sur l'Europe ». À Berlin les deux géants ont commencé la grande partie d'échecs qui durera quarante ans. Willow n'a pas encore rejoint la France, pas même Harlem, il en est encore à crever d'ennui sur les bancs de Howard University. Dans la salle, la gauche intellectuelle écoute ses brillants orateurs. Elle a convoqué ses chamans pour répondre à une question : peut-on, faut-il trouver une troisième voie entre le bloc de l'Est et le bloc atlantiste ? Faut-il choisir entre Staline et Truman ? La jeunesse intellectuelle et très fiévreuse est tentée par Moscou. Camus se lève, donc. Quatre mille personnes tendent l'oreille. Il ne harangue pas, il veut parler aux intelligences et il veut parler aux cœurs aussi. Il veut atteindre cet endroit fragile qui est le point de contact entre le cœur et l'intelligence. Il veut faire entendre une voix différente « *au milieu d'un monde desséché par la haine* ». Il parle du courage de la mesure. Il refuse l'injonction qui est faite aux artistes : « *de tous les coins de notre société politique un grand cri s'élève à notre adresse qui nous enjoint de nous justifier* ». Il met en garde contre les idéologies. Il se méfie. Il a une méfiance atavique, viscérale « *de leur raison imbécile ou de leur courte vérité* ». Il dit : « *Il n'y a pas de vie sans dialogue.* » Il dit que le dialogue est remplacé aujourd'hui par la polémique, que « *le XX*e *siècle est le siècle de la polémique et de l'insulte* ». Il s'interroge, il réfléchit à haute voix, et sa pensée a été accouchée dans la douleur, matière à la fois robuste et composite, le fruit d'intenses ruminations et de scrupuleuses observations : « *Mais quel est le mécanisme de la polémique ? Elle consiste à considérer l'adversaire en ennemi, à le simplifier par conséquent et à refuser de le voir. Celui que j'insulte, je ne connais plus la couleur de son regard, ni s'il lui arrive de sourire et de quelle manière. Devenus aux trois quarts aveugles par la grâce de la polémique, nous ne vivons plus parmi des hommes, mais dans un monde de silhouettes.* » Le cœur et l'intelligence pour trouver l'équilibre. Camus est bien seul, en ces temps d'anathèmes et d'excommunication, à parler ainsi ; il essaie de faire comprendre aux jeunes gens de la salle Pleyel que la nuance n'est pas le compromis, ni le maquignonnage. Elle est le courage suprême.

Les lois de l'indignation collective étaient peu lisibles, on pouvait certes anticiper certaines réactions, on pouvait lire des signes mais on ne manquait jamais d'être surpris, les coups ne venaient pas du lieu exact d'où on les attendait. De ce point de vue la twittosphère était un lieu où s'exprimait une réelle créativité. Dans mon cas, le mot qui fit l'effet d'une giclée d'essence sur un feu moribond n'était pas ma sortie sur le collègue gabonais, ni mes explications embrouillées sur Frazier, non, ce mot était le dernier que j'avais lancé à la figure de Vichinski : « Lynchage ». « C'est un lynchage », avais-je dit. Il m'avait sauté à la tronche comme une mine antipersonnelle à la tronche de son poseur maladroit.

Justice4blackpeople n'a pas tardé à me tomber sur le râble. Comment ose-t-il ? J'étais allé chez Vichinski pour me défendre sur le terrain de la mémoire, de la captation de la souffrance d'autrui - de sa négation, même. Et je parlais de lynchage. Pourtant je n'ignorais pas ce que signifiait ce mot. N'étais-je pas un spécialiste de l'histoire américaine ? Le contexte était lourd. La semaine précédente, le passage à tabac d'un jeune Français d'origine malienne par des flics avait fait les gros titres des journaux, des injures racistes avaient accompagné la volée de coups. Le lynchage était une réalité concrète, elle n'avait jamais cessé de l'être, et moi je faisais main basse sur ce mot pour décrire une... interview. Le mot était piégé. On me promettait que j'allais bientôt être en mesure de distinguer son sens littéral de sa version métaphorique. Il n'était plus question de Robert Willow, on entrait dans une autre dimension : rien de moins qu'un débat national sur le racisme dans notre pays. Je suivis cette apothéose depuis mon canapé : je m'étais cloîtré chez moi, avec mes bouteilles de Bombay Sapphire (j'avais de quoi tenir une, voire deux semaines en gérant correctement mon stock). La vieille droite, les laïcards, les féministes universalistes montèrent au créneau pour me défendre. Pascal Bruckner m'appela, scandalisé, pour m'assurer de son soutien. Soixante intellectuels signèrent une tribune : « Les mots n'appartiennent à personne. » Une centaine d'autres ripostèrent : « Il est des mots qu'on ne manipule pas impunément. » Dans la liste des signatures, je reconnus quelques anciens collègues de Paris VIII. À l'Académie française, les râteliers claquaient de fureur. Quelques-uns profitaient de l'aubaine pour se refaire une santé médiatique. Un ancien ministre au menton couenneux déboula dans l'arène, champion autoproclamé de la liberté d'expression. « On-ne-peut-plus-rien-dire », s'offusquait-il, en roulant des yeux comme des phares. Un acteur en méforme lança un appel au calme, la voix chevrotante, depuis son canapé. Un patron de cosmétiques y alla de son couplet : il avait englouti cent millions dans une campagne sur la diversité, c'était l'occasion de le faire savoir. Je regardai les images, penché au-dessus de mon plat cuisiné commandé sur Deliveroo. Je m'endormai vers quatre ou cinq heures du matin, et roupillai quelques heures d'un sommeil agité (je rêvais qu'on m'exfiltrait de mon immeuble depuis le toit, par hélicoptère). Sur BFM TV défilaient les images d'un rassemblement au Trocadéro, sur le parvis des Droits de l'homme. Margot Basset-Dutonnerre, une jeune mannequin qui se trouvait être la fille de la célèbre éditrice, braillait dans un mégaphone, les yeux injectés de sang.

Aminata Diao était là aussi. « Touche pas à ma mémoire », pouvait-on lire sur la pancarte qu'elle brandissait au-dessus de sa tête. Elle était interviewée et déroulait, très pro : « Le combat est loin d'être fini contre l'invisibilisation des minorités afro-descendantes. L'invisibilisation peut être sociale et politique. Elle peut aussi être littéraire », ajouta-t-elle. Elle souriait avec un air malin. Elle semblait soulagée que *ce soit loin d'être fini* : son filon était inépuisable.

Au téléphone, Agnès me conseillait d'arrêter les frais.

– Tu devrais leur donner ce qu'ils veulent, Jean.

J'enrageai. Lors de l'ultime engueulade qui avait précédé la demande en divorce, elle m'avait reproché de ne pas me battre. À présent, elle voulait que je dépose les armes.

– Dire quoi ? Que Willow était un poète engagé pour la diversité ? Mais c'est de la connerie, ça ! Ce que tu me demandes, ça s'appelle un *parjure*.

– Tu m'emmerdes, avec ta pureté intellectuelle. Tu dis que tu as réfléchi, que ton livre était maladroit et que tu regrettes d'avoir blessé la communauté noire. Tu ravales ton orgueil. Je le ravale tous les jours, moi, mon putain d'orgueil. Qu'est-ce que tu crois ? Le mois dernier, je suis allé à un week-end de *team-building* avec tout le bureau parisien : j'ai fait un petit speech très sérieux pour expliquer pourquoi j'étais attaché aux valeurs de Bain & Company. Tu crois que c'était pas un parjure, ça ? Mais moi, j'appelle ça *jouer le jeu*. Arrête de jouer les vierges effarouchées.

Deux jours après la matinale, je descendis m'acheter une baguette. Je m'équipai d'un passe-montagne que je remontai jusqu'au nez. Sur un kiosque à journaux, j'aperçus mon visage, blafard, à la une d'un magazine. On aurait dit un avis de recherche.

*

Les gens ont commencé à me lâcher, pour se couvrir. L'imprévisibilité de la polémique moderne voulait cela : les gens avaient peur d'être pris en défaut. À l'extrême, cette peur pouvait même transformer en délateur. On ne veut pas être de la prochaine charrette, alors on prend les devants : on donne un nom. Il ne suffit plus de se savoir au-dessus de tout soupçon. Il faut le prouver, en hurlant avec les loups. Certaines défections étaient plus douloureuses que d'autres. Par exemple, que Paulin Michel me débranche n'avait pas été une grande surprise. Il l'avait fait de façon chirurgicale, après que l'email des éditions Dialogues eut été saturé de messages d'insulte. Je découvris, dans un email que me transférait Léonie, son interview dans le magazine *Lire*. « PAULIN MICHEL : J'AI MANQUÉ DE DISCERNEMENT », annonçait le chapeau.

LE MAGAZINE LIRE : *Vous comprenez que les gens soient choqués ?*
PAULIN MICHEL : *Oui. Certaines mémoires sont à vif. J'ai construit ma maison d'édition autour du dialogue des identités. En France, la littérature noire a longtemps été méprisée. Elle fait face à un défi : comment exprimer une voix singulière, une voix authentiquement noire dans une langue qui a été un vecteur d'oppression ? Ces débats ont mobilisé le courant de la négritude. Ma maison a (modestement) contribué à ce débat, avec la réédition de textes d'Aimé Césaire et de Frantz Fanon. Donc, je suis très sensibilisé à ces problématiques.*

Paulin Michel faisait part de ses regrets. Il aurait dû relire attentivement les épreuves, il avait choisi de faire totalement confiance à son auteur. Il était, en quelque sorte, tributaire de mon parti pris. Sans information sur Robert Willow, qui a pour ainsi dire disparu sans laisser de trace, il n'avait pas été en mesure de poser un regard suffisamment critique sur mon travail. « C'est ma faute, reconnaissait-il. L'auteur a une responsabilité. L'éditeur aussi. On ne peut pas, aujourd'hui, expliquer un texte en s'affranchissant du contexte socio-culturel dans lequel il a vu le jour. Encore moins nier ce contexte. Quand Jean Roscoff a dit que Willow n'avait pas été structuré par son identité de Noir américain, c'était une faute et une absurdité historique. Je lui ai dit. »

La fin de l'interview était un chef-d'œuvre d'hypocrisie et de cynisme :

LE MAGAZINE LIRE : Le Voyant d'Étampes *est en rupture de stock. On vous a reproché de ne pas l'avoir retiré des ventes. Allez-vous réimprimer l'ouvrage ?*

PAULIN MICHEL : *Oui. Je ne crois pas à la censure. Chacun doit pouvoir juger sur pièce.*

Ah, l'enculé ! Le formidable enculé. Paulin-Judas. Le petit homme replet et sympathique m'avait tiré dans le dos à bout portant. Il fallait le lire pour le croire. Le sol se dérobait sous mes pieds. Sur le moment, j'étais tombé de ma chaise, mais au fond de moi je savais que rien de cela n'aurait dû me surprendre vraiment ; depuis le début de cette affaire Paulin Michel se tortillait de gêne, au supplice. Fourbe et habile Paulin. Il ne retirait pas le bouquin des ventes : pas folle, la guêpe. Il condamnait, sans renoncer au pognon généré par le *bad buzz*. La vicieuse petite créature. J'avais presque envie de tirer mon chapeau. C'était cela, son communiqué de soutien. Je lui téléphonai pour l'agonir d'injures.

– Tu es une vieille pompe à merde, Paulin.

À l'autre bout du fil, Paulin Michel était froid. Il semblait rassuré que je l'agresse, sans doute aurait-il été plus gêné que j'en appelle à ses sentiments.

– Je mets ta vulgarité sur le compte de la panique. Jean. Il fallait que je réagisse. Je pense chacun des mots que j'ai écrits dans cette interview. Tu auras noté que je me remets en question, et tu ferais mieux d'en faire de même, même si je doute que tu en sois capable.

Je lui raccrochai à la figure, avec l'impression désagréable d'avoir été, vis-à-vis de l'éditeur, d'une naïveté totale. Jusqu'au bout, quand j'avais devant les yeux les signes avant-coureurs de la trahison, j'avais gardé ma foi dans le petit perroquet dodu. J'étais triste d'en arriver là, moins pour Paulin Michel que pour Olga, qui était quand même bien sympathique.

La « prise de distance » de Nicole avait été plus douloureuse. J'étais passé à la fac en fin de journée, pour scanner le complément de plainte que réclamait le type de la MAIF. Arrivé à l'UFR, j'eus à peine passé une tête dans le bureau de Nicole qu'elle m'attrapa par le bras pour m'entraîner dans un coin.

– Je suis désolé, Jean, mais tu ne peux pas rester ici. Tu n'es plus enseignant, tu ne peux pas te pointer comme ça et utiliser les ressources de la fac.

J'étais sans voix. Depuis trente ans, Nicole m'avait toujours arrangé. Pour la première fois, la maison ne faisait plus crédit.

– Tu déconnes, Nicole. Je viens depuis six mois sans que ça pose le moindre problème. Dis-moi au moins la vraie raison.

– Tu connais la vraie raison, Jean. Je ne veux pas avoir de problèmes. On a déjà beaucoup de problèmes, ici.

Elle baissa les yeux.

– Dernière chose : des professeurs se sont plaints que tu te garais sur les places réservées aux enseignants. Je leur ai promis de te passer le message.

J'avais tourné les talons : je n'avais pas envie de mendier quoi que ce soit. Je me souvenais de la chute de Bazarove, qui avait fini par hanter les colloques de types aux épaules semées de pellicules, des professeurs médiocres aux pantalons en velours côtelé qui avaient tourné le dos au réel pour des raisons diverses, et qui expliquaient très tranquillement que les six millions de morts de la Shoah étaient une thèse parmi d'autres ; qu'il était du devoir des historiens de n'écarter *aucune hypothèse alternative*. À l'époque, je lui avais demandé des explications, je lui avais dit que je ne pouvais pas croire ça de lui. Il avait fait Vincennes, merde. Il avait coudoyé Foucault et les autres. Il avait eu une moue méprisante que je ne lui connaissais pas, il avait dit que j'étais un peu jeune pour comprendre ces choses-là. On lui avait sucré progressivement ses enseignements, avant de le muter : le président de la fac ne voulait pas faire de vagues et il avait échoué chez ses nouveaux amis, à Lyon 3. Il y bénéficia même de l'éméritat, qui lui permit de continuer à diriger des thèses après son départ en retraite. Il était mort au début des années 2000, en tombant dans ses escaliers. Ce vieux fou me narguait par-delà la mort. « Tu m'as répudié, Brutus. À présent, tu vas connaître l'exil et la dégradation. » Aujourd'hui j'étais devenu le vieux schnock, le type aux pellicules. La vie était une blague de mauvais goût.

Paulin, Nicole : qui seraient les prochains ? Je laissai un message à Marc, sous un prétexte quelconque. Je voulais m'assurer de sa loyauté. Tandis que je regagnais mon dix-neuvième, j'introduisis dans le lecteur un CD de Motörhead pour me maintenir dans une atmosphère de combat. En général, le hurlement des guitares du groupe de heavy metal suffisait à réveiller chez moi des instincts de guerrier wisigoth (le ricanement pervers et fou de Sid Vicious et quelques titres d'AC/DC, dont « Highway to the Hell » pouvaient également remplir cet office). Au lieu de cela, je me sentis nauséeux. Ma colère retombait comme un soufflé. Paulin Michel sauvait sa peau, celle de sa femme. Deux auteurs avaient rompu leur contrat d'édition avec Dialogues, effrayés par cette mauvaise publicité. Nicole défendait l'institution. Pour la fac, elle aurait été prête à jouer les fusibles. Pas pour ma gueule, et il m'était difficile de lui jeter la pierre : je n'avais jamais rien fait pour elle. J'avais bien lâché Bazarove, moi. Mais non, ce n'est pas pareil, enfin je ne crois pas, Bazarove était devenu une espèce de fasciste azimuté, il me semble qu'on ne pouvait pas mettre sur le même plan la négation d'un génocide industriel et, par exemple, l'usage non littéral d'un mot chargé d'une connotation douloureuse pour une partie de la population d'un pays étranger, ce n'était pas tout à fait comparable, ou alors le degré de sensibilité des gens était devenu tel qu'il fallait peut-être renoncer à toute vie en société, et vivre chacun tanqué chez soi et ne sortir que pour de brèves interactions avec des gens triés sur le volet, des gens qui utilisent les mêmes mots que vous et leur attribuent exactement le même sens, pour être sûr de ne jamais être blessé, puisque c'était devenu l'obsession de notre époque de petites choses geignardes et souffreteuses et désireuses d'assurer leur *sécurité émotionnelle*, de ne jamais, JAMAIS, être confronté à un mot qui puisse heurter leur sensibilité. Et évidemment chez un mauvais coucheur de mon espèce, chez un vieux gorille imbibé ce genre d'injonction avait un effet totalement contreproductif, ça me donnait envie de dire très exactement ce que l'on m'interdisait de dire, pour le plaisir de voir les petites choses geignardes et souffreteuses grimacer de dégoût et chougner de rage, et aussi les *personnes autorisées* et chic s'étouffer d'apoplexie et se faire pipi dessus. Et probablement ce n'était pas reluisant mais ce désir était très fort, par moments, surtout quand mes enceintes crachaient un truc aussi insensé que « Brotherhood of Man », dans lequel Lemmy Kilmister a la voix d'un type qui se serait nourri de gravier pendant quarante ans, en le faisant passer avec du Destop. Et à mesure que le grand Lemmy lançait ses provocations lucifériennes j'entrais dans une de ces transes caractéristiques, j'avais une furieuse envie de débarquer déguisé en homme des cavernes avec un gourdin dans le forum « Femmes puissantes » auquel participait Agnès, et maugréer des paroles hostiles, juste pour voir leur réaction, et aussi je me serais bien payé une explication avec Aminata Diao, je l'aurais secouée comme un putain de prunier en lui disant d'arrêter de casser les couilles de tout le monde et d'aller de l'avant, bordel, ça ne servait à rien de se rouler par terre, ça ne servait à rien de bouder et de s'offusquer à tout bout de champ et d'exhiber ses bobos avec un ton putain de grave pour extorquer la compassion de certains et terroriser les autres, ce n'était pas une vie, bordel, bordel de merde de putain de queue de couilles à skis, Aminata, on t'aime mais là tu chies grave, reprends-toi, putain.

Marc m'avait donné rendez-vous dans un parc, près de son cabinet. C'était absolument grotesque, nous aurions pu tout aussi bien nous retrouver dans une église, chacun parlant sans regarder l'autre, les yeux rivés sur l'autel, comme deux parrains de la Cosa Nostra. Sur un plan d'eau, un colvert se lissait les plumes. Marc jetait des regards à la ronde. Il était stressé, regardait sa montre. J'avais l'impression d'être une vieille relation embarrassante. « Ami intime de Marc W. », avait écrit un journaliste. Je l'interrogeai. Est-ce qu'il n'y avait pas quelque chose à faire contre les canards qui me présentaient comme un disciple de Bazarove ? Quand je l'avais choisi comme directeur de thèse, il n'était pas celui qu'il était devenu. En cas de refus, je comptais lui taper cinq cents balles : le type de la LCL avait vicieusement rétabli mes plafonds avant de partir en week-end, ma carte ne passait plus nulle part. Or j'avais besoin d'argent, pour crécher quelques jours à l'hôtel : la veille, ma porte avait été de nouveau forcée, je ne m'étais pas réveillé, plongé dans un sommeil médicamenteux. Au matin, ma serrure était de nouveau à moitié bousillée. J'avais déposé un complément de plainte au commissariat, mais cette fois-ci mon interlocuteur de la MAIF était devenu soupçonneux, ça commençait à faire beaucoup, et l'accusation d'une escroquerie à l'assurance, si elle n'était pas frontalement évoquée, suintait de chacun de ses silences. Il faudrait faire venir un expert, tout cela prendrait du temps.

– Écoute, là, ça ne va plus être possible, Jean. Il faut que tu me comprennes, j'ai des projets moi aussi.

Marc avait toujours eu des projets. Aussi loin que je me souvienne, je l'avais toujours connu avec deux ou trois fers au feu, agité de conquêtes. Sans se départir de sa nonchalance, bien sûr, il n'était pas vulgaire, mais ceux qui le connaissaient bien savaient qu'il n'était pas là pour faire de la figuration. Et pour lui aussi le temps était à la tempête. Au bureau national du parti socialiste, ça sentait le sapin. Nombre de ses semblables, figures hâbleuses d'un monde ancien, avaient été balayés par le vent de renouveau qui avait bouleversé, il y a deux ou trois ans, le paysage politique français. Harlem, Dray, beaucoup avaient succombé dans la bataille. Ils avaient été remplacés par des jeunes gens portant des cravates fines, des jeunes gens adeptes de la *triangulation*, des enquêtes *panel-based*, des gens qui chronométraient leur dépense calorique à l'aide d'une application pendant qu'ils allongeaient un jogging, leur kit mains-libres vissés sur les oreilles. Marc avait tenu. Être souple et habile, il savait prendre le vent - en marin avisé, amateur de prudente godille qui attendait que les événements se précisent pour opérer un brusque coup de barre et apparaître, seul, dans la lumière, au moment propice. D'abord il s'était montré amical. Il avait donné des gages au Nouveau Monde, saluant la *brise requinquante* et le *rafraîchissement des troupes*, tout en suggérant qu'il faudrait bien quelques hommes d'expérience pour accompagner leurs premiers pas et leur inculquer cette vertu rare et si peu académique, aussi insaisissable que la *grinta* espagnole, le *french flair* ou la *vista* italienne : le sens politique. Il était, au besoin, disponible. Et puis il n'était pas si défraîchi que cela, après tout il était davantage avocat que membre du bureau national. Il était, à tout prendre, issu de la société civile. C'était sa nouvelle trouvaille : faire valoir son expérience tout en persuadant les hommes du Nouveau Monde qu'il était un homme de la société civile, *quelqu'un de la vraie vie*. Il y mettait une réelle force de conviction. Une législative partielle aurait lieu bientôt, dans la septième circonscription de Saône-et-Loire. Marc, donc, avait des projets. Il allait être exposé. Il fallait qu'il pense un peu à lui.

– Je comprends, Marc. Je vais me démerder.

Nous marchions côte à côte, comme un vieux couple illégitime. Le parc était vide ou presque. Assis sur un banc, un jeune homme en costume sombre picorait une salade à emporter. Une dame âgée lisait un magazine, son chow-chow assoupi entre ses deux jambes délicatement marbrées. Marc rompit le silence avec un aphorisme de Sun Tzu, qui revenait plus ou moins à dire qu'on ne peut pas livrer deux batailles à la fois. Je soupirai.

– J'ai l'impression qu'on me suit.

– Pardon ?

– C'est un étudiant, un mec dans un délire régionaliste et propalestinien.

– Je crois qu'il faut que tu te reposes.

– Je ne sais plus trop, Marc. Je ne comprends plus rien. À l'époque de mon bouquin sur les Rosenberg, les incendies ne prenaient pas si facilement. J'avais été ridiculisé chez les universitaires, soit. J'étais tricard. Mais je n'avais pas reçu des messages d'insulte de types que je ne connaissais ni d'Ève ni d'Adam.

– Les gens qui se font broyer par une polémique, ce n'est pas nouveau. Tu le disais toi-même : la phrase de Camus, le *monde de silhouettes*.

– C'est différent. Au temps de Camus, l'invective était le fait d'un petit milieu journalistique et militant. Et puis elle était favorisée par les circonstances historiques : l'Europe détruite, le monde coupé en deux. La montée des périls. Les anciens collabos, les communistes, etc. Des gens qui s'étaient entrégorgés pendant cinq ans.
– Tu m'épargneras le cours d'histoire. On n'est pas dans un de tes amphis, là.
– N'empêche que c'était quelque chose. Eisenhower contre Khrouchtchev, têtes nucléaires contre têtes nucléaires. Ça expliquait un climat de terrorisme intellectuel, d'intimidation, d'insulte. Camus pouvait encore espérer que l'invective le cède au débat, *une fois la température retombée*.
– Il y avait des raisons d'espérer, quoi.
Il avait relancé mollement. Une petite relance au poker, pour voir. Il m'écoutait d'une oreille distraite.
– Exactement. Sauf que la température est retombée, et que l'injure est entrée dans les mœurs. L'injure est devenue un mode d'expression. Elle a empoisonné toute la société.
– Il manque un espace commun, quelque chose qui lie les gens.

Marc me donnait poliment la réplique. La vérité était qu'il se foutait complètement de mes analyses oiseuses. Il fallait s'adapter, point. Il y avait le monde réel, et des transformations irréversibles. La nostalgie lui était inconnue. Il n'avait jamais vraiment été jeune, mais il ne serait jamais vraiment vieux. Les jeunes, les vieux : ceux qui refusent de s'adapter. Je poursuivais, parler me faisait un bien fou et j'avais peur de perdre le fil fragile que je tenais. Le problème, expliquai-je, c'est la susceptibilité. Les gens sont arc-boutés sur leur identité, ils la chérissent, et ils deviennent susceptibles, alors il faudrait leur parler tout bas, en prenant tout un tas de précautions, il faudrait les cajoler. Et aussi la révolution anthropologique : celle du commentaire anonyme et simultané, de la pensée nanifiée. Le diktat des 144 signes. Les algorithmes qui nourrissent l'usager de contenus conformes à ses préjugés. Qui regroupe les gens en petits troupeaux qui n'ont plus de liens les uns avec les autres. Je m'arrêtai, essoufflé.

– Tu es un vieux con, Jean.

Marc s'amusait. J'ignorais le sarcasme, j'avais besoin de dire certaines choses :

– La profusion labyrinthique d'informations vomies en dehors de toute hiérarchie. La vidéo du raton-laveur qui attaque un promeneur. Celle du manifestant tabassé par un CRS. Le commentaire de celui qui a vu la vidéo du raton-laveur. La réaction de celui qui a vu le manifestant tabassé par un CRS. Le commentaire du commentaire. Le commentaire de la réaction. La réaction sur le commentaire.

Il me jeta un regard en coin. Je devais avoir l'air inquiétant. Il se mordit la lèvre supérieure.

– Les règles ont changé, c'est comme ça.

Il était soucieux, soudain. Notre conversation prenait un tour bizarre. C'était celle de deux détenus en cavale. Je le gênais affreusement et pourtant il avait envie de me parler. Est-ce qu'il avait des problèmes, lui aussi ? Marc avait ses faiblesses. Son cabinet était un véritable petit gynécée composé selon des critères physiques précis : uniquement des jeunes blondes au regard de chien husky. Des filles dynamiques, agressives, désirables. Il avait eu une aventure avec l'une d'entre elles. Avait-il abusé de la crainte que pouvait inspirer un associé fondateur ? Avait-il dérapé ? Il n'était plus avec moi, soudain. J'avais sous-estimé la part d'ombre de mon meilleur ami. Il ne se plaignait jamais, parlait peu de ses problèmes. J'essayai de l'encourager : moi, Jean Roscoff, le pilier de bar, fils de la Déveine, de la Paresse et de l'Indécision, j'encourageais Marc W.

– Toi, tu crains rien, Marc. Tu es un menhir. Tu as Sun Tzu et Clausewitz de ton côté.

– Ça ne suffit plus, Jean. Il faut faire attention à tout.

Malgré toute l'amitié que je portais à Marc, une joie mauvaise me visita. Les Nouvelles Puissances écrasaient tout, sans distinction : leur loi aveugle était inhumaine, mais au moins était-elle démocratique. Personne n'était au-dessus d'Elle. À l'idée d'être visé par une campagne de *shaming*, même un homme comme Marc perdait son assurance. Ce n'était pas le genre de trucs auquel un homme de notre génération avait été préparé. Un homme comme Marc savait comment faire face à un dépôt de plainte, une commission d'enquête disciplinaire : c'était une perspective atroce mais enfin on pouvait espérer infléchir le cours des choses, avec de bons avocats on pouvait essayer de renverser la vapeur. Mais une foule qui réclame des têtes. L'opinion ne pouvait plus être jugulée, elle débordait de toute part et les hommes comme Marc regrettaient l'époque où elle se donnait à quelques voix, subjuguée par les *belles personnes*, tendant l'oreille vers le transistor où s'exprimaient les voix des orateurs autorisés. Dix, quinze voix remplacées par des millions. C'était quelque chose. Était-ce une des raisons qui m'empêchaient de détester Jeanne ? Peut-être, et aussi celle-ci : Jeanne était sincère, elle était d'une extraordinaire, d'une désarmante sincérité. C'est cela aussi qui effrayait Marc : la force d'une conviction inébranlable. Certes cette conviction se nourrissait du sectarisme le plus étroit, et d'une fascination morbide pour la figure de la Victime (et cette figure ne reconnaissait aucun contrepouvoir, puisque les Nouvelles Puissances avaient érigé l'émotion au rang de valeur suprême, la souffrance comme étalon de mesure universel). Mais au départ il y avait une croyance aveugle, religieuse, parfaitement pure, et contre laquelle le ricanement des vieux jouisseurs duplices ne pouvait rien. Contre laquelle le ricanement hautain, la connivence, la superbe ne pouvait rien. Les jeunes commissaires du peuple contre les vieux jouisseurs duplices. L'esprit de sérieux absolu, le rouleau compresseur de la Justice était en branle. Que pouvions-nous lui opposer ? Le souvenir d'un string effleuré dans une boîte de la rue Princesse, les truanderies de SOS Racisme, les compromissions d'une génération, le ricanement de l'esprit Canal. *Que pesait la légèreté ?* Que pesaient les noces au champagne du mitterrandisme et de l'argent-roi, face à des gens animés d'une foi religieuse ? Les Nouvelles Puissances étaient les adeptes d'un puritanisme exigeant. Elles broyaient tout élément antagoniste sans barguigner. Elles incriminaient les actes sans considérer l'intention. Ou plutôt elles déduisaient l'intention des actes, et se souciaient peu d'*individualiser les peines*. L'épaisseur des vies ne les intéressait pas. Il y avait les forces du Mal et il y avait les forces du Bien. Pour la première fois, je sentais que j'avais un train d'avance sur Marc. Les dernières semaines m'avaient permis de comprendre beaucoup de choses. Je posai sur son épaule une main fraternelle. Il tressaillit, et se dégagea d'instinct. Peut-être, à la longue, sa femme l'avait-elle convaincu : je risquais de l'entraîner par le fond. Il prit congé :

– Je dois y aller, Jean. Je sais que tes choix seront les bons. Il ne faut pas être trop raide. Tu connais le roseau de La Fontaine : il plie et ne rompt pas.

C'était surtout du pur Marc W. Il aurait pu ajouter : quand une branche est pourrie, on l'arrache. Quand il fut parti, je m'aperçus que j'avais oublié de lui demander pour les cinq cents euros.

Ce soir-là, j'ai pensé à Marie.

J'avais honte de l'appeler, c'était un sacré aveu de mon extrême solitude, nous n'avions discuté guère plus d'une heure dans notre existence. Et pourtant j'avais l'impression très bizarre, quand j'en avais si cruellement besoin, qu'elle saurait m'écouter geindre. Je n'avais pas épuisé mon quota d'*écoute active* auprès d'elle. Et puis je me souvenais de la voir accomplir les gestes patients, butter un rosier, couper une tige malade, manier un pulvérisateur de jardin. En la regardant répéter ces gestes j'avais deviné chez Marie la présence d'un vaste gisement de patience. Elle saurait recueillir, avec la gravité nécessaire, le « sanglot de l'homme blanc ».

Je demandai à Marc le numéro de Marie. Je prétextais avoir oublié mon rasoir électrique dans la maison de Saint-Julien, je voulais m'assurer de cet oubli auprès de Marie qui s'y rendait chaque semaine. À l'autre bout du fil, Marc semblait soulagé d'entendre que ce n'était que ça, peut-être avait-il craint que je lui demande de s'engager à mes côtés, que je lui demande une attestation de moralité ou bien les clés de Wissant, ou même un revolver, il s'est détendu et m'a donné le zéro-six.

– Marie, j'avais besoin d'entendre votre voix.

– Moi, j'ai entendu la vôtre il y a trois jours, monsieur l'écrivain. Je vous ai écouté sur France Inter.

– Ah bon ?

– Vous savez, on a la radio en Saône-et-Loire. On l'écoute même en Côte d'Ivoire.

À nouveau, j'étais en dessous de tout, mais dans sa remarque il n'y avait pas le moindre reproche, il n'y avait pas l'insinuation soupçonneuse du Juge d'instruction, elle me taquinait, c'est tout, elle me taquinait parce que j'étais ridicule et qu'il fallait bien rigoler un peu, parfois.

– Vous avez passé un sale quart d'heure.

– On dirait que ça vous fait rire.

Je me rappelai qu'elle avait dû fuir son pays en catastrophe, que son mari avait été écrasé sous une demi-tonne d'acier. Elle était deux fois schmürz, deux fois exilée, elle avait payé son écot au malheur. Elle avait le droit de rire, oui, elle ne l'avait pas volé.

– Pas du tout, mentit-elle.

Il y eut un silence. Je lui expliquai mes déboires, mes problèmes de fric, la serrure défoncée.

– Vous allez aller boulevard de Strasbourg. Mon oncle a un salon là-bas, il vous fera un maffé. Je vais le prévenir.

*

Hervé Abdouleymane Saganogo m'avait accueilli sans cérémonie, sans un regard à vrai dire, il avait une coupe à finir aussi m'avait-il demandé d'attendre, ce que j'avais fait sur une chaise le temps qu'il finisse de dessiner, à la tondeuse, un dragon dans la nuque d'un adolescent d'un mètre quatre-vingt-quinze qui portait une chasuble de basketteur floquée au nom de Shaquille O'Neal. Hervé Abdouleymane Saganogo avait des oreilles décollées et pointues qui le faisaient ressembler à un elfe malicieux. Il avait aussi un ventre large et tendu : en tapant dessus, on aurait pu le faire vibrer comme la grosse caisse du batteur de Louis Armstrong and His Hot Five. Pour lui tirer le portrait il aurait fallu appeler Gogol à la rescousse, seul capable de faire le tour du personnage : « Les ventrus n'ont jamais de postes instables ; quand ils posent leur séant quelque part, ils y demeurent puissants et pleins d'espoir ; leur place tient bon et fléchirait-elle, eux ne tomberaient pas. » Toute sa personne exprimait une tranquille autorité.

Une gosse, vraisemblablement la petite sœur du jeune client, me jetait des regards furtifs. Je la regardai à mon tour et elle s'enfuit en pouffant, il est évident qu'elle n'avait jamais vu un Blanc dans cette boutique, peut-être imaginait-elle que je faisais la queue pour me faire poser une perruque afro, d'où son hilarité, peut-être aussi que j'avais tout simplement l'air d'un clown triste. Je me sentais bien ici. La tondeuse faisait tranquillement son office, et les touffes crépues tombaient en petits paquets sur le sol carrelé. Après la fermeture, le colosse fit sa caisse, discuta quelques minutes avec un gars qui était visiblement son rabatteur, un de ces types qui passaient des heures à la sortie du métro pour racoler les clients, il y eut une brève altercation à propos de sa commission mais Hervé Abdouleymane Saganogo n'avait pas prévu de se faire enfiler, ou bien tout cela était une mascarade que les deux protagonistes répétaient chaque soir avant de se séparer sur le même ton amical, une passe d'armes pour rire, impossible de savoir. Il m'emmena bouffer un poulet yassa dans une cantine du coin. Je lui expliquai que j'avais des problèmes. J'étais las de parler de Robert Willow alors j'en venais directement aux conséquences immédiates desdits problèmes, soit une porte fracturée et des difficultés de logement. En temps normal j'aurais pu me payer une chambre d'hôtel mais on m'avait piraté mes comptes, des mouvements frauduleux avaient été enregistrés et mes comptes avaient été bloqués. Monsieur Hervé Abdouleymane Saganogo était un homme pragmatique, il n'y alla pas non plus par quatre chemins : son cousin gérait un hôtel rue Doudeauville, le taux de remplissage était faible et je pourrais avoir une chambre, ce n'était pas un problème, et si je savais qui avait fracturé ma porte il connaissait des gens, lui était très honnête, il pouvait même me montrer ses avis d'imposition insista-t-il très sérieusement, mais il connaissait des gens, et parmi les gens qu'il connaissait il se trouvait deux ou trois garçons qui sortaient de Fresnes et pouvaient faire ce genre de travail, mais alors il faudrait les rémunérer. Je remerciai poliment, je lui expliquai que la police était saisie, qu'une plainte était déposée et Monsieur Hervé Abdouleymane Saganogo soupira et me dit qu'il connaissait bien la police, il avait de bons rapports avec eux mais que je devais comprendre que la police, en France, était essentiellement composée de « peintres » et de « bras cassés ». En Côte d'Ivoire il avait vu des gens manquer de se faire brûler vifs par la foule pour avoir été attrapés en train de voler un vélo, là-bas la police protégeait les délinquants contre le lynchage, c'était des pays où l'on avait le sens des réalités, en France nous étions des poètes, et par là je comprenais qu'il voulait désigner pudiquement des eunuques poudrés qui ont inventé colin-maillard et l'escarpolette. Il s'esclaffa, et je souriai faiblement. Il faisait bon m'abriter sous ce rire énorme.

Les semaines qui suivirent peuvent difficilement faire l'objet d'un récit ordonné. Tout était malsain, tout était ignoble, tout était suspect, et même le souvenir pur de cette soirée avec Hervé Abdouleymane Saganogo où nous bûmes à nous casser la tête, dans sa cuisine, sous les yeux effarés de sa femme, même ce souvenir-là était flétri. À présent j'étais éveillé, *woke* comme disaient les chercheuses américaines au mug fumant, les Nouvelles Puissances, j'avais été éveillé à la nouvelle religion par la force, on m'avait décillé les yeux avec un instrument de torture, j'étais *conscientisé* et plus rien de ce que je faisais n'était innocent ; j'étais allé dîner chez un homme noir quand j'avais besoin de soutien, en dernier recours, et je repensais au sarcasme de Baldwin sur « la lâche sottise des progressistes blancs ». Je n'étais pas tellement moins ridicule que Lou Basset-Dutonnerre, à peine moins tordu qu'elle. J'étais piégé, comme les guêpes de mon enfance. La seule chose qui aurait pu apaiser les Nouvelles Puissances n'était pas un changement de comportement, ni une promesse de mieux faire, c'était un aveu : je devais dire moi-même que j'étais raciste, et alors les Nouvelles Puissances seraient satisfaites. Elles ne me demandaient même pas de changer, elles n'exigeaient rien de moi, et peut-être même qu'elles attendaient de moi que je demeure fidèle à l'essence qui m'était assignée, celle d'un Blanc raciste, systématiquement et désespérément raciste, c'était dans l'ordre des choses. Aucune conversion n'était possible. Il fallait juste que j'arrête de me raconter des histoires, que je cesse de cacher ma vraie nature derrière mes identités de pacotille, universitaire, divorcé, ancien sympathisant socialiste, alcoolique, propriétaire, calvitie, père de famille, alcoolique, parisien, phobique administratif, alcoolique, Péguyste, et surtout le masque le plus trompeur entre tous, le masque qui m'empêche de me connaître moi-même, celui du *républicain et militant antiraciste*, tout ça n'était que du vent, la réalité était que j'étais un Blanc, un babtou, un white, un blanco, un Visage Pâle héritier de la vieille civilisation technique et arrogante, de la vieille civilisation paternaliste et sanglante, la vieille civilisation hypocrite, la vieille civilisation qui porte en elle les gènes du meurtre, qui a déguisé son appétit prédateur derrière les noms bénins successifs de christianisme et de démocratie et de marxisme et de capitalisme libéral, le vieux monde blanc qui croit pouvoir s'absoudre lui-même en entonnant dans une ultime pirouette, au bord de l'abîme, face aux milliers de poings levés, la petite ritournelle de John Lennon, *Imagine all the people*, l'ardoise effacée d'un coup sur un air de guitare sèche, *no need for greed or hunger, a brotherhood of man*, c'est un peu tard, *You may say I'm a dreamer*, sans blague.

Seul dans ma chambre, j'étais désormais protégé par une serrure six points flambant neuve. L'entreprise envoyée par la MAIF avait fait de son mieux pour effacer le tag mais on pouvait encore lire le mot, raciste, si on regardait de près. Je n'avais plus recroisé le petit Le Guen mais j'avais toujours cette impression d'être suivi. Lors d'une expédition de réapprovisionnement chez Franprix, j'entendis des pas emboîter les miens et je me retournai brusquement, la garde haute, dans une position de savate française que j'avais apprise au service militaire. Une gentille maman se tenait debout, pétrifiée, ses bras protégeant un poupon endormi dans un porte-bébé. Je bredouillai une excuse, mort de honte, mais ne retrouvai pas la sérénité pour autant : à ma demande, Hervé Abdouleymane Saganogo me procura une gazeuse que je trimballais désormais dans un baise-en-ville.

Comme un vieux couple fraîchement divorcé, Paulin Michel et moi ne parlions plus que par textos secs et purement informatifs. Sans doute craignait-il que la rancœur me fasse envisager des pistes procédurières, que je lui cherche des poux sur le terrain de ses obligations contractuelles, alors il s'efforçait de m'informer régulièrement des ventes de mon livre, il voulait être irréprochable. – « VENTE : 30 000 EXEMPLAIRES ». C'était tout simplement colossal pour un ouvrage traitant de poésie, il fallait remonter à Prévert pour voir quelque chose comme ça. 30 000 bouquins, soit soixante sacs en droits d'auteurs pour ma pomme, ce n'était pas rien et pourtant ça ne réglait aucune de mes difficultés de trésorerie, cet argent ne me serait versé que l'année suivante, autant dire dans un siècle, et il ne fallait pas compter sur Paulin Michel pour me faire une avance : il s'en tiendrait strictement à la lettre du contrat et ne me ferait aucun cadeau.

Je m'en foutais, je m'éclatais la tête consciencieusement. Au *Lit-Bateau*, Tao me conseillait de faire un deuxième opus pour raconter comment j'avais vécu cette polémique. D'après lui, c'était un moyen de sortir par le haut. Le groupe Sniper l'avait fait au début des années 2000 après son titre choc, *La France*, qui comportait des passages inamicaux sur la patrie de Voltaire, il était question de *baiser la France sur une tendance de musique populaire*, une polémique intense s'en était suivie à laquelle le groupe avait répondu avec un autre morceau intitulé *La France, itinéraire d'une polémique*. Il avait fait un carton.

– Tu veux que j'écrive un morceau de rap ? Tu me demandes d'écrire du rap, Tao ?

– Mais non, tête de nœud. Tu es écrivain, tu réponds avec un livre.

N'empêche que le rap (le rap hardcore, sans fioriture) avait une force de frappe inégalable. Ce n'était pas vraiment mon monde, ma jeunesse avait été plutôt bercée par les synthés de Cure ou de Depeche Mode, et par Motörhead bien sûr. Mais Léonie avait eu une période rap avant de céder au charme ambigu de Christine and the Queens, lorsque nous habitions ensemble ; je m'y étais mis un peu contraint et forcé, et j'avais appris à aimer le « *bon son brut pour les truands* ». Ses représentants croyaient d'une foi ardente au pouvoir des mots, à leur puissance érotique et corruptrice. Un couplet de Kery James recelait plus de tonnerre que cent petits romans basset-dutonneriens, ces petits livres dévidés et narcissiques qui étaient murmurés par leurs auteurs, souffreteuses endives dévitalisées. J'imaginais une *Complainte du vieux Blanc*. Oui, j'aurais pu écrire une *Complainte du vieux Blanc* à la mélancolie willonienne, qui aurait déchiré les cœurs les plus endurcis. Le morceau aurait été slamé sur un *bon son brut* sur lequel mon flow aurait glissé, agile et puissant. J'aurais peut-être pu demander l'appui technique d'un groupe de rap aguerri, un de ceux qui professent un séparatisme rigoureux, un groupe plutôt Malcolm X que Martin Luther King qui aurait été heureux de donner un coup de pouce à un Blanc qui ne se voile pas la face, un Blanc qui accepte d'être à son tour racisé, *qui ramasse le mot blanc qu'on lui a jeté comme une pierre*, à un allié objectif en somme – après tout les raisonnements des Nouvelles Puissances aboutissaient à des alliances étonnantes, ce n'était pas nouveau, en son temps Malcolm X avait bien invité des membres du parti nazi américain à un de ses meetings, alors Jean Roscoff et un groupe de rap bien vénère, pourquoi pas.

J'aurais essayé d'entrer en contact avec ce trio que Léonie écoutait en boucle au lycée, le Bondy System of Sound. J'aurais pu accoucher d'un tube incandescent, peut-être même qu'il aurait fallu laisser tomber la mélancolie willonienne, alors je jetai les bases de ma riposte et ça donnait

Je suis un petit Blanc j'habite à Paris capitale
Cent pour cent hétéro couleur plâtre un blanco
J'suis un petit Blanc j'ai envie d'faire du sale
J'ai monté une équipe et on boit du Pernod.

Évidemment il aurait fallu retravailler. Lorsque je fis lire à Tao, il me fit comprendre qu'il serait malvenu de répondre aux accusations d'appropriation culturelle par une nouvelle appropriation culturelle. Je n'avais aucune *street credibility* : en guise de casier judiciaire, une amende pour grivèlerie infligée par un juge ensommeillé il y a une dizaine d'années, après que je m'étais tiré d'un restau sans payer l'addition. Le rap hardcore se nourrissait d'une rage sincère, d'un vécu. Les atermoiements de la *fragilité blanche* étaient un terreau bien peu explosif : cela revenait, selon Tao, à vouloir *faire le 14 juillet avec des pétards à mèches*.

Étais-je devenu fou ? Je ne me souviens de rien de vraiment scandaleux. Il est vrai que je parlais de plus en plus seul, je m'en apercevais à une ou deux reprises, dans la rue, en croisant les regards impudiques et cruels des petits enfants. Au téléphone, Agnès était inquiète : « Marc m'a dit qu'il t'avait vu, dans un parc, tu n'avais pas l'air bien, tu lui as parlé de vidéos de raton-laveur, il se fait du souci pour toi. Il pense que tu devrais faire un scanner. Dis-moi que je ne dois pas l'écouter, Jean. J'ai besoin d'être rassurée, là. » Je ricanai. La psychiatrisation : ultime moyen de faire taire le clairvoyant, celui qui voit les choses que personne ne veut voir. La vieille technique soviétique. Tant pis pour eux ! Tant pis pour toi, Marc, si tu ne veux pas voir les abîmes qui s'ouvrent autour de nous ! Je rédigeais des pamphlets en pensée. Camus se penchait sur mon épaule. Mes arguments s'articulaient avec une fluidité remarquable, mes doigts filaient sur le clavier, et j'embarquais sur mon radeau de proscrit des noms illustres ou moins illustres, Baldwin, le Mahatma Gandhi, Charles Péguy, l'orchestre de Harlem Hell Fighters, Martin Luther King. Ils ne racontaient rien de moins que la fraternité (cette vieille vertu, la grande oubliée du triptyque républicain), une élégante et aristocratique indifférence aux choses de couleur. Je parlais de la France, et au-dessus de notre petite troupe flottait la vieille bannière universaliste. En m'aidant de Post-it et de photos imprimées sur internet que je collai sur le mur, je retraçais la galaxie des Nouvelles Puissances. Je faisais leur généalogie secrète. D'abord le père fondateur : Sartre, dont je fichai un portrait au centre du mur. J'écrivis sous la photo la phrase qui préfigurait les déviances de l'indigénisme, une citation de l'*Orphée noir* : « *L'unité finale qui rapprochera tous les opprimés dans le même combat doit être précédée aux colonies par ce que je nommerai le moment de la séparation ou de la négativité : ce racisme antiraciste est le seul chemin qui puisse mener à l'abolition des différences de races.* » J'écrivis RACISME ANTIRACISTE en lettres capitales, surlignai trois fois. Je collai aussi une photo de Peggy MacIntosh, glanée sur Google Images. Je tirai un trait sur le mur, au feutre bleu, entre les deux photos. Le patriarche et la nièce américaine. J'ajoutai des photos d'Éric Fassin, d'Aminata Diao, de Malcolm X, et caetera. J'étais surexcité, bientôt mon mur dessinait une nébuleuse avec ses parrains, ses seconds couteaux, ses compagnons de route, ses gourous. Je pris un pas de recul, contemplai mon œuvre : j'avais l'impression d'être un policier du FBI. J'avais baissé les stores vénitiens, et vivais dans une semi-pénombre.

J'avais tenté une nouvelle incursion à la fac, mais un agent de sécurité m'avait demandé de partir, il était évident qu'il avait été briefé sur mon cas, j'avais gueulé que l'université était libre mais alors il m'avait demandé de produire une carte d'enseignant en cours de validité, ou même une carte d'étudiant avait-il ajouté avec un sourire narquois. Il y avait eu un petit attroupement, l'agent m'avait raccompagné à la sortie en me serrant le biceps, il faut partir monsieur. Bon, peut-être que j'étais devenu fou. Parfois j'avais l'impression qu'on me suivait alors je me voûtais, je me rapetissais, je voulais rentrer sous terre. D'autres fois je me fâchais, je donnais des coups de menton, je tapais du plat de la main sur mon bureau jonché de cendriers, je haranguais des espions invisibles et alors j'étais Tony Montana retranché dans sa villa encerclée par les tueurs silencieux, Roscoff-Montana qui attend l'assaut final. Je m'apprêtais à vendre chèrement ma peau, *Say hello to my little friends* ricanerais-je en vidant mes derniers chargeurs, - en l'espèce, mes dernières boutanches que je tétais comme un gros bébé cinglé. J'étais bunkerisé et je twittais compulsivement, comme Donald Trump, sulfatant à tout va, bombardant mes persécuteurs et c'était bon de ne plus se surveiller, de ne plus tenir son langage, de twitter en incontinent. Alors j'écrivais de longs messages en lettres majuscules où je pourfendais les « apôtres crétins du néoracialisme » et les « kapos de la pensée », les « Robespierres au petit pied », « nullités du web », « cons de la lune », « ahuris zélotes de la race », « tartuffiers gérants de boutique mémorielle », « fascistes décoloniaux », « opportunistes gougnafiers » et « souteneurs de la mémoire ». J'étais bazarovisé, en phase finale d'autodestruction. Et puis la réalité est venue me cueillir d'un coup, à froid, sous la forme d'un texto d'Agnès : « Léonie s'est faite agresser au pied de son immeuble. »

Quand Léonie était petite, jusqu'à ses huit ou neuf ans, je lui racontais des histoires. Je lui proposais trois personnages principaux (par exemple la fée, le dinosaure ou le chat qui rêvait d'aller sur la Lune), et elle devait en choisir un. Ainsi du lieu, d'un objet, et d'un personnage secondaire. Je bricolais une histoire, souvent bancale, à partir de ses préférences. Elle écoutait gravement. Parfois, elle s'offusquait d'une incohérence. « Tu avais dit que la Princesse avait un frère ! » « Je croyais que le Dragon était bleu ! » Je niais avec une mauvaise foi surjouée, pour la faire rire. Elle écrasait sa joue fraîche contre mes tempes. Je ne disais rien, je continuais à raconter, mais alors j'étais submergé de tendresse et écrasé par la responsabilité. J'étais si faible, moi. Léonie se lovait auprès de moi comme l'animal va à son abri naturel. Les premiers mois, elle ne concevait même pas qu'Agnès et moi ayons une existence autonome : nous étions son abri, point. Je me révoltais : Pourquoi fallait-il que l'existence apporte son lot de déceptions à cette petite âme ? Je répugnais à l'arracher de la torpeur douillette de l'enfance.

– Tu la couves trop, me reprochait Agnès.

Un coup de coude dans les côtes, la courroie du sac à demi arrachée, quelques insultes. Et un indice qui ne laissait pas la place au doute : « La prochaine fois, on te lynche », avait gueulé un des deux agresseurs avant de se tirer au petit trot. Le message était clair : *Comme ça, ton père comprendra ce que ce mot veut dire.* Quand je suis arrivé chez Agnès, elle était en train de servir un thé à Léonie. Accoudée à l'îlot central de la cuisine, ma fille avait les yeux dans le vide. Elle avait l'air très lasse. La rage me décapait les naseaux. Les enfants de salaud, les enfants de salaud, murmurais-je. Et puis je croisai le regard d'Agnès. La paire d'yeux vert-de-gris me toisait avec sévérité. « Il faut que tu protèges les tiens », m'avait-elle prévenu, après le tag. C'était d'abord moi, le coupable. C'est moi qui avais déchaîné tout cela. Et qui avais disparu de la circulation, deux fois, laissant mes proches se débrouiller avec les conséquences. Après vingt-cinq ans de vie commune, on sait lire un haussement de sourcil. Agnès n'avait pas besoin de parler. Elle me mettait en garde : *Tu ne te défausseras pas à bon compte en piquant une grosse colère qui te fera du bien.* Il ne s'agissait pas de moi, bordel. Il s'agissait de défaire et de réparer. Et de ravaler mon orgueil au passage. Je le devais à Léonie.

– Ok, c'est bon. J'arrête les frais. Je vais faire un communiqué.

VI

ÉPILOGUE

De cette période, j'ai gardé une impression étrange. J'avais été haché, mâché, essoré et recraché sur le trottoir, hagard. Ensuite un grand silence. Les commentateurs ont aperçu quelqu'un, quelque chose d'autre. Ils s'en sont allés, sans un regard pour ma dépouille pantelante. Ils ne m'ont pas terminé. Ils ne m'ont pas *servi*, comme disent les chasseurs à courre. Mon message de contrition, sur Twitter, avait-il calmé la meute ? Je l'avais écrit avec l'aide de Marc, j'avais écrit les mots que l'on attendait de moi. J'avais dit que j'avais manqué de discernement, que j'avais sous-estimé les blessures encore vivaces de la communauté noire. J'avais écrit les mots *apaisement*, *sensibilités*, *heurter*, *racisé*. Cela a joué sans doute. Je crois aussi qu'il y avait autre chose. Les experts en *shaming*, *trollers* et lanceurs de raids sont les rejetons criards du Spectacle, qui courent d'une proie à l'autre comme des poulets sans tête. Ils tombent d'un coup sur une proie et la dépècent dans une frénésie vraiment épouvantable mais il suffit d'un bruit, d'une distraction pour qu'ils se débandent vers d'autres carnages. Le flux ininterrompu de notifications digitales avait lourdement obéré leur capacité de concentration. Oui, ils étaient les produits de leur temps : écervelés, inconsistants, cruels.

Qui étaient-ils, d'ailleurs ?

Je ne les connaissais pas. Un « monde de silhouettes », disait Camus en 1948. Ainsi de mes persécuteurs : des silhouettes.

Et qu'étais-je à leurs yeux si ce n'est une silhouette ? J'ai parlé de haine. Mais à bien y réfléchir, dans cette affaire, personne n'a exprimé de haine à mon endroit. Même Jeanne ne me haïssait pas vraiment. Elle détestait un repoussoir commode, une idole honnie, un épouvantail, un masque. Les braconniers d'internet se défoulaient sur un nom. Ils s'excitaient sur un patronyme. Rien de personnel. Moi-même, au pire de la curée, je n'avais croisé que peu de visages. Celui, dur et amer, de Jeanne. Celui, pleutre et furibard, de Paulin Michel. Celui, indéchiffrable, de Marc. Léonie, Marie, Agnès : les trois fées secourables. Les autres : une houle d'indignation.

Du moins, jusqu'au procès. L'année dernière, le tribunal m'a envoyé un avis d'audience. Entre deux perquisitions pour agression sexuelle ou vol à la roulotte, les flics du dix-neuvième avaient mené leur petite enquête. Ils n'avaient pas lâché l'affaire. Ils avaient même réussi à dénicher un des internautes qui m'avaient menacé de mort. Je me suis rendu au tribunal, porte de Clichy, un après-midi de juillet. Marc avait accepté de prendre en charge ma défense, mais il avait prudemment dépêché une collaboratrice pour assurer l'audience. Cinq ans après un échec sur le fil, il était de nouveau candidat à la députation : il ne tenait pas à s'afficher à mes côtés. Je suivis la jeune avocate dans un dédale d'escalators et d'ascenseurs en verre, jusqu'à trouver la petite salle avec le pupitre et les bancs en bois clair, le box. Devant la salle il y avait une brochette de types fiévreux qui jetaient des regards en dessous et se filmaient avec leur téléphone portable. Mon avocate m'a conseillé d'entrer sans tarder, « sauf si vous voulez terminer sur une story instagram ». J'ai obtempéré, je voulais surtout que ça se termine. La salle était quasi vide, à l'exception d'un journaliste de la presse judiciaire qui tenta mollement de m'arracher un commentaire. Tout cela datait de cinq ans, une éternité. Dame Ginette, la femme au

Caddie, se tenait seule au premier rang. J'étais touché qu'elle soit venue. Je la saluai de loin en esquissant mon célèbre salut à la japonaise, mains jointes et buste incliné. J'évitai soigneusement de nouer une conversation, je n'étais pas d'humeur à l'écouter raconter ses amours avec T.S. Eliot ou Orson Welles, j'avais peur qu'elle déclame un de ses poèmes maison ou qu'elle m'offre un fruit pourri, quelque chose dans le genre. Et puis il est arrivé.

– Votre agresseur, a chuchoté l'avocate.

Le visage de la houle furieuse et incontrôlable. Selon les termes de la prévention (lus à haute voix par un magistrat), il avait menacé de « *violer le cadavre de ma grand-mère* », avait promis que je me ferais mé-fu, enfin que je me ferais assassiner, qu'il avait un calibre tout prêt à cet effet. Je ne m'en souvenais même plus : il y avait eu tant de boue. Que m'étais-je imaginé ? Je ne sais pas trop. Quelqu'un de dangereux. Au lieu de cela j'ai vu un petit homme avec un nez court et des yeux chassieux, Il devait avoir dans les quarante ans, un costume impeccable, peut-être acheté pour l'occasion. Il se tenait droit comme un « i », et ses mains tremblaient quand il fut appelé à la barre. Ce n'était ni le tagueur, ni l'auteur de la divulgation de mes coordonnées personnelles, mais au moins les flics avaient trouvé ce gars-là. Il avait bredouillé quelques mots d'excuse. Il avait dit qu'il ne se rendait pas compte, il avait parlé de surenchère. Comment établir un lien entre cet homme et la curée que j'avais subie ? J'étais vaguement gêné pour lui. Nous étions tous deux empêtrés dans une mauvaise pièce. Le président a rappelé que l'audience était un moment de réparation symbolique pour la victime, il a dit les mots pompeux qui étaient, j'imagine, d'usage. C'était accorder beaucoup d'importance à la justice. À la sortie de la salle d'audience, un type m'avait suivi à distance en me filmant, jusqu'à l'ascenseur. Dehors, sur le parvis, le soleil tabassait. Un chantier fumait. L’avocate me parlait, elle disait des choses en tenant le dossier serré contre elle, comme si elle craignait qu’on le lui arrache. Elle voulait savoir si j’étais content de l’audience et ses lèvres pleines formaient des petits mots précis et tranchants, et moi j’aurais voulu un peu d’ombre. Le soleil tabassait et je voyais bien que l’angle de la tour était suspect, la tour penchait trop, elle penchait déraisonnablement et le parvis s’inclinait aussi, il pivotait et je voulais le dire à l’avocate mais mes lèvres exsangues s’ouvraient sans produire aucun son, je me suis effondré.

J'ai soixante-neuf ans.

Ma vie n'a pas été détruite. Certes j'ai laissé mes derniers cheveux noirs dans cette bataille, Agnès m'assure que c'est à cause du stress, au fond je n'en sais rien, mais je me garde bien de lui donner tort : j'aime bien qu'elle s'inquiète un peu.

J'ai fait un AVC à la sortie du procès. À l'hosto, j'ai fait des analyses, on m'a découvert un taux de gamma GT trois fois supérieur à la normale, le médecin m'a expliqué que c'étaient des enzymes qui attaquaient le foie, et qu'un taux élevé pouvait être causé par un alcoolisme chronique. J'ai expliqué le contexte du procès, j'ai dit que l'approche de l'audience m'avait beaucoup angoissé, j'avais un peu forcé sur la bouteille. Je n'avais pas osé lui dire que je tenais ce rythme de croisière depuis vingt-cinq ans. Le toubib m'a dit que mon foie risquait d'exploser. Il m'a prescrit un sevrage total.

J'ai arrêté de boire.

Le samedi, je participe à un cycle de conférences au Louvre pour apprendre le sanskrit, un cadeau de ma fille, on ne se refait pas, j'avais commencé l'existence en draguant des filles dans les amphithéâtres enfumés de sciences humaines : il était logique, approprié, raisonnable que je meuble ma jeune retraite en côtoyant d'autres jeunes vieux urbains et cultivés, mes pairs, dans des salles d'un musée parisien où le guide est un homosexuel érudit et sautillant. Mes camarades ont la pêche, ils ne semblent pas révoltés par le terrible compte à rebours. Ils ont un rapport sain à la connaissance, un rapport de pur plaisir puisqu'il est vraisemblable qu'ils n'enseigneront jamais le sanskrit, pas plus qu'ils ne le parleront avec leurs petits-enfants. À leurs côtés, j'apprends à être un jeune vieux paisible et cultivé. Parfois, on va prendre un verre après le cours. On échange quelques plaisanteries et puis on parle de nos problèmes de santé, de nos enfants et, pour certains, de leurs petits-enfants. On s'appelle par nos prénoms, ça me va bien, personne ne me remet, même si je doute que mon nom leur dise quelque chose. Cinq années ont passé. Si vous tapez « Jean Roscoff » sur internet, vous trouverez quelques traces de l'affaire. Léonie m'a dit qu'on pouvait se refaire une virginité numérique, mais je n'ai plus l'âge pour ce cirque-là.

Ce n'est pas tellement difficile. Il faut accepter son sort de bonne grâce, cesser de s'agiter comme la guêpe dans son piège de plastique. J'ai fini par vendre mon appartement parisien, acheté une petite maison pas très loin de Saint-Julien. Tous les vendredis, je me rends à Paris. Je loue un appartement Airbnb et passe deux jours dans la capitale. Je vais à mon cours de sanskrit, je prends un verre avec Léonie ou Agnès, je fais le touriste. Parfois je tape un poker avec Tao. Les gens se sont mis à lire Willow. Ses œuvres complètes ont été rééditées en français, par les Éditions de Minuit s'il vous plaît. L'autre jour, dans le tégévé, j'ai vu une gosse qui lisait ses poèmes, ça m'a fait plaisir. À la Fnac, ils l'ont classé en poésie au milieu de sa vraie famille : avec Aragon, Péguy, Césaire et Lautréamont. Qu'il se démerde à présent. Il fait sa vie, il a quelques atouts pour se maintenir encore un peu dans les rayons où brûle la petite flamme.

Hier, un Américain m'a appelé. Courtois, qui parlait un français impeccable avec un accent à couper au couteau. Il voulait me rencontrer.

– C'est à propos du projet Venona.

Venona : les travaux titanesques du contre-espionnage américain qui m'avaient coûté ma respectabilité d'universitaire, en 1995. Un échec en chassant l'autre, l'épisode Willow m'avait presque fait oublier l'épisode Rosenberg.

– Ce que je vais vous dire vous intéressera. Je suis de passage à Paris. Je serai demain au *Breteuil*, boulevard Exelmans.

Comment avait-il obtenu mon numéro ? Paulin Michel avait dû se faire un plaisir de le donner à cet emmerdeur. Je n'ai pas eu le temps de décliner l'invitation : il avait raccroché. Il m'avait appelé en numéro masqué, et je n'avais pas son nom. En général, les gens qui me contactaient pour parler du bouquin Rosenberg étaient des complotistes, des doux dingues, des historiens du dimanche, ou les trois. L'Américain avait une voix posée et sympathique, avec une pointe d'autorité : la voix du type habitué à ce qu'on défère à ses convocations.

Au fond, ce serait l'occasion d'une balade. J'en profiterai pour payer une visite à Agnès qui avait déménagé dans le coin avec son nouveau mec. J'ai grimpé dans la Toyota Prius, filé jusqu'à la gare de Montceau-les-Mines. Je la garai sur le parking avant de monter dans le train : depuis mon AVC, mon médecin m'a interdit de conduire sur de longues distances. *Le Breteuil* était une adresse chic et feutrée. Je repérai sans difficulté le client le plus susceptible d'être mon rencard américain : un homme grand et fin, métisse, le polo à rayures horizontales rentré dans un pantalon beige. Il portait une Rolex, et des chaussettes de tennis sur de gros brodequins. Il me broya impitoyablement la main. Conformément aux usages en vogue dans son pays, il me salua par mon prénom.

– Please to meet you, Jean. Je m'appelle Warren.

– Bonjour, Warren.

Je savais encore lire un sourire. Celui-ci se donnait franchement, sans détour : il découvrait une maison cossue, une porte de garage qu'on actionne à distance, un rameur dans le sous-sol et une passion pour les bouquins de géopolitique un peu pénibles, les mémoires de Kissinger par exemple - pas une culture éclectique mais une solide connaissance de quelques ouvrages dont il tirait quatre ou cinq maximes robustes qui guidaient son existence et lui permettaient d'assurer dans les dîners où les hommes discutent sur la terrasse sans se regarder, côte à côte, en fixant le Lincoln Center, tandis que les épouses papotent au salon. Il était américain et francophone, avec ce que cela supposait : une sensibilité politique située quelque part entre Bernie Sanders et Joe Biden (plutôt Joe Biden, tranchai-je en notant la taille de sa Rolex) et une amitié condescendante pour la France qu'il aimait comme on aime une vieille tante fauchée et fantasque. Il n'était pas exclu qu'il s'adonne à la pêche au gros au large du Nouveau-Mexique. Il avait une fossette au menton. Avec ses yeux fendus, il ressemblait vaguement à Colin Powell.

Je m'écrasai sur la banquette. Warren a commandé deux cafés, d'autorité. J'étais plutôt rassuré, il n'avait pas l'air trop fêlé. Il se souvenait parfaitement de m'avoir appelé, il était rasé de frais. Au-dessus de nos têtes, un écran plasma était allumé. Un match de handball se jouait, sans le son. Warren me regardait avec curiosité, comme si j'étais celui qui avait sollicité l'entrevue. J'eus un mouvement d'humeur :

– Vous avez voulu me voir.

– Oui. Oui. Chaque fois que je passe à Paris, je viens au *Breteuil*. Leur tournedos Rossini est exceptionnel. *Truly amazing*.

Je ne répondais pas. Il voulait prendre son temps, j'étais décidé à ne pas perdre le mien. Il s'éclaircit la voix.

– Vous connaissez, bien sûr, le projet Venona.

– Oui. Sa déclassification m'a coûté ma réputation d'universitaire, en 1995. Enfin, vous me direz que c'est anecdotique, par rapport, disons, au coût payé par les Rosenberg.

– Certainement. Il parait qu'Ethel Rosenberg a subi cinq décharges avant de mourir. C'était une femme de caractère.

Warren était détendu, d'humeur badine. Qu'est-ce que je foutais là, au juste ? Je ne voulais plus entendre parler des Rosenberg, et de façon générale je ne voulais plus entendre parler de ma carrière d'universitaire, je ne voulais plus entendre parler de rien d'autre que des cours de sanskrit, Léonie, Agnès, la lumière du soir dans le Brionnais. Mais Warren était courtois et il avait quelque chose à me dire. Je pris les devants, le plus aimablement possible :

– J'imagine que vous avez lu mon livre sur l'Affaire Rosenberg. Ce qui, en soit, fait de vous un individu singulier. Vous appartenez à une communauté qui pourrait se regrouper tout entière dans une pièce. Vous savez, je préfère vous le dire tout de suite, je ne crois plus à la thèse de l'innocence des Rosenberg. Je suis un homme lucide. Je n'ai pas eu de chance, voilà tout. Trois jours après la sortie du livre, vous vous rendez compte ? J'espère que vous ne m'avez pas fait venir pour m'expliquer que les

Rosenberg étaient des citoyens sans histoire. Ils ont espionné pour l'URSS. Ils n'ont sans doute pas donné le secret de l'arme atomique, mais ils ont transmis de nombreuses informations sur les installations militaires aux États-Unis. Ils n'auraient pas dû être exécutés, bien sûr. Cela est révoltant. Mais ils étaient des espions soviétiques.

– Je n'ai pas lu votre livre sur l'Affaire Rosenberg. Et je me fiche des époux Rosenberg - *may they rest in peace*. Je suis venu vous parler de mon oncle, Robert Willow.

J'ouvrais des yeux ronds. J'avais devant moi Warren Willow, le frère de Dory, la nièce de Floride que j'avais interviewée au téléphone. Il avait la fossette au menton, la fossette willonienne. La marque magique. Je me souviens d'avoir tenté de convaincre Dory de me mettre en contact avec lui, mais elle avait répondu sèchement que cela ne servirait à rien, son frère n'avait jamais connu leur oncle, il n'aurait rien d'intéressant à raconter. Elle l'avait dit avec beaucoup d'insistance. Trop d'insistance, sans doute. Warren se passa une main sur les tempes.

– Aux États-Unis, j'ai un peu suivi la - comment dites-vous ? - la polémique, sur les sites français, c'est vraiment regrettable. Nos deux pays sont en train de devenir fous. Vous savez, je suis un homme d'ordre, *a patriot*. J'ai travaillé trente ans dans l'administration fédérale. Et je suis un *African-American*. J'ai soutenu le mouvement *Black Lives Matters*, je me suis battu toute ma vie pour l'égalité. Cependant je ne pense pas qu'on puisse répondre *à le racisme par le racisme*. La *cancel culture*, ces trucs-là. *Typical New York bullshit*.

Il s'égarait un peu, comme quelqu'un qui peine à formuler un propos. Je connaissais cela. Je l'observais. Warren avait les fossettes du poète mais il avait hérité de la soif de notabilité du père de Robert Willow, de sa foi dans le rêve américain.

– Donc, j'ai suivi un peu l'affaire autour de votre livre sur Oncle Bob. J'étais content qu'on parle de sa poésie. Aux États-Unis, personne ne le connaît. J'avais essayé de vous contacter, mais votre éditeur, *let's say*, m'a ignoré.

Il me faisait mariner. Qu'est-ce qu'il allait me raconter d'extraordinaire, maintenant que la bataille était terminée ? J'étais un vieil homme tranquille, un vieil homme très calme. Cela faisait quatre ans que j'essayais d'oublier tout ça. Il ajouta :

– On vous a fait un mauvais procès. Vous avez raison de dire que mon oncle n'a pas fui l'Amérique parce qu'il était noir. Mon oncle était, avant tout, un fervent communiste quand il est parti. *Fanatic*, même. Seulement... Vous avez tort.

– Pardon ?

– Willow n'a pas quitté l'Amérique pour fuir le maccarthysme.

– Vous n'êtes pas très clair.

– Il a été envoyé en France. Il a été envoyé en France pour une mission.

– C'était un témoin de Jéhovah ? ironisai-je.

J'étais à deux doigts d'exploser. Je m'étais réveillé à l'aube pour attraper le train.

– *He was a spy*, Jean. Un agent soviétique. Robert Willow travaillait pour le KGB.

Autour de nous la salle s'était vidée. Warren caressa le cadran de sa Rolex. D'une voix légèrement altérée, je commandai un verre de Bombay Sapphire.

Warren poursuivit en anglais :

– Comme vous le savez (vous le savez par cœur, vous l'avez appris à vos dépens), le projet Venona a été déclassifié et rendu public en 1995, aux États-Unis. À l'époque, j'avais déjà un poste important, disons d'une certaine importance, au département de l'Éducation. Je suis un bon *citizen* américain, je vous l'ai dit. Un patriote. Je travaillais à Washington D.C., je connaissais des gens partout, au Département d'État, au Congrès. Un type de Langley, pardon, un type de la CIA m'a prévenu quelques jours avant la déclassification du rapport Venona. Il m'a dit qu'il y avait un membre de ma famille qui apparaissait sur le fichier. Robert Willow, le bon vieil Oncle Bob. Il avait travaillé pour le KGB à Paris entre 1953 et 1956. Il a peut-être même travaillé pour le KGB aux États-Unis, avant son départ pour la France. Vous imaginez le choc. Pour moi, Oncle Bob avait toujours été Oncle Bob : ce type un peu romantique, le communiste de cœur, *a poet*. Un type pas très fréquentable, sûrement. Mais un espion ! J'ai dit à mon contact que si cela se savait, si l'on apprenait que je descendais d'un espion communiste, *mon* réputation serait salie à jamais. Noir et descendant de communiste, vous comprenez. *It's too heavy of a burden.* Je travaille dans l'administration fédérale. J'ai toujours eu à cœur de ne pas trop me faire remarquer. Mon contact m'a dit qu'ils ne publieraient pas cette information. Par respect pour ce que ma famille a fait pour l'Amérique. Moi, mais aussi le père de Bob. C'était un des piliers de la communauté noire, à D.C.

Ma tête allait exploser. Robert Willow et Julius Rosenberg dansaient la gigue. Le sénateur McCarthy pointait sur eux un index vengeur. En retrait, Vichinski ricanait silencieusement. Il m'adressa un clin d'œil. Mes deux livres, mes deux livres bouffons étaient une farce en deux tomes. J'étais Jean Roscoff, L'homme qui S'était Trompé Deux Fois. Et pourtant j'avais eu la bonne intuition, il y a trente ans. Willow-espion, la thèse farfelue. Je l'avais écartée comme une folie. J'avais eu le ticket gagnant entre les mains et je l'avais jeté. L'ombre de Robert Willow se faufilait entre mes mains d'aveugle. Je revois le sourire absent de Robert Willow sur la photo, rue Bonaparte. Seul présent parmi les absents. Effroyablement libre, avais-je écrit quelque part, dans mon bouquin. Warren me laissa quelques secondes pour digérer, avant de poursuivre :

– Le projet Venona est resté longtemps secret mais il a porté ses fruits dès les années 1950. Il y a une vague d'arrestations. Je ne parle pas des listes concoctées par McCarthy pour purger les milieux artistiques. Je parle de vrais espions. NKVD, KGB. Les Rosenberg ont été arrêtés, d'autres aussi. Les services soviétiques ont réagi, *of course*. Ils ont démantelé leurs réseaux américains, ils ont fermé la boutique. Des agents ont quitté le territoire américain en catastrophe. Est-ce qu'ils ont voulu faire d'une pierre deux coups ? Est-ce qu'ils ont pensé que le contre-espionnage européen se méfierait moins d'un Noir ? Willow était un proche de Wright et Frazier, tous deux exilés à Paris. Le deuxième à l'Unesco qui grouillait d'espions, à l'époque. Sartre était détesté. Un Soviétique l'avait même traité de... De...

– De « hyène dactylographe ». C'était Fadeïev, au congrès sur la paix de Wroclaw, en 48.

– Exactement ! Vous savez, Sartre était dans ce truc, là, ce truc français : l'existentialisme. (Il eut un petit rire qui concentrait tout son mépris pour les enfantillages verbeux des Européens.) Vous connaissez ça mieux que moi. On craignait qu'avec son existentialisme, Sartre détourne les intellectuels français du marxisme-léninisme. Du bon vieux parti stalinien. Vous imaginez ça ! Et ils ont pensé à l'oncle Bob. Wright pouvait l'introduire facilement dans l'entourage de Sartre. Willow avait fait partie d'un comité de soutien pour les Rosenberg, il était recommandé. Ça s'est fait assez facilement. Willow transmettait à Moscou les critiques que formulaient Sartre et ses proches à l'encontre de l'URSS.

Je transpirais des mains. Les poèmes ? Et les poèmes ? J'imaginais les cryptanalystes de la CIA penchés sur *Étampes et Paroles*, passant les poèmes willoniens au crible de leurs méthodes ultrasophistiquées. Les agents de la CIA excavant le véritable sens des poèmes : des messages télégraphiques à Moscou où il serait question de Sartre, de ses fréquentations, de ses habitudes. Warren éclata de rire :

– J'ai eu la même pensée que vous. Les codes Venona étaient des séries de lettres aléatoires. Ce que ne sont pas les poèmes de Willow - même si certains sont un peu décousus, si vous voulez mon avis. Nous savons simplement que l'officier traitant de Willow a envoyé celui-ci à Paris pour surveiller les existentialistes. Ensuite, il rendait directement compte à Moscou. Il faisait de la poésie à côté - comme passe-temps et comme couverture, probablement. Disons que ce fut sa couverture, et que c'est devenu sa raison de vivre. Et sans doute ce qui l'a tué.

– Poursuivez, je vous en prie.

Il fallait aller jusqu'au bout.

– Pour beaucoup de sympathisants communistes qui avaient gardé un peu d'esprit critique, les années 1956-1957 ont été un tournant.

– Je sais. Le rapport Khrouchtchev, Budapest.

– Oui. Le Parti n'était plus infaillible. Les crimes, le culte de la personnalité, dévoilés devant l'opinion mondiale. Bien sûr on savait déjà des choses. Mais tant que les révélations venaient des journaux bourgeois, on pouvait les mettre sur le compte de l'anticommunisme. Cette fois-ci, les révélations venaient de Khrouchtchev lui-même. Willow a dû tomber de sa chaise. Alors il a écrit ce poème, *Until Further Notice*. Vous imaginez ? Un agent du KGB qui publie un poème anticommuniste ! Willow espionnait pour l'URSS, il connaissait d'autres agents sous couverture. Peut-être que son officier traitant a pris peur. Ils ont eu des doutes. Il faut se remettre dans le contexte, on parlait de guerre nucléaire, tout le monde était à cran. Ils lui ont demandé de se mettre au vert. Ils lui ont trouvé une maison à la campagne et ils lui ont demandé de s'y tenir tranquille. Peut-être ont-ils voulu lui donner une chance de se ressaisir. Personnellement, j'en doute. Ce n'était pas trop le genre du renseignement soviétique.

– Que voulez-vous dire ?

– Vous m'avez parfaitement compris. Mais il est difficile d'agir en plein Paris.

Déjà, je ne l'écoutais plus.

La Peugeot 404 file dans la nuit épaisse. Willow a tourné la manivelle pour laisser entrer un peu d'air, il accueille la brise avec gratitude. Il boit une grande lampée de nuit fraîche et puis il éclate de rire, un rire immense et clair, à se froisser les côtes. Il porte une simple chemise de toile, il va tomber malade. Quel con et en même temps. C'est encore être vivant que d'attraper froid en humant les relents d'écorce pourrie, sous la Grande Ourse. Un chien lui répond, quelque part, et Willow rit pour ce chien insomniaque. Est-ce qu'il dicte un code à Moscou, avec ses aboiements télégraphiques ? Willow lui adresse les hommages du parti communiste américain, et l'amour d'un frère. Tout cela, Willow l'a mis derrière lui.

Je ne chanterai pas votre plan quinquennal.

Ha ! ha ! ha ! Il n'y est pas allé avec le dos de la cuillère, il était même carrément inconscient. Il aurait pu finir dans un fossé, une balle de 9mm en guise de bindi indien. Dans quelques mois, ils le laisseront tranquille, il pourra revenir à Paris et il épousera Nancy Holloway. Il a promis de se taire. Il n'éventera aucune couverture. Avec Nancy ils partiront vivre à Londres, ou à Rio. Il en a assez des intellectuels français, il les trouve sales et sentencieux. Il veut faire lire à Nancy ses nouveaux poèmes, il lui semble qu'il tient quelque chose à force de pasticher Péguy et son art de la répétition, il a trouvé une musique qui est la sienne. À présent il veut exercer cette langue ancienne sur un autre canevas. Revenir au jazz, avec la gravité toute simple des pastourelles. Peut-être écrire en anglais, à nouveau. En attendant, il faut tenter de ne pas devenir fou dans la petite maison de ville qui sent le renfermé. Ils l'ont autorisé à sortir une heure, tous les soirs, pour conduire dans la nuit à toute trombe. Encore quelques kilomètres et il rentrera sagement à la maison. Il écrase le pied sur l'accélérateur, la voiture bondit, à présent la vitre est grande ouverte, il enfile les virages dans l'allégresse, le coude calé sur le rebord de la fenêtre. Il n'y a personne, il jubile de cette liberté qu'il a arrachée au destin qui lui préparait une carrière de rond-de-cuir washingtonien, à jouer la caution noire, et à présent il a fait un bras d'honneur à Khrouchtchev en personne. « Mort aux vaches ! » crie-t-il à voix haute. La politique tue la vie. À présent il veut faire l'amour et sauter dans des trains et écrire comme un fou. Les écrivains marxistes ne comprendront jamais rien. À garder l'œil fixé sur l'horizon fabuleux, ils ne voient plus la beauté sur le bord de la route. Est-ce être un salaud que d'aimer la vie telle qu'elle est ? Peut-être qu'il est un salaud, alors. Il y aurait tant de luttes et il n'a qu'une vie. Il a lutté toute sa vie pour être un homme, rien qu'un homme. De quel droit lui demande-t-on de lutter encore, pour les autres ? Frantz Fanon, son ami Wright : ils ont dans le regard l'éclat sombre de ceux qui font face. On raconte que Fanon souffre d'une leucémie, il va bientôt crever et pourtant il continue à écrire pour dénoncer l'injustice, ce gars-là écrirait même avec son sang. Ils sont des martyrs, et même s'ils ne meurent pas de mort violente comme d'autres ils portent un fardeau immense. Prophètes et héros qui mourront avant de goûter à la victoire. Une vie entière à vivre dans l'inquiétude, les poings serrés de rage. Ils sont plus grands que lui, bien sûr. « Je ne suis que

Robert Willow, mercenaire de moi-même, affranchi qui vais mon chemin, sous les étoiles. » Les phares trouent la nuit noire, il décélère un peu, pas trop, il est euphorique. Voilà bientôt la forêt de F. et ses arbres immenses. Il y a un dos d'âne, puis un virage qu'il a négocié cent fois.

Il le connaît par cœur.

À Pessah, la Pâque juive, le plus jeune convive pose la question rituelle : Pourquoi cette nuit est-elle différente des autres nuits ?

La Peugeot ne répond plus.

« *Fuck !* » lâche Willow, qui se cramponne au volant.

Cette nuit, on a sectionné son câble d'alimentation en liquide de frein.

Remerciements

Je remercie Claire Berest, Cyprien Andres, Simon Bertin, Jean de Saint-Chéron, Dana Burlac et Lize Veyrard.

Également Tanguy Meunier, Gabriel Martinez-Gros et Lélia Picabia.

Composition et mise en pages
Nord Compo à Villeneuve-d'Ascq

Achevé d'imprimer en France
par CPI Firmin-Didot
en octobre 2021
N° d'impression : 166937